# LA SOMBRA

*Dark Verse 5*

# LA SOMBRA

## *RuNyx*

Traducción de Jesús Jiménez Cañadas

Papel certificado por el Forest Stewardship Council®

MIXTO
Papel
FSC® C117695

Penguin
Random House
Grupo Editorial

Título original: *The Annihilator*

Primera edición: enero de 2026
Primera reimpresión: marzo de 2026

© 2022, RuNyx
© 2026, Penguin Random House Grupo Editorial, S. A. U.
Travessera de Gràcia, 47-49. 08021 Barcelona
© 2026, Jesús Jiménez Cañadas, por la traducción

*Printed in Spain* – Impreso en España

ISBN: 978-84-666-8254-1
Depósito legal: B-19639-2025

Compuesto en El Taller del Llibre, S. L.

Impreso en Vadear Digital, S. L.
Medina del Campo (Valladolid)

BS 8254A

*Para quienes no pueden encontrarse*
*a sí mismos en un mundo lleno de gente.*
*Estar perdido supone un prólogo duro,*
*pero luego os espera una historia mucho más hermosa.*
*Encontrad el valor y pasad la página*

# NOTA DE LA AUTORA

Este es el quinto libro en la serie Dark Verse. Aunque el libro trata de una nueva pareja, hay personajes y acontecimientos de los libros anteriores que tienen una gran influencia en la trama. Se recomienda leer la serie en orden (*El cazador, La tormenta, El emperador* y *El vencedor*; en ese orden) para disfrutar de la experiencia lectora al máximo. Este libro NO es autoconclusivo.

Este libro termina con un semicliffhanger. La serie completa concluirá con el último volumen, que se publicará pronto. Hablaremos más del tema al final de este libro.

Si ya has leído los libros anteriores, he de decirte que este es el más oscuro. Te recomiendo encarecidamente que prestes atención a los siguientes temas sensibles. El interior de la cabeza de estos personajes es un lugar bastante oscuro; uno de ellos es un sociópata / psicópata *borderline* y la otra sufre un grave trauma. El libro incluye escenas de violencia descritas en detalle, lenguaje malsonante y contenido sexual recomendado única y exclusivamente para mayores de dieciocho años. Y me refiero a *mucho* contenido sexual. Debe de ser el libro donde más escenas de sexo he escrito. Los traumas sexuales son parte de la historia. El sexo también puede emplearse como método de curación mental, y así lo usan los personajes de este libro para su desarrollo y crecimiento.

Advertencias de contenido: este libro contiene escenas de somnofilia leve, asfixia erótica leve, juegos sexuales leves con cuchillos, voyerismo, juegos de poder, cachetes leves, consentimiento no consensuado, comportamiento psicopático, acosadores, sangre, tráfico de personas, esclavitud sexual, agresión sexual a menores de edad, maltrato infantil, industria del porno, asesinato, incendio provocado, homicidio, tortura, violación, abuso forzado de drogas, menciones a tráfico de órganos, menciones al suicidio, ideas suicidas, episodios depresivos, trastorno de estrés postraumático, Síndrome de Estocolmo, BDSM.

Si leer sobre cualquiera de estos conceptos resulta de algún modo perturbador para tu salud mental, te pido sinceramente que dejes de leer.

Si sigues con el libro, espero que disfrutes del viaje.

Gracias.

# LISTA DE REPRODUCCIÓN

La banda sonora de Lyla y Dainn.

# LA LUNA

Sola.

En silencio. Encerrada. Con las manos en las rodillas.

Un estremecimiento recorría su complexión delgada. Las ondas le caían laxas sobre los hombros. Inspiró hondo y reprimió el impulso de mirar alrededor. Hacía horas que la habían metido a la fuerza en aquel pequeño armario. A cada hora que pasaba, la situación se volvía más y más insoportable.

La oscuridad, que le había estado oprimiendo la mente, se volvió poco a poco más familiar. Aquella negrura que había sido desconocida era ahora una nueva amiga que la envolvía en sus brazos.

Relajó los propios brazos al doblar las piernas, cruzándolas sobre el frío suelo. Empezó a juguetear con los dedos. Jugueteó con las ondas de su pelo, una y otra vez, una y otra vez. Para poder ver, dejó de intentar parpadear. Calmó la respiración.

Tenía tres años. Estaba encerrada. En silencio.

Sola.

# LA SOMBRA

Fuego.

Calor, calidez y luz.

Calor, destrucción y muerte.

La naturaleza del fuego siempre le había fascinado, y más aún los colores. Le gustaba contemplar el centro azul que crepitaba en el corazón de una llama y que se volvía de un amarillo tan blanco que podría cegar a cualquiera, para luego pasar a tonos anaranjados y rojos como el sol que se pone en el cielo.

Sí, le gustaba el fuego. Siempre le había gustado.

Recordaba la primera vez que se había visto fascinado por las llamas. Un chico que también estaba con él en el orfanato se quejaba todo el tiempo de que sentía fuego bajo la piel. La mera idea le había fascinado. Luego había visto las llamas, unos colores que le abrasaron la vista. El resto del mundo, el resto de los colores, nunca le habían parecido del todo adecuados. El cuidador del orfanato había dicho que eso sucedía porque tenía ojos de demonio, porque era un niño demonio. Y le había puesto de apodo «muerte».

Quizá sí que era la muerte, porque esa misma semana le había prendido fuego al cuidador y había sonreído mientras las chispas bailaban sobre el cuerpo de este. El único punto irritante de toda la escena habían sido los gritos de aquel tipo. A él no le gustaba cuando gritaban. El sonido le hacía daño en los oídos, le dejaba un sabor amargo en la boca. No comprendía por qué era capaz de paladear sonidos, pero desde luego los gritos no tenían un sabor agradable. No, en realidad prefería que sus víctimas estuviesen calladas cuando él aparecía de la nada; la fracción de segundo en que algo visceral asomaba a su mirada antes de que se hiciese dueño de sus muertes.

No siempre había comprendido qué significaba esa mirada. No comprendía bien las emociones. Las veía y podía reconocerlas más tarde, pero no entendía qué se sentía al experimentar terror. Tampoco entendía que la experiencia naciese del dolor. Otros se reían, lloraban, gritaban y tenían empatía. Él no sentía nada.

Quizá esa era la razón de que ella hubiese captado su atención.

Puede que aquella chica expresase sus emociones mucho más que nadie que él hubiese visto jamás. Puede que fueran las llamas de su cabello. O puede que fuera porque la chica los ató a ambos con algo que ya no se podía desatar.

Fuera lo que fuese, en el momento en que los fuegos de ambos se encontraron, el destino de la chica quedó sellado.

Y ahora, él estaba sentado entre las sombras, observándola.

Las luces estroboscópicas del club de subastas dominaban el escenario. En el centro había tres mujeres con túnicas traslúcidas. Él no se fijó en las de los lados; sus ojos heterocromáticos estaban fijos en la chica del centro. La escrutó, estudió el modo en que parpadeaba con la mirada baja y el rostro muerto para el mundo. El único rasgo de vida que quedaba en ella era el pelo; un pelo que le había llamado la atención desde aquella primera vez.

Fingió que daba un sorbo a su bebida, al tiempo que se preguntaba quién iba a morir aquella noche a sus manos.

Todos sabían que jamás debían pujar por aquella chica. Un reguero de cadáveres de pujantes lo había dejado bien claro. Y sin embargo, siempre había alguien que pujaba. Siempre había alguien que tentaba al destino. Y siempre había alguien que moría. La última vez había sido mediante una bala de francotirador en el cerebro. La sangre del pobre mierdecilla había salpicado la piel de la chica. Esta vez, lo haría de manera más personal. Quizá lo empaparía de gasolina mientras ella miraba.

Como si sintiese su mirada, la chica alzó la vista. Sus ojos recorrieron la multitud de hombres bien vestidos y fueron directos a los rincones oscuros a sabiendas de que era allí donde él se encontraba. Eso a él le gustaba. Se percató del momento en que la chica descubrió su silueta, con un odio traicionado en la mirada que fue patente para todo el mundo. Ella apretó los puños. La obsesión de él se acentuó.

Aunque la chica aún no era una llama, aunque solo era un ascua, le pertenecía a él.

La contempló, centrado intensamente en todos los detalles de su rostro.

Algún día, la chica ardería como un infierno. Y él sería el diablo que lo controlase.

PARTE I

# CENIZAS

Ante aquel abismo salvaje, el prudente
enemigo, detenido sobre el borde del
infierno, permanece atento durante
algún tiempo.

JOHN MILTON,
*El paraíso perdido*

# 1

## Lyla

*Hace cinco años*

Era la primera vez que iba a un *sex club*. Aunque había oído hablar de ellos y conocía a muchas chicas a las que se las habían llevado a la fuerza, de algún modo había conseguido librarse de ir.

Y el Moonflame era el *sex club* más lujoso que se podía esperar. Su cliente de aquella noche, un tipo canoso con reloj caro y traje elegante, la agarró de la cintura mientras recorrían el pasillo que daba al amplio salón abierto. Todo era muy opulento, desde las lámparas de araña en los techos altos a los sofás de terciopelo rojo, pasando por la reluciente decoración de madera. Aquel era un lujo que ella solo llegaba a atisbar en sus momentos más oscuros, para luego regresar a la nada.

Por los reservados, vio varias personas con diferentes grados de desnudez que se limitaban a charlar o a dar sorbitos de sus bebidas. Había hombres y mujeres con máscara, y también había chicas y chicos a rostro descubierto. Era una fiesta para quien se la podía permitir. Lyla percibió el poder que había por todas partes.

Se tragó los nervios, no muy preparada, y siguió al hombre, que la llevó hasta una puerta en el otro extremo de la lujosa sala. Aquel tipo era de los listos; no había pujado por ella en la subasta. En cambio, había ido directo al complejo donde Lyla vivía y la había comprado por un año entero. Estaba aterrorizada, porque no le gustaba la mirada sádica que tenía aquel tipo en los ojos. No sabía si «él» estaba al tanto de su nuevo contrato. «Él» solía contemplarla únicamente en las subastas, así que no estaba segura de si estaría al tanto de un contrato que se hubiese firmado durante el día.

Llevaba un fino vestido negro que se ataba a la cintura. Iba sin ropa interior. Le daba pánico pensar en lo que iba a pasar aquella noche. El tipo canoso la llevó hasta una especie de auditorio, algo parecido a un estadio con sofás en gradas elevadas al fondo. En ellos se sentaban varias personas que la observaban. Sin embargo, el centro no estaba vacío. Lo ocupaban altos muros rojos que se entrecruzaban, con una única entrada en el centro.

Era un laberinto.

Antes de que Lyla pudiese siquiera digerir todo lo que estaba viendo, el monstruo a su lado se volvió hacia el público y le abrió de un tirón el frontal del vestido para dejarle los pechos al aire, ante la vista de aquellas sanguijuelas.

—Señoras y señores —anunció—. Quien atrape a mi esclava esta noche tendrá la oportunidad de jugar con ella.

El horror la recorrió. Sus ojos sobrevolaron a aquella gente, tanto enmascarada como sin máscara. Estaban enfermos. Todos y cada uno de ellos. Muy enfermos.

—No. —La palabra se le escapó antes de poder controlarla.

Una mano grande le cruzó la cara.

—¡No hables, chica!

Con la mejilla ardiendo, Lyla bajó la vista. En su cerebro guerreaban la rabia, el dolor y el asco. Sabía que no podía detener aquello. El monstruo le sujetó con fuerza las manos a la espalda y le ató las muñecas con algún tipo de cuerda que le abrasó la piel.

—Corre. —El monstruo le dio un leve cachete en la mejilla—. Ponte a salvo durante unos minutos mientras te buscamos.

Con adrenalina en las venas, Lyla no esperó ni un instante para lanzarse a toda prisa al laberinto y escapar de los ojos de todos los presentes. Los muros se cernían sobre ella, le sacaban una cabeza de altura, suficiente para mantenerla oculta ante ojos fisgones. Inspiró hondo y miró a ambos lados, para luego girar a la derecha y correr a toda velocidad hasta llegar a un callejón sin salida. Tenía el pecho agitado y la mitad del vestido desgarrado. Giró hacia la izquierda sin la menor idea de adónde ir. Solo quería correr y escapar, pero la indefensión de saber que no había escapatoria le provocó lágrimas ardientes en los ojos.

Los odiaba. Odiaba a todos y cada uno de los presentes por hacer que se sintiera menos que humana. Las lágrimas, calientes, le abrasaron la piel de las mejillas; le llegaron a la mandíbula y cayeron. Se dio la vuelta y corrió.

Oyó risas a su alrededor. Captó algunas voces más cerca de lo que deberían estar. Los muros se cernían aún más sobre ella. Ni siquiera podía detenerse para esconderse, pues sabía que la veían desde los asientos superiores. Dios, cómo le gustaría matarlos a todos, destruirlos por completo por tratarla así. No había hecho nada para merecerse aquello. *Nada*.

Después de un minuto o quizá una hora, quién sabía, Lyla giró a la izquierda y se detuvo. Contemplaba una pequeña abertura en medio del laberinto. Desde el lugar en el que se encontraba, veía todo el auditorio. Se dio cuenta de que estaba justo en el centro, a la vista de todos. Había cinco hombres en los sofás de más arriba. A uno de ellos le estaba chupando la polla una chica; otros dos se follaban a otra; y los dos últimos se masturbaban mutuamente. En el otro extremo, una mujer enmascarada contemplaba la escena mientras una chica le comía el coño.

Había mucha gente contemplando su indefensión. Nadie dispuesto a mostrar ni un resquicio de humanidad para ayudarla.

Dos hombres aparecieron en el otro extremo del laberinto con máscaras que les ocultaban la cara. Se acercaron, y Lyla se preparó, con el corazón en la garganta. La agarraron de los brazos y la arrastraron hasta el centro de la sala. Ella forcejeó, pero sin éxito. Pasaron los segundos y los dos hombres se pusieron a hablar entre sí en un idioma extranjero, sin soltarla de los bíceps.

Derrotada, Lyla cerró los ojos y se preparó para perder. Y de pronto lo oyó.

Por el aire se propagaron exclamaciones ahogadas y gritos. Abrió los ojos y parpadeó, incapaz de comprender por qué salía corriendo todo el mundo que la había estado mirando.

Su comprador, aquel monstruo canoso, estaba sentado en un sofá, con la garganta rajada y la camisa blanca empapada de color rojo. Lyla lo vio todo, pasmada. Los otros corrieron hacia una salida, al tiempo que una hoja apareció volando por los aires y se clavó en el cuello de uno de los hombres que la sujetaban. Algo cálido le salpicó los pechos. El agarre en sus brazos se aflojó. Conmocionada, Lyla contempló la sangre que le manchaba el cuerpo. El otro hombre que la agarraba la soltó y echó a correr..., y una hoja se le clavó en la espalda.

Aterrorizada, poseída por un instinto de supervivencia arraigado en lo más profundo de sí misma, Lyla volvió a internarse en el laberinto. Se aplastó contra una pared e intentó correr hacia un lugar relativamente seguro. Le daba igual quién tuviera algún problema con su comprador; ella no quería mezclarse en nada. Consciente de que era visible desde terreno elevado, de algún modo se las arregló para agacharse y correr, tan empequeñecida como le fue posible. Respirando con pesadez, forcejeó con las ataduras a su espalda.

Encontró un rincón apartado de la línea directa de visión desde los asientos, se enderezó y recuperó el aliento. Miró frenética en todas direcciones en busca de alguna señal de peligro.

Y entonces sintió que una hoja le tocaba la nuca.

Se quedó paralizada, todo el cuerpo tirante de tensión y el corazón contraído de miedo. Petrificada. La hoja le recorrió toda la línea de la columna, la punta afilada le acarició la superficie de la piel. Bastaría aplicar un poco de presión para rajársela. Lyla cerró los ojos; la sensación le provocó miedo y algo más: la esperanza desquiciada de que el asesino no la torturase.

Sintió que un cuerpo alto y cálido se pegaba al suyo mientras la hoja seguía recorriéndole la espalda. Apretó con más fuerza los ojos cerrados. Le temblaban los brazos. Un aliento le acarició el lateral del cuello, un aroma familiar en su nariz, una voz de muerte en su oído:

—Esos ojos, *flamma*.

Abrió los párpados de golpe. La inundó la sorpresa acompañada de algo más. Echó la cabeza hacia atrás. Unos demoniacos ojos disparejos que asomaban tras una máscara se clavaron en los de ella. Se quedó sin respiración.

Él había venido. Había venido a por ella. Había matado por ella.

Lyla empezó a sollozar, con un alivio intenso y agudo que le inundó el cuerpo.

La hoja cortó las ataduras que le inmovilizaban las muñecas. Lyla se lanzó contra su pecho, sintió que todo su cuerpo se helaba al abrazarse a él, derramó lágrimas que le mojaron la camisa. El aroma que lo acompañaba la envolvió, junto con una calidez que espantó el frío de sus huesos.

Él le sujetó ambas muñecas a la espalda con una mano, algo similar a las ataduras, aunque Lyla no se sintió atada en absoluto. La otra mano ascendió y la agarró de la barbilla. Le recorrió los labios con el pulgar y le enjugó las lágrimas de la mejilla. La contempló llorar con algo parecido a la fascinación. Acercó los labios a su mejilla y sacó la lengua para lamerle las lágrimas. Acto seguido se echó hacia atrás y la observó con una posesividad tan innata que ella la sintió hasta en el tuétano.

—Pensaba que no vendrías —susurró Lyla en el espacio entre los labios de ambos, con el cuerpo sobrepasado por las emociones que había sentido en los últimos minutos.

Él la miró con más intensidad. Se inclinó hacia ella y le habló pegado a su boca, con palabras que apenas le acariciaban los labios, tan cerca que Lyla las sintió en la piel; una promesa y una amenaza contenidas en una única frase que la reclamaba y capturaba a un tiempo:

—Yo siempre vendré a por ti.

# 2

## Lyla

*En la actualidad*

El monstruo iba a morir.

Contuvo un suspiro mientras contemplaba a aquel hombre de mediana edad, lo bastante mayor como para ser su padre, que se dirigía hacia ella por la sala de subastas tras haber ganado la puja. El ambiente oscurecido y amplificado por las luces estroboscópicas no conseguía disimular ni su buen aspecto ni todo el dinero que parecía tener. Bueno, había que tener mucho dinero para entrar en aquella sala, y por otro lado el aspecto del tipo daba igual. Lyla había estado con gente mucho peor. Y lo que era más importante, era más consciente que la mayoría de que los peores monstruos solían esconderse tras caras bonitas. Acudían a aquel agujero infernal para poner en práctica sus fantasías más detestables; rajaban y destrozaban para luego regresar a sus fachadas de clase alta, ciudadanos de gran moralidad, con esposas y familias en casas tras verjas puntiagudas. Era el tipo de monstruo que Lyla más odiaba. Era mucho más sencillo lidiar con un monstruo que se presentaba de primeras como tal, no tanto como una serpiente escondida entre la hierba.

El tipo recorrió su silueta con los ojos, expuesta bajo el batín traslúcido. Descendió por su cuello hasta los amplios pechos, de su boca reluciente a las uñas pintadas de los pies. Incluso después de tantas veces, a Lyla le costó no encogerse ante aquella mirada lasciva.

Sabía bien por qué pujaban por ella. Era una rareza, una pelirroja natural y exótica, toda una delicia en un mar de rubias y morenas. Y era atractiva. Se levantaba una pasta gansa en cada puta subasta, motivo por el que los organizadores seguían poniéndola en el escenario y aquellos idiotas seguían arriesgando sus vidas. Cada uno de ellos pensaba que sería el que se saldría con la suya, siempre cegados por su poder y arrogancia.

Se equivocaban. Llevaban seis años equivocándose, todos y cada uno de ellos. Lo demostraba más de una docena de cadáveres.

Antes de perderse en sus propios pensamientos, Lyla se controló y adoptó la expresión de calma serena que le habían enseñado sus primeros vendedores:

«Sé suave, incitante. Pon cara bonita, baja la barbilla y estate callada».

El tipo —Lyla empezó a llamarlo Quince en su cabeza, porque era su decimoquinto comprador en la subasta— se acercó a ella. Agarró uno de sus mechones largos y ondulados con la mano.

«Oh, no debería haberme tocado el pelo». No formuló aquel pensamiento en voz alta.

—¿Cómo te llamas, dulzura? —preguntó él con una suave sonrisa. La lascivia en sus ojos era tan patente que Lyla tuvo claro en qué estaba pensando.

—Lyla —dijo en tono quedo, exactamente con el volumen que le habían enseñado a poner al hablar.

Entrenaban a cada chica para comportarse de un modo

que se ajustase a su aspecto, para que pareciese más atractiva. Con Lyla, se suponía que todo tenía que ser suave, dócil, manso: su voz, sus maneras, su comportamiento. Tenía que transmitir vibraciones de sirena sexy, dulce y sumisa al mismo tiempo.

Solo a una de sus amigas, Malini, la habían entrenado para dar una imagen diametralmente opuesta. Malini era directa, ruda. Le habían dicho que se portase como una salvaje para que cualquier hombre tuviera ganas de domarla. Una pequeña ráfaga de pura diversión atravesó a Lyla solo de pensarlo. Sus entrenadores se habían equivocado de cabo a rabo. Lo que hacían no era más que teatro. Malini era una persona de lo más amable y dulce. Lyla ya no recordaba cuántas veces había acudido a ella en busca de consuelo, cuántas veces la había cuidado Malini del mismo modo que Lyla imaginaba que las madres y las hermanas cuidaban a sus seres queridos: con leves caricias y palabras dulces, con suficiente amor como para darle ganas de continuar un día más. Sin embargo, hacía meses que no veía a su amiga. Había preguntado por ahí y uno de los vendedores le había dicho que un hombre había adquirido a Malini con un contrato de larga duración. Eso implicaba que podrían pasar años hasta que volviera a verla, y eso si la veía de nuevo.

—¿Y cuántos años tienes?

Las palabras de su comprador la sacaron de sus pensamientos, y volvió a concentrarse. Sabía exactamente lo que querían los hombres como él y, aunque tenía veinticuatro años, dijo:

—Dieciocho.

El hombre sonrió. «Vaya puto gilipollas». Aunque este al menos intentaba disimular su monstruosidad, Lyla había visto a demasiados adultos destrozar vidas inocentes como para seguir creyendo en la decencia.

El tipo le tocó desvergonzadamente un pecho. Ella se quedó inmóvil, con los puños apretados a los costados, y le dejó sopesar ambos pechos. Aquel tipo no solo iba a morir; iba a *morir*. Lyla aguantó la respiración, y sobrevoló con la mirada los rincones oscurecidos de la sala. No podía ver la silueta de su diablo en las sombras, aquel que era al mismo tiempo la ruina y la bendición de su maldita existencia. Mientras aquel tipo la toqueteaba con la zarpa, ella dejó vagar sus pensamientos hasta la primera vez que había visto a su diablo en la subasta hacía seis años. Había sido la segunda vez que lo veía en la vida. Recordó la sorpresa que había sentido, sobre todo porque había pensado que no volvería a verlo jamás. En aquel momento, tuvo la esperanza de que su diablo pujara por ella. Había querido que fuese él quien la eligiera. No había sido así. Se había quedado en su rincón y se había limitado a mirar mientras otro hombre la compraba en subasta y se la llevaba a un hotel a una manzana de distancia.

Esa había sido la primera noche en la que Lyla sintió un salpicón de sangre en la cara, en la que un agujero de bala había aparecido en la cabeza del hombre que había estado a punto de desnudarla. Se había quedado petrificada en el sitio, y había mirado por la ventana para descubrir la silueta de un hombre que se movía en el edificio de enfrente. Había sabido entonces que se trataba de *él*.

Ahora Lyla contempló los rincones oscuros de la estancia mientras Quince se inclinaba para darle un beso en el cuello al tiempo que jugueteaba con sus pechos abiertamente, en mitad de la sala de subastas. Aquellos rincones estaban vacíos, pero eso no significaba nada. Ahora Lyla lo sabía bien.

Él estaba observando. Él *siempre* estaba observando. Lyla lo había descubierto la segunda vez que la habían subastado:

los dos hombres que se la habían llevado a su casa a pasar una semana entera acabaron estrangulados con un alambre de púas en la primera noche mientras ella estaba en el baño. Cuando salió, vio a su diablo colocar una rosa eterna de color negro en la repisa junto con ropas nuevas para ella. Sus ojos disparejos se cruzaron con los de Lyla, y luego se marchó. La rosa, que era la flor más bonita que había visto en toda su vida, negra, perfecta, había sido el primer regalo que recordaba haber recibido de él. La ropa era de una tela suavísima, una caricia sobre su piel. Lyla se llevó tanto la ropa como la rosa.

Volvió a suceder lo mismo en la tercera ocasión, en el *sex club*; y luego en la cuarta y la quinta. Una y otra vez hasta que tanto ella como los organizadores lo comprendieron: quienquiera que pujase por Lyla moriría. Y sin embargo, Lyla aportaba grandes ingresos, así que volvían a ponerla en el escenario una y otra y otra vez. Y cada vez, él estaba allí y se los cargaba a todos.

Lyla había tardado tiempo en comprender que, para su diablo, aquello era probablemente un juego. Si ella le importase de verdad, él no había permitido que la colocasen allí, desnuda y lista para que la comprasen.

Y sin embargo, allí estaba: inútil, descartada, rechazada.

Se estremeció. En su mente se abrió un agujero negro que la atrajo hacia sí; la invitó a lanzarse dentro, a olvidarse de todo, a permitir que todo lo que formaba parte de su existencia quedase aplastado hasta que no quedase nada de ella.

El tipo le rozó el cuello con la lengua. La repugnancia se adueñó de la boca de su estómago. El odio que sentía hacia su propio cuerpo se intensificó, y el agujero negro se acercó tanto que Lyla tuvo ganas de arrojarse al interior. A Quince no le importaría que estuviese catatónica, no le importaría que no estuviese allí siempre y cuando pudiese usar su cuerpo. Sin embargo, habían pasado años desde la última vez que alguien la usó por completo. No comprendía cómo había podido acercarse tanto aquel monstruo de mediana edad.

«¿Dónde está?».

—Señor, tiene usted que saldar la cuenta antes de probar la mercancía.

La voz llegó de un lateral. Se trataba de uno de los subastadores. El tipo asqueroso se enderezó y le dejó a Lyla un momento de alivio para recomponerse. Ella dio un paso atrás e inspiró para controlar la espiral descendente de sus pensamientos. Sabía que si se dejaba arrastrar, se acabaría perdiendo, pero aun así costaba mucho resistirse.

El tipo le tendió un fajo de billetes al subastador. Lyla volvió a pasear la vista por el club, intentando ver si su diablo estaba allí. No lo estaba.

Tragó saliva para controlar la amarga decepción e intentó pensar en el mejor modo de sobrevivir a aquella noche más o menos intacta.

—Vámonos, dulzura.

Quince le pasó el brazo por la cintura. Ella vio el anillo de casado que llevaba en el dedo. Se preguntó si su esposa sabría que había salido con la intención de follarse a una chica a la que le doblaba la edad. Sin embargo, eso no era asunto suyo. Aquellos tipos se cavaban ellos solos su tumba; Lyla no sentía el menor remordimiento cuando caían dentro de ella.

Cuando salieron, empezó a retumbarle el corazón.

«El exterior».

Lyla *adoraba* el exterior. Pero no solía salir mucho. Se había pasado la infancia y la adolescencia en casas especiales de formación. Algunas estaban bajo tierra y otras en la superficie, pero ella siempre estaba confinada dentro. Su cama siempre estaba en el sótano con los demás niños. Ahora vivía en una residencia con otras chicas, en un complejo muy bien protegido. No se les permitía salir sin motivo y sin acompañante. Esa era una de las razones por las que le gustaban las subastas: si alguien la compraba, podría disfrutar del alivio momentáneo de encontrarse en el exterior, sentir el viento y ver el cielo aunque fuera por un breve instante.

El tipo la sacó por una puerta trasera del club que daba a un callejón que desembocaba en el aparcamiento.

—Espérame aquí, voy a por el coche —ordenó Quince—. No hará falta que te diga lo que pasará si intentas huir, ¿verdad?

Ella negó con la cabeza. Sabía qué les hacían a las que escapaban. La otra amiga que tenía por allí había huido cuando eran niñas, y Lyla sabía que hoy en día seguían buscándola. El Sindicato, la organización a la que pertenecían todas las esclavas, no permitía que nadie escapase. Ella misma lo había intentado en una ocasión, pero la habían atrapado. Y había experimentado de primera mano qué era lo que les hacían a quienes querían huir.

Apartó de sí aquel recuerdo y se quedó donde estaba. Ante aquella tranquila obediencia, el tipo sonrió y se marchó. Ella se quedó a solas en la entrada del callejón tras el edificio. Alzó el cuello para contemplar el cielo nocturno, pero sintió pesadumbre en el corazón al ver solo oscuridad. Sabía que había noches en la ciudad en las que no se veían las estrellas, pero había tenido la esperanza de que aquella noche sí que se viesen. Había pasado mucho tiempo desde la última vez que las vio, aunque demasiado poco en su corta pero dura vida. Sin embargo, aquella noche no había nada; ni luna ni estrellas, solo una negrura infinita y sucia por culpa del humo gris y las nubes.

Algunos días, Lyla llegaba a preguntarse qué sentido tenía existir. Días en los que el futuro tenía el mismo aspecto que aquel cielo: lúgubre, sin esperanza, sin fin. Pero luego recordaba lo único que la impulsaba a avanzar. Lo que conseguía que se levantase por las mañanas y se enfrentase al día era la búsqueda de una sencilla respuesta.

De pronto, se le erizó el vello de la nuca. Lo primero que captó fue su olor, un aroma que solo había inspirado en pocas ocasiones durante los años en los que la había vigilado, un aroma que se le había quedado grabado en la mente. Él apenas se le había acercado un par de veces. Lyla no sabía exactamente a qué olía porque no había percibido muchos aromas agradables en su vida, pero sabía que era un olor concreto y masculino, y que era *suyo*.

Comprendió que estaba detrás de ella. Sintió su aliento en la coronilla; el calor de su cuerpo, más grande que el de ella, a la espalda. Como siempre le sucedía al estar cerca de él, sus sentidos adormecidos cobraron vida con una llamarada. Tenerlo a su espalda siempre la hacía sentirse perseguida y apreciada a un tiempo, una dicotomía de emociones que hasta a ella le costaba comprender.

Dios, lo odiaba. Odiaba el modo en que reaccionaba a su presencia, odiaba querer odiarlo más y no poder hacerlo, y odiaba que él lo supiera y no le importase lo más mínimo.

Se quedó inmóvil, sin romper el silencio con una sola palabra. Le había formulado aquella pregunta en unas cuantas ocasiones y, cada vez, él había jugueteado con su mente. La había dejado confundida, frustrada y enfadada. Ahora mismo, Lyla se centró en su rabia, tal y como llevaba años haciendo. La rabia era buena. La rabia conseguía que sintiese *algo*. La rabia le recordaba que seguía viva.

—¿Te ha gustado que te toque ese tipo?

La voz, *su* voz, sonó susurrante tras ella. Si la muerte tuviera voz, sería la de él. Lyla no sabía decir a qué se parecía, porque no tenía nada con lo que compararla. Sin embargo, había oído las voces de muchos hombres a lo largo de su vida y la de él era, sin la menor duda, la más *peligrosa* de todas. Le recordaba a una vaga historia que alguien le había contado, un recuerdo desvaído, probablemente de antes de meterse en aquella vida. Era la historia de un hombre que tocaba la flauta y que conseguía que todos los roedores de una ciudad lo siguieran bailoteando hasta saltar por el borde de un precipicio y morir felices y contentos. Él tenía ese tipo de voz: profunda, incitante, seductora; una voz capaz de guiar a cualquiera sin darse cuenta hasta un precipicio para que saltase hacia la muerte, y que encima disfrutase ciegamente del camino. Era una voz peligrosa, muy peligrosa; de un hombre peligroso, muy peligroso. La voz de la muerte, que invitaba a los mortales a poner a prueba su propia mortalidad.

Qué puta suerte haberle encontrado, justo a él, aquella aciaga noche hacía nueve años.

Lyla se mantuvo en silencio, negándose a seguir su canción.

—Te he hecho una pregunta, *flamma* —le recordó él una vez más.

«Yo también te hice una pregunta», quiso decir Lyla. No sabía por qué él la llamaba así. Estaba segura de que sabía su nombre, pero también sabía que aquello era lo más parecido a un apelativo cariñoso que podría sacarle a aquel hombre. Al principio, cuando la había llamado así, Lyla se había visto inundada de esperanza, de una sensación de pertenencia. A medida que la esperanza disminuía, comprendió que aquel apelativo no significaba nada. Ahora le hacía daño. Ella no era *nada* suyo. Un hombre como él no sentía cariño por nada.

Lyla apretó los dientes y la mandíbula. El impulso de darse la vuelta y mirarlo le recorrió con fuerza todo el cuerpo. Sin embargo, era consciente de sus jueguecitos, y sabía que lo mejor que podía hacer era no participar en ellos. Él quería ver sus reacciones, así que contenerlas le daba a Lyla poder..., al menos momentáneo.

«Jamás volverás a oír mi voz. ¡Vete al puto infierno!».

En su mente bailó el recuerdo de la última vez que había estado a solas con él. Sus intentos fallidos de sacarle respuestas habían desembocado en una promesa rabiosa. Lyla se enorgullecía de no haber vuelto a pronunciar ni una sola palabra en su presencia.

Un coche plateado se detuvo delante del callejón.

Lyla inspiró hondo. Ignoró al hombre a su espalda, que claramente estaba escondido, porque Quince, el tipo que la había comprado aquella noche, no había reaccionado de ninguna manera. Echó a caminar hacia el coche. Subió al asiento del copiloto y se puso el cinturón de seguridad. Odiaba aquel batín traslúcido y el modo en que Quince la miraba. Todos la miraban, pero nadie la veía... Nadie excepto el hombre que la observaba como si ella fuese su religión.

Se giró y miró por la ventana hacia el lugar donde él se encontraba. Apenas consiguió discernir la silueta de su cuerpo. Un encendedor cobró vida en su mano y lo volvió visible por un momento. Él jugueteó con el mechero y luego alzó la vista. Las miradas de ambos se entrelazaron, pero el coche empezó a moverse.

—No puedo esperar a follarte esta noche, dulzura. —El monstruo a su lado soltó una risa entre dientes.

Ella contuvo la lengua y reprimió el impulso de decirle que lo único que iba a penetrar aquella noche sería una bala en su cuerpo.

# 3

## Lyla

Jamás conseguía acostumbrarse a ver a alguien morir. Sin importar cuántas muertes hubiera visto ya, cada vez que aquello sucedía la sacudía por completo. Una persona normal, con moral, sentiría conmoción, pena, repulsión y miedo. Y sin embargo ella, probablemente porque sabía que aquellos hombres eran lo peor de lo peor, solo sentía alivio y, en cierta medida, cierta satisfacción vengativa. La única tristeza que sentía era por las familias. Se imaginaba a una esposa preguntándose por qué no había vuelto a casa su marido, para luego enterarse de que este la estaba engañando y follándose a una esclava sexual a sus espaldas. Qué triste, joder. Lyla sentía más pena por una mujer a la que jamás había conocido que por el hombre que tenía delante.

El disparo atravesó la ventana y, de paso, la mano del monstruo, que había estado a punto de tocarla de nuevo. La sangre salpicó las paredes blancas de la suite del hotel. El monstruo gritó y sacudió aquella mano en la que ahora había un agujero. La bala no había alcanzado a Lyla por pocos centímetros, pero a ella no se le aceleró el corazón. Ni siquiera pensó en apartarse para esquivarla, como sí había sucedido en el pasado. Él había hecho muchas cosas, pero jamás la había puesto en peligro ni le había hecho daño.

El hombre que tenía delante la agarró del otro brazo y de pronto se volvió hacia la ventana. Utilizó su cuerpo como escudo, una maniobra francamente estúpida, porque Lyla era baja y delgada. La cabeza del tipo quedaba muy por encima de la suya. Y justo en la cabeza fue donde le acertó la segunda bala.

El tipo cayó al suelo, con los ojos desprovistos de vida, muerto por completo en una fracción de segundo. Fue el número quince.

Lyla suspiró, contempló la sangre que la cubría y fue al baño, donde cerró la puerta. Sabía qué iba a suceder a continuación. Sabía que tanto su subastador como el personal de seguridad recibirían una llamada. Sabía que alguien vendría y la acompañaría al complejo donde vivían las chicas. Y sabía que tardarían unos veinte minutos en llegar. Esos veinte minutos eran valiosísimos. Esos minutos le *pertenecían*.

Arrojó a un lado el condenado batín traslúcido y se metió en la bañera. Jamás había disfrutado de un baño hasta que habían empezado a subastarla, hasta que aquellos hombres la habían traído al hotel. Aquel sitio estaba cerca del *sex club*. Le pertenecía a quienquiera que estuviera al frente de la operación. Resultaba cómodo, para que los compradores pudieran saciar su lujuria inmediatamente después de la compra.

Lyla no sabía quién estaba al frente de la operación; ninguna de las chicas lo sabía. Pero sí que la organización se llamaba «El Sindicato». Lo sabía porque, en una ocasión, había trabajado de camarera en una reunión cuyos asistentes habían mencionado el nombre. Sin embargo, sobre el terreno, la organización tenía comerciantes que trataban con otros comerciantes, que a su vez tenían otros comerciantes. Lyla no tenía ni idea de hasta dónde llegaba la cadena de mando. Ella no era más que el escalafón más bajo de la pirámide; a ella solo le daban un hotel donde otros podían utilizarla. Allí se consumaban todos los contratos de corta duración. Un contrato de larga duración implicaba desplazar a una chica a otro lugar, donde quisiera el comprador.

El hotel proporcionaba habitaciones ajustadas a cualquier tipo de perversión. Las más escandalosas implicaban sexo no consentido. Sin embargo, se atendía cualquier tipo de fetichismo. Allí no existían conceptos como el consentimiento, la legalidad, la empatía o la moralidad. Era un abismo de nada absoluta.

Lyla había estado en demasiadas habitaciones de aquel hotel, y todas tenían baño propio con bañera que siempre usaba, aunque fuese durante cinco minutos. Esos cinco minutos eran especiales. Lyla disfrutaba esos momentos a solas, lejos de ojos fisgones y relativamente a salvo.

Llenó la bañera hasta el borde y se metió. La envolvió un bendito silencio. Cerró los ojos y aguantó la respiración. Se agarró a los lados de la bañera con las manos. El agujero negro volvió a llamarla, muy cerca. A lo largo de los años, el agujero negro había crecido más y más, su llamada era más intensa que antes. Lyla no volvería a tener otra oportunidad más clara de escapar para siempre, otra oportunidad de desafiar de manera definitiva a todos los que le arrancaban pedazos de sí y dejaban en su interior un hueco… hasta que no sentía nada.

Bajo el agua, en silencio, no tenía que ser nada. No tenía que saber quién era. No *sabía* quién era. No sabía qué le gustaba ni qué le disgustaba. No sabía qué preferiría hacer si fuese una persona normal con una vida igual de normal. ¿Sería artista, doctora, bailarina, algo distinto? ¿Tendría unos padres que la adorasen, hermanos y hermanas, una familia que la quisiese y que se preocupase por ella si no volvía a casa a su hora? ¿Se preocuparía a su vez por ellos o sería una egoísta? ¿Qué aficiones tendría? ¿Le gustarían los gatos o los perros? ¿Tendría alergias? ¿Tendría un compañero que la amase? ¿Disfrutaría del sexo de verdad o le inspiraría pánico? ¿La gente del exterior sufría violaciones? ¿Sería libre?

Empezaron a arderle los pulmones. La inundó el deseo de dejar que ardiesen por completo, de soltarlo todo, de acabar con todo de una vez. Qué sencillo sería.

Pero tenía que vivir. Tenía que vivir por esa respuesta que solo tenía *él*.

Un día más. Si conseguía sobrevivir un día más, ya se preocuparía más tarde por el día siguiente. Dio una honda bocanada de aire, salió a la superficie con el pecho agitado mientras el oxígeno le corría por las venas. Con el pelo goteando, miró hacia la esquina del cuarto de baño. La puerta que había cerrado ahora estaba abierta.

Él estaba allí.

Se detuvo un instante. ¿Dos veces en una sola noche?

«¿Por qué cojones está aquí?». No solía dejarse ver después de matar. Aquello era una novedad. Sin embargo, Lyla no pensaba hablar con él, ni mucho menos darle la satisfacción de reaccionar de ninguna manera. Era un hombre frío y manipulador. Que estuviese obsesionado con ella no significaba nada.

Bajo las tenues luces amarillas del baño, él resultaba más visible que antes. Lyla lo recorrió con la vista y digirió lo que estaba viendo. Era rico, eso lo sabía, y no solo por su ropa. Iba entero de negro, como todas las veces que se habían visto. Probablemente, aquel atuendo le servía para confundirse con las sombras: era un traje de tres piezas sin corbata, con la camisa abierta. Se veía un poco de su pecho masculino.

No era el tipo más atractivo que ella hubiera visto. No, había visto hombres mucho mucho más hermosos. Pero era, sin la menor duda, el de aspecto más peligroso. Quizá era la línea de la mandíbula, que parecía tallada, salpicada de una barba oscura de pocos días que siempre parecía tener la misma longitud. O quizá era su complexión: alto, ancho, algo musculoso pero sobre todo fibroso, como una pantera combativa. A lo mejor se trataba de su inmovilidad, la absoluta habilidad de centrarse en algo con tanta intensidad que parecía un arma mortal. O quizá eran esos ojos; uno de ellos negro por completo, mientras que el otro tenía una extraña combinación de tonos verdes y dorados. Era hipnótico, cautivador, letal. Una dualidad de muerte y más allá en una única mirada.

Quizá era algo de lo anterior. O quizá solo era el hecho de que Lyla lo había visto asesinar a varias personas sin un resquicio de emoción durante mucho tiempo. Tanto que lo había acabado asociando con el peligro.

Sin embargo, el motivo por el que sabía que era rico era simplemente que, de otro modo, jamás habría podido entrar en los clubs y demás rincones de aquellos sórdidos bajos fondos. Había solo dos tipos de personas con acceso a aquellos lugares: esclavos o compradores. Y aquel tipo era lo más alejado de un esclavo que Lyla hubiese visto en su vida. Tampoco sabía si era un comprador, si tenía su propia esclava sexual o bien todo un harén que supliese cada una de sus necesidades.

La mera idea le dejaba un mal sabor de boca. Con todo lo que hacía aquel tipo aparte de acosarla, Lyla se preguntó si le quedaba tiempo para algo más. También se preguntó por qué lo hacía, cómo era que nadie lo conocía, quién sería en el exterior. No tenía ni idea. No sabía nada de él a pesar de conocerlo desde hacía años, a pesar de ser una de las pocas personas que le había visto la cara.

Se sintió mayor de los veinticuatro años que tenía. Estaba cansada hasta de respirar. Mantuvo el rostro imperturbable, apartó la mirada de él y se centró en el agua.

—Esos ojos.

Aquella orden deliberadamente lenta de solo dos palabras la atravesó como una lanza. Apretó la mandíbula, sin comprender qué hacía él allí ni por qué le hablaba si jamás le había dicho lo que ella quería oír.

—No te lo volveré a decir.

Había algo en el tono de su voz, como el reverso de una hoja, que atravesó su confusión. La diminuta parte de su interior que sabía que aquel tipo era peligroso reaccionó de manera instintiva. Esa parte le pidió que recordara al responsable del Sindicato que había tenido a los catorce años, el que la entrenaba en el arte de la obediencia al hombre adecuado. Y ella había aprendido, no por obediencia, sino por miedo.

Giró el cuello para volver a mirarlo, su mirada se cruzó con aquellos diabólicos ojos disparejos, expectantes. Una ráfaga de miedo recorrió su cuerpo tras el recuerdo de su educación de adolescente.

Él ladeó la cabeza.

—¿Me tienes miedo, *flamma*?

Ella apretó tanto las manos en el borde de la bañera que se le pusieron blancos los nudillos. No, no le tenía miedo. O quizá sí. Aquel tipo le provocaba reacciones enormemente diferentes.

—¿No piensas darme tu voz? ¿Ni siquiera si te doy esa respuesta que buscas?

La pregunta fue suave, pero lo bastante efectiva como para que su corazón empezara a retumbar. ¿Le iba a dar una respuesta? ¿O estaba jugando con ella? No era capaz de decirlo solo viendo su expresión. Acabó por ceder y le habló por primera vez en meses:

—¿Me la vas a dar?

El hombre que tenía las respuestas que ella deseaba se quedó inmóvil contra la pared. Lyla tragó saliva.

—Algún día.

Una amarga decepción se adueñó de ella, seguida de cerca por la rabia. Las palabras se le escaparon de la boca en un diluvio que llevaba demasiado tiempo conteniendo.

—Eres peor que todos estos monstruos. Ofreces esperanza y luego la arrebatas. Una y otra vez. —Apartó el rostro, con labios temblorosos. Odiaba la facilidad con la que le salía el llanto, lo fácil que afloraban sus sentimientos—. Aléjate de mí. No quiero tener nada que ver contigo.

Él se quedó inmóvil junto al lavabo, apoyado en la pared, con aire despreocupado pero alerta, y esa diabólica mirada firme. Lyla volvió a guardar silencio.

—Llegarán en pocos minutos —le dijo, cambiando de tema ante aquel silencio deliberado y continuo. Eso ella lo sabía. No era ninguna novedad—. Quiero que les cuentes lo que ha pasado. —Mientras hablaba se apartó de la pared en la que se había apoyado—. Diles que el Hombre Sombra ha estado aquí.

«¿Por qué?».

Lyla estuvo a punto de formular esa pregunta, pero se mordió la lengua. Dedicó una mirada cautelosa a aquel hombre que aterrorizaba a casi todos los bajos fondos, y con razón. Él mantuvo la expresión neutral, como siempre, pero hubo un destello en sus ojos. No respondió a la pregunta silenciosa de Lyla; se negó a reconocerla del mismo modo que ella se negó a formularla en voz alta. Se llevó la mano al bolsillo interior de la chaqueta y sacó una rosa eterna de color negro. La colocó junto al lavabo.

—Si me mantengo alejado de ti, me echarás de menos, *flamma*.

«A la mierda con él».

Lyla quiso preguntarle por qué le dejaba esas flores, a qué venía ese tipo específico de rosa y por qué siempre después de un asesinato. Ahora tenía quince de ellas, todo un ramo que guardaba escondido en una caja para que nadie se lo robara. Por retorcido que fuera, era el único regalo que había recibido en su vida. Las conservaba de un modo posesivo, junto con la ropa que él le traía cada vez.

Paseó la vista alrededor en busca de la bolsa donde debería estar la ropa, pero no vio nada. Nada. No había bolsa. Sus ojos volaron hacia él. Lyla sintió fuego en las venas. Estaba jugando otra vez con ella. ¿Por qué? ¿Qué satisfacción sacaba de provocarle reacciones, de jugar con sus emociones?

Él torció la boca en una media sonrisa que más bien era un tajo. Sabía que Lyla confiaba en que le trajese ropa, ropa que se llevaba al complejo, ropa que lavaba y conservaba porque era la más bonita que tenía y porque solo era suya y de nadie más. Lyla no sabía si es que era sencillo adivinar lo que pensaba, aunque nadie lo hubiera intentado antes, o si él tenía alguna habilidad especial a la hora de descifrar sus emociones. Fuera como fuese, él conocía sus patrones de pensamiento. Lyla *no soportaba* que fuera así.

Sin pronunciar más palabra, él se largó del baño y cerró la puerta al salir. Lyla se levantó y se envolvió en una toalla. Estaba enfadada con él, enfadada con el mundo. Y sabía que solo podía seguir enfadada cinco minutos más. Luego tendría que ser dócil otra vez, no podría ceder a la rabia. Y eso la ponía aún más rabiosa.

Salió del baño y se detuvo de pronto al ver una sencilla bolsa de papel sobre la cama. Ignoró el cadáver que yacía en un lateral de la habitación, se abalanzó sobre la bolsa y vio en ella un par de vaqueros negros, un top blanco sin mangas y un juego de sujetador y bragas de algodón de aspecto cómodo. Quitó las etiquetas y se apresuró a vestirse. Una vez más se preguntó cómo podía él saber su talla exacta de cada prenda. Todo le sentaba como un guante. Volvía a ponerla a prueba para ver cómo reaccionaba.

Se secó con la toalla el cabello aún mojado del baño y entonces algo en la cama llamó su atención.

Un teléfono.

Lo contempló durante un largo minuto, con un agujero en el pecho. Otra persona quizá lo habría robado para pedir ayuda, pero ella no pudo. No tenía nadie a quien llamar. Y llamar a la policía quedaba fuera de la cuestión. Teniendo en cuenta el tipo de persona que sabía que estaba involucrada en aquellas operaciones, seguramente acabaría asesinada a manos de algún profesional de la organización o bien muerta tras un choque con la policía. Lyla no tenía ningún lugar adonde ir, y menos hasta que obtuviese lo que necesitaba de aquel hombre que se negaba a darle respuestas.

Se apartó del teléfono y se miró en el espejo. Baja estatura, complexión menuda y de generosos pechos, según le había dicho el subastador. Unos cabellos rojos y ondulados que le caían hasta la cintura y enmarcaban su rostro circular con ternura. Leves pecas en la nariz, cejas rojas naturalmente arqueadas sobre unos brillantes ojos verdes que a veces parecían azules según la luz que les diera. Era hermosa; se lo habían dicho muchas veces. Sin embargo, cuando se miraba al espejo, no era belleza lo que veía. Veía su único vínculo con el pasado. Veía preguntas. ¿Había heredado aquel aspecto de sus padres o de sus abuelos? ¿Estaban estos vivos o muertos? ¿Tenían ojos parecidos a los suyos o bien de otro color?

Siguió secándose el pelo con la toalla e imaginó todo tipo de escenarios, aunque ninguno le suponía un consuelo. Por otro lado, rara vez le proporcionaba consuelo su mente.

Al oír la puerta al abrirse, arrojó la toalla a un lado y se sentó en la cama. Hizo un esfuerzo por parecer mansa, cruzó las manos sobre el regazo e inclinó la cabeza para contemplar la escena tras sus pestañas entrecerradas. Entraron dos agentes de seguridad, armados hasta los dientes. Primero contemplaron el cadáver y luego a ella.

—¿Qué cojones ha pasado?

«Lo que pasa siempre».

Él le había dicho que se lo contase, pero aquellos guardias eran nuevos y Lyla no quería arriesgarse a llamar la atención más de lo necesario. Así pues, dijo lo que siempre decía:

—No sé. Yo estaba en el baño.

Se lo creyeron, porque tampoco tenían motivos para lo contrario. Uno de los dos, un tipo de pelo oscuro y tan serio que daba miedo, le hizo un gesto con el mentón.

—Coge tus cosas. Tenemos que llevarte otra vez al complejo.

Lyla agarró la bolsa donde había venido la ropa y fue al cuarto de baño a por la rosa y las pequeñas botellas de productos de higiene. Siempre se las llevaba. Eran bonitas, y a menudo tenían un olor increíble.

Paseó la vista por el dormitorio por si acaso había algo más que valiese la pena llevarse. A los pocos minutos siguió a los dos tíos. La guiaron por el ascensor directos al aparcamiento, y de ahí a un anodino sedán. En pocos minutos estaba ya en el asiento y la llevaban por la ciudad.

—Bueno —empezó a decir el conductor—. ¿Qué es lo que ha pasado exactamente ahí arriba?

A Lyla no se le escapó el tono escéptico con el que hablaba. Sin embargo, no le conocía y no pensaba soltar palabra. Había aprendido desde el principio que hablar con desconocidos servía para ganarse un castigo y nada más.

—Justo lo que ya he dicho.

El tipo guardó silencio un segundo. Tenía algo extraño. Lyla no sabía qué era, así que permaneció callada y se limitó a mirar por la ventana. La ciudad pasó ante sus ojos mientras se dirigían a las afueras. Tristemente, ni siquiera sabía el nombre de la ciudad ni dónde estaba el complejo. Cuando se mudaban, no les decían a las chicas dónde iban. Podrían haberlas mudado dentro de la misma ciudad o haberlas trasladado entre varias de ellas; Lyla no lo sabía. A veces se preguntaba dónde viviría si conseguía ser libre. Sabía que en el mundo había montañas y mares, pero no había visto ninguno. Le gustaría ver las montañas. Se sentiría segura ante ellas, como si fueran altos guardianes que la protegiesen de alguna invasión del exterior. Sí, algún día le gustaría ver las montañas.

Y lo más probable era que nunca lo consiguiese.

Parpadeó para reprimir el picor en los ojos y mantuvo una expresión neutral.

—He oído que quienes pujan por ti mueren. ¿Es verdad? —preguntó el tipo fornido del asiento del copiloto.

Lyla no respondió. No había nada que responder. Los chismes se propagaban igual que siempre. A ella no le importaba una mierda. Antes de que pudiera decir ni una palabra más, las conocidas vallas del complejo aparecieron ante ellos. Las enormes puertas se abrieron para dejarlos pasar y volvieron a aprisionarla una vez más.

# 4

## Lyla

El complejo era grande, un trozo de terreno vallado en medio de ninguna parte. Constaba de cuatro edificios. Uno de ellos albergaba al personal de seguridad y a los subastadores. En las otras tres casas había chicas de todas las edades. El edificio A tenía dormitorios y salas de entrenamiento para chicas de menos de diez años. El edificio B tenía lo mismo para chicas de entre diez y dieciocho. El edificio C —donde vivía Lyla— tenía dormitorios algo más grandes y una sala médica. Aunque se trataba de una estancia normal y corriente, las chicas la habían llamado así, porque allí era donde las enviaban si alguna de ellas regresaba demasiado herida. Era la habitación más agradable en la que Lyla hubiera dormido jamás. Tenía una cama en condiciones, nada de literas como los demás edificios, un colchón mullido y dos almohadas. Su colchón era duro y la única almohada que tenía, más dura aún. Aunque daba igual, porque, cuando alguien iba a la sala médica, normalmente experimentaba ya tanto dolor que no se daba cuenta de ningún detalle agradable.

Lyla había estado allí una única vez desde que llegó al complejo: la noche en la que lo conoció a *él*.

Tragó saliva y apartó de sí aquel doloroso recuerdo. Un recuerdo que la había enviado durante semanas a la sala médica a curarse. Un recuerdo que casi la había convencido de que iba a morir.

Se bajó del coche mientras el personal de seguridad cerraba las puertas. Se dirigió hacia su residencia y vio a su cuidadora, Tres, que bajaba los escalones de la entrada del edificio C. Las chicas no sabían los nombres verdaderos de sus cuidadores. Muchas de ellas ni siquiera sabían sus propios nombres. Se les asignaba uno que adoptaban como propio. Hacía ocho años que Tres era su cuidadora, desde que llegó al complejo a los dieciséis. No solía ser tan mala como Uno y Dos, otras cuidadoras. Trataba bien a las chicas, quería que estas estuvieran bien alimentadas, descansadas, con buen aspecto. Tenía reglas sencillas para su dormitorio. Siempre y cuando nadie se pasara de la raya, Tres se portaba de manera decente. Sin embargo, todo era una fachada que no engañaba a Lyla. Ella sabía lo rápido que cambiaban las tornas, lo poco que tardaba la calma en convertirse en crueldad por allí.

La mujer, de como mínimo cuarenta años, miró a Lyla con el ceño fruncido.

—¿Otra vez?

Lyla asintió. Ni siquiera había hecho falta que Tres formulase del todo la pregunta. Después de seis años, todos eran conscientes de la mala suerte que tenían sus clientes. Todo el mundo sabía que alguien los mataba, pero no sabían quién era.

Tres negó con la cabeza.

—Valientes idiotas, nunca aprenden. —Lyla guardó silencio, a la espera de instrucciones. No tuvo que esperar mucho—. Vete a descansar.

Sin esperar nada más, Lyla se apresuró a rodear a Tres y a subir los escalones del edificio. Tenía varias décadas de antigüedad; la pintura estaba descascarillada en algunas partes, y algunos de los muebles estaban agrietados. Y sin embargo, seguía siendo la casa más bonita en la que ella había vivido. Había muchos complejos como aquel. Lyla ya había pasado por cinco diferentes —algo bastante inusual— por algún estrambótico motivo. Normalmente las chicas se quedaban en su primer destino para acostumbrarse a la ubicación y a los cuidadores. Quizá las trasladaban una o, como máximo, dos veces, pero jamás cinco. Lyla no comprendía a qué venía tantas mudanzas en su caso. Había sido una niña obediente, una adolescente tranquila. Aquello no tenía sentido. Pero bueno, se alegraba de haber permanecido en el mismo sitio durante los últimos ocho años.

Subió las escaleras hasta el segundo piso, donde estaba su habitación. Se cruzó con otras chicas que holgazaneaban en el rellano, charlando sobre sus clientes o sus amos, según lo que tuvieran. En aquel edificio no eran tantas como en los otros, sobre todo porque muchas solían tener contratos de larga duración y debían quedarse con sus compradores. Lo mismo que le había pasado a su amiga Malini hacía unos cuantos meses.

Malini y Lyla no habían tenido una relación muy estrecha hasta la noche en que cambió su vida, la noche en que Malini había permanecido a su lado, agarrándole la mano mientras ella chillaba. Después de lo sucedido, Lyla encontró en Malini lo más parecido a una amiga que había tenido en su vida. Gracias a ella, hasta respirar había parecido más sencillo durante un tiempo.

Abrió la puerta de su habitación y entró. Se encontró a sus dos compañeras de cuarto fundidas en un acalorado beso. Las dos se separaron al entrar Lyla.

—Perdón, ya volveré luego —les dijo ella.

—No, no pasa nada —dijo la más alta de la pareja, Reina—. Nos hemos enterado de que te han vuelto a comprar en subasta.

Lyla vaciló antes de entrar. Se acercó a la pequeña cama que tenía en un rincón y se derrumbó sobre ella.

—Sí.

—¿Y tu comprador está muerto? —preguntó Millie, la otra compañera de cuarto.

—Sí.

—Mierda —murmuró Reina, y subió a la cama superior de la litera—. ¿Cómo lo han matado?

Lyla se señaló a la frente.

—Un balazo en la cabeza.

—Tía, no sé qué daría yo a cambio de que tu acosador estuviese obsesionado conmigo ahora mismo —señaló Millie con un claro soniquete de envidia en la voz—. Que todos los hombres que se me acercaran muriesen..., no tener que follarme a nadie... Menuda vidorra.

—Pero su acosador no es un tipo cualquiera —le recordó Reina—. Es un asesino. Lo siento, pero yo prefiero de calle a cualquier cerdo rico antes que a él. Con un cerdo rico sé a qué atenerme. Los puedo manejar.

—Pero ¿te imaginas...?

Lyla desconectó de la conversación. Cerró los ojos y se quedó tumbada en la cama. No quería oír lo que esas dos tuvieran que decir. Lyla no les gustaba. Vivían con ella, la toleraban, pero no eran amigas suyas. No cuidaban de ella como cuidaban de sus amigas de verdad. Lyla no sabía por qué, pero así eran las cosas. Por algún motivo, en todos aquellos años nadie había querido ser su amiga. La única que había tenido en su infancia había escapado y la había dejado atrás. Y ahora, Malini también se había marchado.

Y Lyla se sentía *cansada*.

Sin cambiarse siquiera, se limitó a meterse bajo la fina sábana y a girarse hacia la pared, de espaldas a sus compañeras de cuarto. El sonido húmedo de sus besuqueos inundó la habitación, como sucedía muchas noches, pero Lyla se limitó a desconectar. A todas las chicas se las entrenaba para estar con hombres y mujeres, y muchas encontraban compañía mutua al crecer juntas. Era algo perfectamente natural en su mundo, y Lyla se alegraba de que Reina y Millie se tuvieran la una a la otra. En aquel mundo tan jodido en el que vivían, encontrar algo así era toda una bendición.

Ella, en cambio, no tenía nada.

Había yacido en incontables camas, la habían utilizado contra su voluntad. No había tenido ningún lugar al que escapar excepto el interior de su mente. A veces, su cuerpo había reaccionado; otras veces, no. A veces había sido doloroso y otras no. Había pensado que eso era lo peor que podía sucederle y, sin embargo, la amenaza de algo mucho peor siempre pendía sobre su cabeza.

Se sentía muerta por dentro. La única chispa de vida se la proporcionaba el hombre en las sombras, y ni siquiera sabía si era por el pasado que compartían o por mera atracción.

Las respiraciones a su espalda se volvieron más pesadas. Lyla cerró los ojos y pensó en él. ¿Por qué estaba tan obsesionado con ella? ¿Por qué le regalaba rosas eternas de color negro tras cada asesinato? ¿Por qué había hablado ahora con ella y le había dicho que le contase a todo el mundo que había sido él? Cuanto más lo pensaba, más se cabreaba. Resultaba agotador ir oscilando entre la rabia y la depresión, un constante toma y daca de emociones.

De algún modo, quizá por el agotamiento, sintió que se iba alejando poco a poco. Sus últimos pensamientos fueron para unos hipnóticos ojos disparejos y para la sensación de que el peligro la perseguía.

Se despertó con un sobresalto; alguien la estaba zarandeando. Parpadeó con rapidez para centrar la vista y vio el rostro preocupado de Reina, que la contemplaba.

—Tres te ha mandado llamar al despacho.

El pánico se acumuló en su vientre. Nadie usaba jamás el despacho, a no ser que viniese alguien de las altas esferas de la operación y quisiese tener allí una reunión. Y la habían mandado llamar a ella.

«Joder».

Tragó saliva en un intento de humedecerse la garganta repentinamente seca. Meneó las piernas y se enderezó. Su cabello era una maraña que le caía por el cuerpo.

—¿Ha dicho por qué?

—No.

Vale, aquello no era bueno. Pero Lyla sabía que tenía que pasar. Puede que estuviesen ganando dinero con ella, pero también perdían de forma permanente a clientes, lo cual no era bueno para el negocio. O bien la enviaban lejos, a alguna parte, o se limitaban a matarla. Con aquel cansancio hasta los huesos que tenía por dentro, casi sintió alivio ante la segunda perspectiva.

Sin perder más tiempo, salió del cuarto vestida con la misma ropa con la que había dormido, con las prendas ahora arrugadas que él le había regalado. Salió del edificio a plena luz del día. Apenas pudo inspirar una vez y apareció enseguida un guardia que se apresuró a escoltarla hasta el edificio principal, sin concederle siquiera una fracción de segundo para disfrutar de la caricia del sol en la cara.

Se alisó la ropa y entró en el edificio, seguida del guardia, que giró a la izquierda en un pasillo y la llevó hasta la última puerta. A pesar de que fuera había luz, el corredor se encontraba oscuro y húmedo, con un olor rancio que parecía brotar de las propias paredes. El guardia abrió la puerta y le hizo un gesto con el mentón para que entrase.

Lyla inspiró hondo y accedió.

Se quedó petrificada.

En un rincón estaba Tres. Tras el escritorio había sentado un hombre mayor. Y la silla de enfrente la ocupaba *él*.

«¿Qué coño estaba haciendo allí?».

Lyla se quedó inmóvil. Mantuvo la expresión tan neutral como pudo y se giró hacia Tres. La mujer señaló a la única silla vacía que quedaba en la estancia, frente al escritorio, al lado de la de *él*. Con el corazón al galope, Lyla tomó asiento con cuidado.

—Te presento al señor H —dijo Tres a modo de introducción, al tiempo que señalaba al hombre mayor tras el escritorio, que la miraba con el ceño fruncido y unos ojos pequeños y brillantes que la incomodaron bastante—. Ya sabes por qué está aquí.

Lyla asintió.

—¡Habla, chica! —retumbó la voz del señor H, tan sonora que ella dio un respingo.

El corazón le iba a mil por hora. Intentó calmarlo a base de fuerza de voluntad. No soportaba la idea de que *él* oyese su voz de nuevo, porque le había dicho que no volvería a oírla. Tres no se lo había presentado aunque estaba allí; Lyla se preguntó si sabría siquiera quién era. ¿Lo sabría el señor H? ¿Lo sabría alguien?

—No…, no sé qué decir —le dijo en tono quedo al señor mayor, ignorando deliberadamente la presencia oscura que tenía al lado.

—Para empezar, cuéntame qué pasó anoche —ordenó aquel tipo mayor y siniestro.

Ella ignoró la mirada ardiente de *sus* ojos. Consciente de lo que le habían ordenado, se dirigió al señor H:

—Fue el Hombre Sombra.

Tres ahogó una exclamación. A Lyla le resultó fascinante ver cómo desaparecía el ceño fruncido del hombre mayor para dar paso a algo muy parecido al miedo. Sabía que, en los bajos fondos, el Hombre Sombra era un rumor. Sin embargo, presenciar el impacto que el sonido de su nombre tenía en alguien tan poderoso como el señor H le provocó un cálido nudo en el vientre. Por primera vez en su vida comprendió lo que era el más leve atisbo de verdadero poder. Se preguntó si aquello le provocaría un subidón a su diablo, al estar allí presente y contemplarlo en persona, ver cómo reaccionaba la gente a su nombre, sin saber que se trataba de él. Quizá justo por eso había venido; para disfrutar de cierta satisfacción retorcida en su terror.

El señor H se inclinó hacia delante.

—¿Y tú cómo cojones lo sabes?

¿Cómo podía responder a eso? Pensó tan rápido como pudo y respondió con tanta sinceridad como fue capaz de reunir:

—Después de que aquel hombre recibiese el disparo, sonó el teléfono. El hombre al otro lado de la línea se presentó como el Hombre Sombra.

El señor H frunció el ceño.

—Resulta muy extraño; no es parte de su *modus operandi*.

Ella no hizo ningún comentario al respecto.

Mientras el señor H reflexionaba en silencio, Lyla sintió el contacto de una mano enguantada en la suya; el hombre a su lado le había puesto algo en la mano. A juzgar por las dimensiones, se trataba de un trozo de papel. Ella apretó el puño y se metió el papel sigilosamente en el bolsillo de los vaqueros, confundida ante lo que estaba sucediendo. Ya lo leería más tarde.

El señor H la contempló de un modo inquietante durante largo rato. Al cabo apoyó los codos en la mesa y unió los dedos de las manos.

—Eres todo un enigma, chica. Nos consigues los ingresos más altos, pero por tu culpa perdemos a nuestros mejores clientes.

Lyla guardó silencio, no muy segura de qué responder a eso. Se centró en el hombre que hablaba, consciente de la presencia del hombre callado a su lado. Experimentó una extraña sensación de seguridad que la envolvía. Algo muy raro, porque no se trataba de una sensación con la que estuviese familiarizada. Puede que no supiera mucho sobre su diablo, pero sabía que no iba a permitir que la matasen, aunque fuera por sus propios motivos. Su presencia allí aseguraba que Lyla seguiría con vida.

En los ojos del señor H hubo un leve destello repentino.

—Bueno, pues eso es todo. Puedes irte.

Lyla no comprendió aquel cambio de opinión, pero dudaba que fuese buena señal. Entendió que tenía permiso para marcharse, se puso en pie y salió del despacho. El guardia que esperaba fuera la escoltó hasta su habitación. Por suerte, el cuarto se encontraba vacío. Reina y Millie estarían por ahí. Lyla tomó asiento en la cama deshecha, sacó el papel arrugado que su diablo le había dado y lo leyó. Un garabato de letra masculina le cortó la respiración:

Tu voz consigue que mis átomos canten.

No comprendió el subidón que le provocaron aquellas palabras. Era… hermoso. Casi poético, aunque Lyla no se habría referido a su diablo como poético ni en sus más demenciales sueños. ¿Era solo un modo de hablar o lo decía de verdad? Ella no lo sabía, pero estaba segura de que no debería sentir aquel subidón, sobre todo viniendo de él. Sin embargo, sentada allí, a solas en su habitación, no pudo negar lo mucho que la afectaba. Él la afectaba, por más que Lyla intentase resistirse. A lo largo de los años, había pasado de abrirse a su impacto, cargada de esperanza, a aceptarlo, negarlo, resistirse a ello, odiarlo y vuelta a empezar. Un ciclo arraigado en el hecho de que lo deseaba por completo, pero no sabía si él sentía lo mismo más allá de sus ganas de mantenerla a salvo. Resultaba exasperante; Lyla se sentía exasperada con él, consigo misma y con la retorcida relación que tenían ambos.

Sin embargo, él nunca le había dejado una nota hasta ahora.

«¿Qué se trae entre manos?».

Se puso en pie, se acercó a su taquilla y sacó una cajita del fondo. La abrió; dentro estaban todas las rosas negras eternas que había guardado a lo largo de los años. Algunas estaban resecas y marchitas; otras, más frescas en comparación. Guardó la nota entre ellas. Se odiaba un poco a sí misma por conservar todo aquello. Volvió a guardar la cajita en el fondo de la taquilla, cerró y fue a refrescarse, consciente de que quedaban pocas horas para empezar su turno.

Tras pasar por las duchas comunales, se puso unos pantalones cortos y una camiseta de tirantes, se recogió el pelo en un moño y bajó a la cocina a comer algo. No había muchas opciones entre las que elegir, pero sí comida para todas. Francamente, con eso bastaba y sobraba la mayoría de los días. La cocina estaba llena de chicas que ya estaban comiendo. Algunas charlaban entre sí, mientras que otras se quedaban apartadas, igual que la propia Lyla. No era desacostumbrado. Cada una de ellas estaba rota por dentro, y aunque aquel lugar era una sala común, no había mucho compañerismo.

Con la cabeza gacha, Lyla echó un poco de leche y cereales en un cuenco barato de plástico. Luego fue arriba, a la intimidad de su habitación, antes de tener que empezar dentro de unas cuantas horas. Cuando no la subastaban para contratos de corta o larga duración, trabajaba de camarera en el distrito de los clubs. Rotaba entre los clubs nocturnos, clubs de strippers y *sex clubs* que pertenecían al Sindicato. A veces tenía incluso que bailar cuando faltaban chicas en el escenario. Los clientes le silbaban y la toqueteaban, y no podía quedarse con las propinas que le daban. Aun así, era una situación mejor que la de otras chicas. A algunas las drogaban y se las follaban a diario; lo grababan todo en vídeos que vendían en la *dark web*. Eran esclavas sexuales que vivían con amos tan crueles que sus vidas eran historias de terror; niñas a las que obligaban a realizar actos que ninguna niña debería hacer. Y no se trataba solo de niñas. Lyla sabía que había toda una operación análoga solo con niños. Si había un comprador en el mercado, se le proporcionaba todo lo que necesitase. Así pues, Lyla podía considerarse afortunada, porque su trabajo diario solo implicaba atención no deseada y toqueteos.

Y sin embargo, a pesar de decirse a sí misma que tenía suerte, se sentía como si le hubiesen echado una maldición.

Sus ojos volaron hacia el cuchillo y la manzana que Reina tenía sobre su escritorio. Volvió a darle vueltas la cabeza. Era algo dentro de sí que no alcanzaba a explicar. A veces veía por pura casualidad algún objeto potencialmente letal y, de inmediato, su mente conjuraba la imagen de cómo sería usar ese objeto consigo misma. Por ejemplo, aquel cuchillo. Sería muy fácil. Solo haría falta pasarse el filo de la hoja una única vez por las venas. Así de sencillo, y todo acabaría. La encontrarían en su habitación, con aquella costosa camisa blanca empapada en una sangre del mismo color que su pelo, y por primera vez una sonrisa en la cara. Una sonrisa de despedida.

Cerró los ojos, detuvo la fantasía y, con un leve temblor en la mano, agarró el cuenco.

«Come. Duerme. Eso es todo».

Era lo único que tenía que hacer. Dormir, despertarse, vuelta a empezar. Un día más.

Se apresuró a terminarse los cereales, volvió a meterse en la cama y se durmió una vez más para acallar a los demonios de su cabeza aunque fuera un rato. Rogó que algún sueño le diese algo de descanso. Y, menuda suerte, soñó con él.

# 5

## Lyla

*Hace un año*

Él estaba allí, en uno de los lounges reservados. La contemplaba con esos ojos diabólicamente disparejos que tenía. Ella bailaba en el escenario de Sanctum, uno de los *sex clubs* de mayor categoría del distrito de los clubs, que proporcionaba tanto sexo como socialización para los más potentados, todo ello en el mismo sitio. Aparte de los cuartos traseros, también había habitaciones disponibles a petición en la primera planta del local.

Se celebraba una de las fiestas privadas de un pez gordo, con más de cien asistentes, tanto hombres como mujeres, de todo tipo de estratos poderosos de la sociedad: abogados, jueces, empresarios, mafiosos... Todos ellos se mezclaban en una noche de celebración lujuriosa.

Por toda la sala había gente en diferentes grados de desnudez; algunos se daban mimos y otros directamente follaban. Los que apreciaban más su intimidad se llevaban a su acompañante o acompañantes de la noche a los cuartos traseros, donde se cubrían todos los fetichismos que deseasen explorar.

Lyla había visto a su diablo hacía un rato, lo había visto

de verdad, en carne y hueso. Había percibido su presencia muchas veces, y muchas otras más había sabido que la estaba observando. Sin embargo, verlo directamente no era tan común. Le retumbó el corazón al ritmo de la música mientras él la contemplaba. Se centró en él, bailó para él, solo para él. Tenían una relación muy extraña, si es que podía denominarse como tal.

Lyla había encontrado por primera vez a su diablo por pura casualidad en una noche fatídica. Él la había ayudado. Había estado segura de que no volvería a verlo, pero entonces él apareció una noche en uno de los clubs donde Lyla ponía copas. Había fingido que no lo conocía y él había fingido que no la miraba. Ambos mentían. Desde entonces y durante años, su diablo se había convertido en una presencia constante en su vida, un ancla de la que era emocionalmente dependiente, aunque sabía que no debería serlo. Su diablo era peligroso, manipulador, y disfrutaba demasiado jugando con sus emociones. Y sin embargo, cada vez que él venía a buscarla, ella se dejaba encontrar.

—Eh, muñeca —gritó alguien desde abajo, y rompió su trance. Lyla bajó la vista y vio al supervisor de Tres, el cuidador jefe de todo el complejo. Era él quien la llamaba. Lyla bajó los escalones tras el escenario y se acercó al supervisor—. Ahí hay unos clientes muy importantes. —Señaló al reservado donde estaba su diablo junto con otros hombres. La mayoría ya tenía acompañantes para la noche de entre las muchas chicas disponibles—. Vete allí y asegúrate de que pasan un buen rato.

Con el corazón al galope, Lyla asintió y se abrió camino contoneándose hacia el lounge. Estaba algo más elevado del resto del club. Había mullidos sofás de color bermellón y castaño alrededor de una mesa ovalada de cristal. Allí la luz era más tenue que en el resto del club.

En uno de los sofás, un hombre maduro en cuyo regazo ya estaba sentada una chica semidesnuda le sonrió.

—Valiente preciosidad estás hecha... Ven aquí con nosotros, cariño.

Antes de que Lyla pudiera responder, la voz de su diablo interrumpió con un comentario afilado:

—Tu corazón no va a aguantar más de una, Landon.

El hombre maduro, Landon, soltó una risita entre dientes. Evidentemente no había captado lo afilado del comentario.

—Tienes razón. Cariño, ¿qué te parece si entretienes un poco al señor Blackthorne?

El señor Blackthorne. ¿Sería su nombre real o un alias? En cualquiera de los dos casos, le pegaba. Con la respiración cada vez más rápida, Lyla se volvió hacia el hombre sentado en el sofá, consciente del modo en que diseccionaba su escaso vestido de lentejuelas doradas con los ojos.

Lyla se sentó a horcajadas sobre una de sus piernas, lo bastante cerca como para sentir su calor corporal por primera vez, tal y como hacía con cualquier hombre a quien estuviera a punto de hacerle un baile sexy. Sin embargo, jamás le había latido el corazón tan rápido como ahora, sentada sobre él. Le puso las manos en los anchos hombros, se estabilizó indecisa y empezó a mover las caderas al ritmo de la música.

Las miradas de ambos se entrelazaron. Lyla bajo los ojos hasta su boca, apenas un tajo de labios apretados. Él se limitó a permanecer sentado, sin parecer nada alterado. Sin embargo, Lyla vio que la pupila del ojo de tono más claro se oscurecía. Sintió el sólido bulto en sus pantalones, que se endureció más y más a medida que ella se movía. Se apretó contra él y, de pronto, se encontró con ambos brazos a la espalda, inmovilizados con fuerza. Con la otra mano, su diablo la agarró de la barbilla, de un modo parecido a como la había sujetado en el laberinto aquella primera vez. Lyla empezó a respirar con pesadez, sus pechos se elevaban y descendían y casi se le salían por aquel minúsculo vestido. Le clavó la mirada mientras la voz melosa de un cantante sonaba de fondo.

Acercó la mano con que le agarraba la barbilla a su boca. Guantes. Llevaba guantes. Extraño, pero, por otro lado, parecía propio de él. Le recorrió la boca con los dedos, y Lyla entreabrió los labios. No solía dar besos nunca, jamás había querido besar a nadie y, por suerte, nadie la había obligado a ello. Eso le pertenecía a ella y a nadie más. Si alguien se le acercaba a la boca, ella se limitaba a distraerlo. No sabía por qué se empeñaba en no dar besos; quizá porque era lo único a lo que podía aferrarse y que le daba una remota apariencia de control en un mundo que giraba descontrolado. Fuera lo que fuese, le pertenecía solo a ella. Jamás había querido entregarlo.

Él se inclinó hacia delante, acercó los labios a su oreja. Lyla aguantó la respiración.

—Tengo planes para esta noche y los estás echando a perder, *flamma*.

El calor que hervía en su cuerpo se cortó de pronto y se convirtió en una fría muerte. «Sus planes. Por supuesto». Lyla cerró los ojos y recurrió a su fuerza. ¿Cómo podía haberse olvidado de quién era él? ¿Cómo podía haberse olvidado de que jugaba con ella para sus propios propósitos? Aunque la vergüenza no era una emoción que experimentase a menudo —el tipo de vida que llevaba no dejaba espacio para ello—, en aquel momento sintió que se ruborizaba. Intentó ponerse en pie para marcharse, pero él la mantuvo en el sitio, sujetándole las manos a la espalda. Se la acercó de un tirón y los pechos de Lyla se estrellaron contra su pecho, el cuello inclinado hacia su nariz. Había estado intentando..., no sabía qué había estado intentando. No había querido seducirlo, la verdad es que no, pero sí que había querido estar cerca de él, sentirle pegado a ella. Aunque no necesariamente de un modo sexual. Era cierto que se sentía excitada, pero lo que la estimulaba era... la seguridad. Incluso cuando él la había inmovilizado, Lyla no había sentido el pánico familiar que habría experimentado de haberse tratado de otro hombre.

Ella había intentado establecer intimidad y él había estado pensando en sus planes. Eso no le sentaba bien a la moral de ninguna chica. Le había prometido que no volvería a oír su voz, así que se mantuvo en silencio, centrada en la luz del fondo, intentando calmar la respiración.

—¿Estás enfadada, *flamma*? —le preguntó él, pegado a su cuello.

De no haberlo conocido bien, Lyla habría dicho que se divertía. Pero sí que lo conocía, y sabía que sus sentimientos no funcionaban como los de cualquier otro. La diversión estaba fuera de su rango de emociones... Probablemente. O quizá no. No lo sabía. Aún en silencio, intentó apartarse de un tirón. Él le agarró las muñecas con más fuerza.

—Si no controlas tus emociones aquí dentro, acabarás muerta. —Lo dijo como si a Lyla le diera miedo morir, aunque, si alguien le apuntaba con una pistola a la cabeza, con toda probabilidad recibiría encantada la bala. Y, como buen diablo que era, él supo lo que estaba pensando—. ¿Cómo vas a encontrar respuestas si mueres, eh?

«Puto cabrón». Aquel tipejo retenía las respuestas que Lyla buscaba, y así la obligaba a vivir. Llevaba años haciéndolo. Cada vez que Lyla le había preguntado por aquella noche, él le había dicho que si seguía con vida, acabaría por obtener su respuesta. La última vez que le preguntó fue hacía un año y, harta por completo de sus gilipolleces, le había arrebatado lo único que sabía que él disfrutaba en sus limitados encuentros: su voz.

Sin embargo, él sabía que Lyla no se rendiría sin saberlo, y se aprovechaba de ello sin la menor piedad. La obligaba a rechazar sus pensamientos más oscuros, la obligaba a sobrevivir una noche más, la obligaba a vivir un día más. Y por todo ello, Lyla lo odiaba.

El aliento de su diablo le acarició el cuello, despacio, sobre la vena en la que le latía el pulso. Luego se echó hacia atrás y entrelazó la mirada con la de ella.

—El mundo no está listo para ver en quién me convertiría yo si esto... —le pasó el pulgar por la vena palpitante— llega a su fin.

Lyla le clavó la mirada y, una vez más, comprendió asombrada que jamás le entendería. Ella no era tan importante; él se equivocaba. Si su corazón dejaba de latir, nada cambiaría.

Una semana después, él volvió. Nunca lo había visto tan seguido, solo habían transcurrido unos pocos días. Estaba allí de nuevo, y esta vez tenía a una rubia semidesnuda sentada en el regazo.

Lyla se quedó petrificada a medio paso. La bandeja que llevaba en la mano se tambaleó por el movimiento brusco. Algo feo y desagradable se revolvió en su pecho.

«No».

Cerró los ojos e inspiró hondo, para volver a abrirlos luego. La rubia seguía allí, y aquella fealdad que sentía en el pecho se acrecentó. Sabía que no tenía sentido, que no tenía ningún derecho ni, peor aún, nada que reclamarle a aquel hombre. Y sin embargo, era *suyo*. Los juegos a los que él jugaba, los jugaba con *ella*. Nadie más era el objeto de sus obsesiones. Lyla no quería que se obsesionase con otra, que inmovilizase a otra ni, mucho peor, que buscase a otra con esos ojos suyos.

Pero no tenía ningún derecho sobre él.

*Ninguno.*

La mano con la que sostenía la bandeja tembló. Ella la puso firme y se recordó que si derramaba alguna bebida, se llevaría un castigo. En el lounge se encontraban sentados los mismos hombres de la última vez. Lyla mantuvo la cabeza gacha, con los nudillos blancos, ardiendo por dentro. La rubia se echó el pelo sobre un hombro y le enseñó los pechos desnudos a su diablo, al tiempo que se pellizcaba los pezones. Lyla apretó los dientes y colocó las bebidas en la mesa, esforzándose por mantener la mirada baja y el cuello apartado de él.

Un tipo del otro extremo, más joven y de cabello oscuro, le sonrió.

—¿Qué tal si vienes aquí y te sientas, querida?

«Oh, no».

Aunque no quería, no pudo negarse. Era una de las órdenes que les daban a las camareras: si un cliente pedía un extra, había que dárselo. Por suerte, dado que los hombres que la tocaban habían empezado a morir, los rumores que corrían por ahí bastaban para que nadie le pidiese nada.

Su mirada aleteó por un breve instante hacia el diablo responsable de cada muerte. Vio que su rostro estaba completamente neutral, los ojos clavados en las bailarinas del escenario. Como no recibía de él ningún mensaje sobre cómo comportarse y qué debía hacer, hizo lo único que no le ganaría un castigo. Se puso en movimiento y, vacilante, se sentó en el regazo del tipo. Este le toqueteó los pechos, pero ella mantuvo la vista fija en una lámpara lejana, sin emitir ni un sonido.

—Gime para mí, querida.

Ella no obedeció. Eso sí podía controlarlo. Se mantuvo en silencio y se preguntó si su diablo llegaría a matar a aquel tipo, dado que estaban sentados juntos.

—Valiente zorra dura. —El hombre soltó una risa entre dientes y dio una palmada para atraer la atención de la mesa—. Hagamos una apuesta: quien consiga que gima se lleva cien de los grandes.

Varios hombres lanzaron vítores, y a Lyla se le encogió el estómago. Por puro instinto buscó la mirada de su diablo, pero solo encontró esos ojos disparejos centrados en el hombre que la agarraba.

—Yo no me mezclaría con esta, tío —le advirtió el hombre mayor, que también había estado presente la semana anterior—. Más vale que la sueltes antes de que su ángel de la guarda te pille.

El hombre sobre el que estaba sentada Lyla se rio entre dientes.

—Aquí no hay ángeles de la guarda, viejo.

No, pero sí que había diablos, y el mayor de todos la estaba mirando.

—Yo conseguiré que gima.

A Lyla se le aceleró el corazón al oír *su* voz. Él le dio un toque a la rubia para que se bajase de su regazo. La chica resopló y obedeció, no tardó en encontrar otro regazo de inmediato.

El anciano volvió a advertir:

—No vale la pena, Blackthorne.

—Sí que la vale —afirmó él. Abrió las piernas levemente y extendió la mano enguantada hacia ella.

Con el corazón al galope, Lyla se acercó a él y aceptó aquella mano. Él se la arrimó de un leve tirón para que cayera sobre su pecho. Pasó una pierna musculosa entre las suyas y la obligó a sentarse. Ella le clavó la mirada, en trance, hipnotizada por las luces que se reflejaban en su ojo verde dorado, así como debido a la absoluta falta de reflejo en el ojo negro. Él puso una mano en el respaldo del sofá, al tiempo que llevaba la otra al lateral de su muslo.

Un escalofrío le recorrió la columna ante el mero roce. Para ella no tenía el menor sentido que el contacto de un hombre la encendiese al tiempo que el de otro ni siquiera le arrancaba una chispa. Quizá era por el pasado que compartían, por su conexión, por su retorcida relación. Quizá era una idiota por sentirse segura con él, aun sabiendo que había mucha gente a su espalda. Muchos hombres en un reducido espacio oscuro deberían haberle provocado miedo. Y sin embargo, ahora mismo, a horcajadas sobre aquel muslo, no sintió miedo en absoluto.

Él inclinó la cabeza hacia delante y alineó la boca con su oreja, exactamente como había hecho la semana anterior. En tono calmado, preguntó:

—¿Quieres que le corte la mano o prefieres que se la queme?

Lyla se estremeció ante sus palabras, no del todo por repugnancia. Algo en su interior, algo oscuro y enloquecido, quiso ver cómo lo hacía; verle cercenar la mano que la había tocado sin permiso. Esa parte de sí misma la asustó. Tragó saliva y se deleitó con el poder de aquella decisión.

—Córtale la mano.

Sintió que él sonreía pegado a su mejilla, su aliento cálido sobre la oreja. Con la otra mano, él le agarró las muñecas.

—Buena chica.

Las palabras, suaves y elogiosas en su voz, le provocaron una sensación cálida que inundó todo su organismo. Apretó involuntariamente los muslos, con movimientos limitados, controlados por el cuerpo de su diablo.

—¿Y cómo quieres que muera? —preguntó él en voz baja, casi seductora—. ¿Prefieres que el Hombre Sombra lo haga desde lejos? ¿O bien que sea de cerca, en persona?

Con la última palabra echó el muslo hacia arriba y lo apretó contra ella. Estaba hablando de un asesinato real, y Lyla estaba mojada, muy pero que muy mojada. Más mojada que nunca en su vida. Ni siquiera sabía que pudiera lubricar tanto. El hecho de que algo tan horrible la pusiera cachonda resultaba perturbador. Iba a acabar manchándole el muslo.

—¡La muy zorra lo está disfrutando! —Un sonoro grito desde la parte de atrás la dejó rígida. La consciencia de dónde estaba se abrió paso a machetazos en su mente.

—Shhh. —Oír su voz tan cerca la calmó un poco—. Estás conmigo. Siempre estás conmigo, tú y yo, nada más. Céntrate en mí.

Ella cerró los ojos y obedeció. El ruido del club, de los hombres en la parte de atrás…, todo desapareció poco a poco mientras ella se centraba en el sonido de su voz. El flautista que la guiaba hacia el acantilado.

Él le acarició el lateral del cuello con la nariz.

—Te ha llamado zorra. ¿Eres una zorra, *flamma*? —Ella no supo qué responder; el asco en su interior volvió a asomar la cabeza—. ¿Te gusta que te toque? —preguntó él, sujetando con firmeza sus muñecas al tiempo que llevaba la otra mano a sus labios y se los acariciaba.

—Sí —jadeo ella, y él le introdujo el pulgar en la boca.

—Si te obligo a ponerte de rodillas y te meto la polla hasta la garganta, ¿lo disfrutarías? —Al oír aquellas palabras, se contrajo, y sintió un vacío agudo por dentro. Asintió—. ¿Y disfrutarías si lo hiciera alguien más? —Su cuerpo se envaró—. Entonces eres mi zorra. —Le apretó el muslo contra la zona más húmeda, contra el clítoris—. *Mía*.

Aunque Lyla odiaba aquella palabra, algo en su interior floreció cuando él la pronunció de aquella manera. Lo recordaría. La próxima vez que alguien la llamara zorra, se acordaría de aquel momento.

—Y ahora, gime para mí y te daré un regalo que puedas llevarte.

Un sonido escapó de sus labios, completamente descontrolado. Sonó amortiguado, porque él seguía con el pulgar dentro de su boca. Ella le cabalgó la pierna con movimientos limitados, porque seguía teniendo las manos sujetas. Él abrió la boca y le clavó los dientes en el cuello. Múltiples sensaciones le recorrieron el cuerpo. Se echó hacia atrás, apretó los labios en torno a su pulgar y todo el cuerpo se le estremeció. Aquellos dientes en el cuello le provocaron una oleada de calor, un orgasmo que la sorprendió por su intensidad. Cerró los ojos, vio hermosas estrellas y las persiguió durante un segundo, aferrándose a ellas.

Había sido único y precioso. Un orgasmo voluntario, absolutamente único y precioso, joder. Con lágrimas en los ojos, Lyla parpadeó y miró al techo. Poco a poco recordó dónde estaba. Volvió a ella el sonido de las risas, de la música y de la charla. Bajó la vista hasta cruzarse con su mirada. Por primera vez que ella recordase, el momento tras el orgasmo no le dejaba una sensación de suciedad, no le daba ganas de rasgarse su propia piel. Se sintió... pura. Preciosa. Poderosa. Todo era una ilusión, pero se permitió aferrarse a ella durante un instante.

El rostro de él permaneció como siempre, neutral. Las únicas señales de que se había visto afectado de alguna manera eran el gran bulto que tenía entre las piernas y la pupila dilatada en el ojo de color más claro. Le soltó las muñecas y le sacó el pulgar de la boca. Los dientes de Lyla le habían dejado profundas hendiduras en los guantes. Sintió un pálpito en el cuello y se lo tocó con la mano. Lo tenía muy sensible. Él la había marcado. Por primera vez, le había dejado una marca visible.

En el mundo de Lyla, la experiencia decía que las marcas no eran buenas. Llevar marcas implicaba dolor, crueldad, falta de cuidado. Pero la que él le había dejado había implicado placer, ternura y deliberación. Era un regalo que la reclamaba, que le recordaba que era suya, que nadie podía tocarla mientras él estuviera ahí.

Para alguien a quien poseían pero nunca había pertenecido a ningún sitio, aquella marca lo significaba todo.

# 6

## Lyla

*En la actualidad*

Volver al Sanctum después de tantos meses le provocó una oleada de recuerdos que regresaron a toda prisa a la superficie. La última vez que había estado allí, él la había marcado. La había vuelto a llenar de esperanza, pero, a medida que pasaba el tiempo, aquella esperanza había disminuido. Otra vez.

Sabía que tenía que aprender a moderar sus expectativas, que tenía que aceptar su destino y su circunstancia sin que una esperanza traicionera la condujese a soñar con más. Sin embargo, por más que se recordase lo mismo una y otra vez, la esperanza volvía a aparecer descontrolada. La esperanza nacía y la esperanza moría, y cada vez se llevaba consigo un trozo de Lyla.

Apartó de sí esos pensamientos lúgubres y se centró en el dolor que le provocaban en los pies aquellos tacones altos. Esa noche el club estaba particularmente bullicioso. No se trataba de un *sex club* cualquiera, el tipo de *sex club* que ofrecía sexo. No, aquel club albergaba todo tipo de operaciones. Allí abundaban los tratos oscuros, las drogas, la bebida y los capullos integrales.

Se abrió camino por la multitud de la zona VIP, el mismo lugar donde él había conseguido que gimiese. Le dolían los pies con aquellos tacones de plataforma que todas las trabajadoras tenían que llevar. También le dolía el corazón porque, hacía un año, había estado más llena de esperanza que ahora. De algún modo, había esperado que aquel momento condujese a algo…, en el mejor de los casos, a una huida. O como mínimo, a más intimidad.

Pero no había llevado a nada. No había cambiado nada. Él no había vuelto a tocarla, aunque había seguido vigilándola. Y Lyla estaba harta, joder.

Estaba claro que su diablo era alguien importante dentro de los bajos fondos. Desde aquel día, Lyla le había visto hacer numerosas apariciones públicas y codearse con demasiada gente con aspecto de pez gordo como para ponerlo en duda. El señor Blackthorne, como le llamaban, era alguien importante. Sin embargo, también campaba de noche como el Hombre Sombra, aunque Lyla dudaba de que alguien lo sospechase. El Hombre Sombra era un asesino temperamental y desenfrenado que medraba en el caos que él mismo creaba. El señor Blackthorne era frío, contenido y meticuloso. Haría falta ser un genio para sospechar que eran la misma persona.

Y Lyla sabía su secreto. Podía usarlo contra él, amenazarle con contarlo, solo que no era capaz. Era débil e impotente; y el Hombre Sombra era la única persona que le ofrecía un poco de protección, por el motivo que fuera. No podía poner algo así en riesgo.

Mientras avanzaba por el club, mantuvo el rostro apartado de aquella zona en concreto. Aunque llevaba años usando tacones, no había dominado aquel arte tan bien como otras. Al caminar con ellos se sentía más expuesta, cuando en realidad lo que quería hacer era esconderse. Odiaba estar expuesta, lo que anhelaba era la invisibilidad.

Tras llevar una comanda de drogas y bebidas a una de las mesas, donde una de las camareras le estaba comiendo el coño a una señora bien vestida, Lyla se dio la vuelta para regresar a la barra a toda prisa. Entonces sus ojos tropezaron con el señor H, que estaba sentado en un rincón oscuro de la zona, charlando con un hombre de pelo claro. Lyla no le vio la cara al tipo, pero a juzgar por el lenguaje corporal del señor H, aquel hombre de pelo claro parecía ser alguien importante.

Llevada por algún tipo de instinto al que no supo poner nombre, se dirigió al hueco junto a su mesa y se puso a escuchar sigilosamente.

—… y a eso me refiero —le dijo al tipo el señor H en voz baja, porque la música en la zona VIP no sonaba tan alta.

El hombre de pelo claro escuchaba; Lyla le veía la coronilla. Apuró la copa, y ella captó un anillo con una especie de símbolo que representaba una serpiente en el dedo índice de su mano derecha.

—Si se trata de él, puede que por fin tengamos algo —prosiguió el señor H—. Si no, la chica ya no nos es útil de todos modos.

—La chica sirve para más cosas de las que tú te crees —repuso el hombre de cabello claro en tono frío—. Pero te entiendo, hace demasiado tiempo que está causando… problemas.

—Señor. —El señor H se inclinó hacia delante—. Podríamos matar dos pájaros de un tiro. Que sirvan como ejemplo.

El hombre de cabello claro hizo un asentimiento, y el señor H sonrió.

Lyla sintió que se le helaba la sangre. Quizá hablaban de ella o de alguien que se había convertido hacía poco en un problema. Tuvo la fuerte sensación de que era lo primero.

Antes de que pudiese alejarse en silencio, el hombre de cabello claro se giró de repente y la vio en el hueco.

—¿A quién tenemos aquí?

Lyla tragó saliva. El señor H se puso en pie, se acercó a ella, la agarró del brazo y la trajo hasta el reservado.

—De esta estaba yo hablando.

El hombre de cabello claro, ojos castaños claros y nariz ganchuda sonrió. Se enderezó en el asiento.

—Ven, cariño, siéntate aquí.

No, Lyla quería huir. Quería volver a servir copas. Sin embargo, el señor H la sujetaba con fuerza. Estaba atrapada. Inspiró hondo y dio un paso al frente. De pronto, el hombre de pelo claro la agarró y tiró de ella hacia sí. Lyla cayó en su regazo. Intentó levantarse y forcejeo contra él. El tipo soltó una risa entre dientes y miró al señor H.

—Prepara la bebida.

Lyla se giró. Horrorizada, vio que el señor H mezclaba algún tipo de polvo azul con lo que quedaba de la bebida del desconocido. Acto seguido, le tendió el vaso al tipo. Ella empezó a resistirse con más fuerza, pero el hombre la inmovilizó con una mano mientras que con la otra le llevaba el vaso a los labios.

—Vamos, bebe como una buena chica.

Las mismas palabras que le habían provocado un subidón ahora la llenaron de terror. Escupió y se retorció para apartarse de él, pero, de pronto, un agudo dolor en el cráneo la paralizó. El señor H la había agarrado del nacimiento del pelo y casi se lo había arrancado de un tirón tan fuerte que Lyla gimoteó de dolor.

—¡No, por favor, no! —suplicó sin la menor esperanza de que la soltaran.

—No lo hacemos por ti, chica. —El hombre sobre el que estaba sentada volvió a soltar una risa entre dientes—. Tú no eres más que el cebo. Es para conseguir que *él* salga. *Bebe.*

De algún modo, eso lo empeoró todo. En aquel momento de pausa, el vaso se volcó por completo en su boca, que se llenó de amargo alcohol y algo con un deje agrio. Lyla no tuvo más alternativa que tragarlo todo. El líquido la quemó por dentro y se asentó con incomodidad en su estómago, aunque también se le derramó un poco por los labios. Sintió náuseas, pero ambos la mantuvieron inmóvil y la obligaron a tragarse toda la bebida.

Y luego la soltaron.

Se puso en pie y se alejó a trompicones de ellos, tropezando, insegura con aquellos tacones, perdido del todo el equilibrio. El mareo se adueñó de ella, y tuvo que agarrarse a la pared para no caer. Veía chiribitas con los ojos, y el corazón empezó a galoparle como un caballo desbocado. Sintió un calor gradual en el cuerpo hasta el punto de empezar a sudar. Los pensamientos coherentes comenzaron a abandonar su mente.

Liviana. Se sentía liviana, como si el peso del mundo hubiese abandonado sus hombros, como si no hubiese nada de lo que preocuparse. ¿Qué era lo que le habían dado? Ni lo sabía ni le importaba. Su cuerpo empezó a contonearse al ritmo de la música. Sus entrañas se calentaban y flotaban después de una eternidad ahogándose. Experimentó el subidón tan repentinamente que no supo qué pasaría cuando llegase el bajón.

—Sí, déjala así. Quiero que aseguréis el recinto del hotel. Dentro de poco se le bajará.

Lyla oyó aquellas palabras pero se quedó en el hueco, bailando al son de la música, eufórica y aterrada. Parte de ella mantenía el sentido y sabía que aquello no estaba bien. No, tenía que escapar.

Avanzó a trompicones entre muebles y cuerpos. De alguna manera consiguió llegar a la puerta de atrás. Sabía que daba a un callejón. Si le daba el aire, todo estaría bien.

Unas manos rudas la agarraron del hombro y la obligaron a darse la vuelta. Acto seguido la llevaron a empujones hacia los ascensores del edificio. Instantes después, Lyla sintió que la escoltaban hacia alguna parte. Sus ojos eran incapaces de centrarse en el entorno en movimiento. La euforia se transformó en un filo de puro dolor. Se oyó a sí misma soltar un gemido de mordaz agonía, un grito que no la alivió, que no hizo más que aumentar la punzante sensación que tenía bajo la piel.

De pronto se encontró en horizontal, sobre una cama. Parpadeó y observó el techo. Numerosos recuerdos de contemplar otros tantos techos la asaltaron. El agujero negro volvió a llamarla. Sin embargo, se sentía demasiado acalorada, la piel incómoda. Alguien le arrancó la ropa y la dejó desnuda sobre las sábanas frescas. Perdida entre el dolor y el delirio que la llamaba, necesitaba algo. Necesitaba más. Dios, ¿qué era lo que necesitaba? Su cuerpo sudaba y su corazón iba a mil por hora, retumbando en el pecho. Cada latido la acercaba más y más a una muerte segura. ¿Iba a morir? ¿Hasta aquí había llegado?

—¿Estamos ya conectados y en directo?

—*Sí.*

Una boca le cubrió el pezón. Una aguda punzada le arrancó un grito.

—¡No!

Intentó apartar de sí a quien la mordía. Forcejeó. Alguien le arreó una bofetada. Le dio vueltas la cabeza. Aun así, por suerte, quien la había abofeteado no siguió pegándole.

—Activa la retransmisión. En cuanto lo vea, vendrá enseguida.

Alguien habló, y Lyla comprendió que tenía que centrarse en las palabras para comprender qué sucedía. Sin embargo, su mente iba tan lenta que parecía estar caminando entre barro. ¿Dónde estaba? ¿De quién era esa cama? ¿Quién iba a venir?

*Él.* Él iba a venir.

La recorrió una oleada de alivio tan intenso que empezó a llorar. Pero no, él no podía venir. Le estaban esperando. Lo iban a atrapar, y Lyla no quería eso. Si lo atrapaban, ¿quién conseguiría que se sintiera segura? ¿Quién le daría sus respuestas? ¿En quién podría confiar? ¿Confiaba en él? No. Sí. Un poco. Quizá. ¿En qué estaba pensando? ¿Por qué se sentía tan febril?

Pasaron minutos, horas, noches enteras; Lyla no lo sabía. Miraba al techo, se retorcía en la cama en busca de algo parecido a la comodidad. Le ardía el cuerpo al respirar, pero no podía centrarse lo suficiente. No conseguía centrarse en nada.

Y de repente, el techo desapareció y la habitación se volvió negra como el alquitrán. Lyla gimoteó. No le gustaba la oscuridad. Acudieron a ella recuerdos de estar atrapada en lugares oscuros. El miedo le provocó escalofríos y empezó a sollozar. Estaba sola, iba a morir de sobredosis de una droga que no conocía, como cebo para un hombre a quien no conocía, a manos de extraños a quienes no importaba. Ella no le importaba a nadie. ¿Qué sentido tenía siquiera vivir?

Algo frío se pegó a su mejilla. La baja temperatura le proporcionó un breve momento de alivio. Ansió más. Una mano. Cuero.

—Shh. —La voz de la muerte surgió de la oscuridad. Era su voz, justo al lado de la oreja de Lyla—. Estoy aquí, *flamma*. Shhh.

Un repentino grito de alivio brotó de ella sin control. Su mente se revolvió. No, no, él no podía estar aquí. Tenía que advertirle, pero le había prometido que no volvería a oír su voz. Aunque tampoco quería que muriese. A la mierda la promesa. Él tenía que sobrevivir.

—Es... es... una tram... pa —consiguió tartamudear. Sus dientes castañeteaban. Intentó localizarlo con los ojos. No veía nada en aquella absoluta oscuridad, pero le sintió... Musculoso, sólido, ahí mismo.

—No te preocupes —la tranquilizó él, con voz suave, casi un arrullo. El cuero le acarició la otra mejilla.

Ella negó con la cabeza, incapaz de verlo. Cuando su mano le tocó la cara, ella rozó su guante de cuero, lo agarró de la muñeca. Empezó a sollozar.

—Me... han... drrrrogaaadooo...

—Y pagarán por ello.

La promesa de venganza en aquellas palabras, y la certeza de que él las cumpliría, la calmaron un poco. Estaba allí. Todo iría bien.

—Esa droga es mortal. No sé qué dosis te han dado, pero no pienso correr riesgos. Tienes dos opciones —le dijo en tono quedo. Su voz oscura consiguió que Lyla se centrase por un instante—. O bien te saco la droga de dentro mientras sigues apenas consciente o te dejo inconsciente y que salga sola. La segunda opción tarda más y es más arriesgada.

Lyla no quería pasar más tiempo allí. Negó con la cabeza, pegada aún a su mano. Seguramente él lo comprendió.

—La droga te provocará delirios a medida que se agudicen sus efectos. No estarás del todo consciente.

—Confío en ti —consiguió gimotear al tiempo que una oleada de calor le recorría el cuerpo y le provocaba espasmos.

—Justo eso fue lo que selló tu destino hace tantos años.

Eso Lyla ya lo sabía. Le había confiado algo importante a aquel tipo y él ya no la había dejado escapar.

Sintió sus manos enguantadas en los muslos y ahogó una exclamación. La sensación se veía aumentada por lo que fuera que tenía en el cuerpo y la negrura absoluta de la habitación. La falta de visión la volvía sumamente consciente de dónde estaban las grandes manos de su diablo, que le tocaba las extremidades. Sintió que le abrían las piernas y el calor se apoderó de su entrepierna, no así la humedad. También notó los hombros de su diablo, anchos, muy anchos, que la mantuvieron despatarrada al tiempo que su aliento la acariciaba. La boca de su diablo hizo contacto con ella, con su coño, por primera vez desde su primer beso. Lyla se aferró a las sábanas.

Él le acarició el clítoris con la punta de la lengua, para luego lamérselo con toda su extensión. La pericia de su boca la empapó por completo como nunca, con una sensación tan intensa que, más que placer, era dolor. Se le escapó un grito, y la pesadez que sentía en las extremidades aumentó a cada segundo que pasaba. Y entonces, por primera vez en años, sintió que se corría de inmediato, más rápido de lo que habría pensado que era posible. Quizá era por la droga, quizá era por él, o quizá una combinación de ambos. Lyla no lo sabía y tampoco le importaba. Se corrió, sin más, y le pareció… incompleto. Sintió dolor, sin un resquicio de placer. Y sin embargo, el subidón menguó un poco durante un minuto.

—Tu confianza, *flamma*, es la droga más adictiva.

Aquellas palabras susurrantes penetraron en su mente embotada. Ella bajó la vista hacia el lugar del que venía la voz, pero no vio nada. Era como si la estuviese tocando un hombre invisible. El Hombre Sombra. Su hombre.

—Pues no te voy a dar más —le dijo ella en una fracción de segundo de claridad. Acto seguido sintió la mordedura de sus dientes en la cara interior del muslo.

—Sí que me darás. Cada átomo de tu cuerpo canta para mí.

Sus palabras le recordaron a la nota, y apretó los muslos en torno a sus hombros como acto reflejo ante el recuerdo.

—Las reacciones de mi cuerpo no significan nada.

Dado el modo en que habían usado y abusado de su cuerpo a lo largo de los años, Lyla no confiaba en este. Ni siquiera le gustaba. La fase de autodesprecio que había sentido al principio hacia su cuerpo había desaparecido hacía mucho; ahora sencillamente no sentía nada.

Algo cálido se apretó contra su clítoris y le arrancó una exclamación ahogada.

—Aunque no signifiquen nada, son mías.

Ella quiso refutar aquella frase, pero otra oleada de pura neblina se adueñó de ella. Gritó y sollozó, porque él se estaba haciendo dueño de ella sin reclamarla para sí. La deseaba sin desear; y ella necesitaba más, lo necesitaba a él, pero él no se lo concedía. Lyla gritó y se resistió mientras el dolor de su cuerpo aumentaba. Él se quedó en el sitio hasta que ella se rindió. Su boca la destrozó; consiguió que se corriera una y otra y otra vez, hasta el punto de que se desmayó, o eso le pareció. Se quedó en blanco durante buena parte de lo ocurrido, pero su cuerpo siguió respondiendo, siguió reaccionando, siguió corriéndose. Acabó escaldada, saciada y, aun así, vacía e incompleta. Contraída por culpa de una sed que sintió en el alma y que jamás habría de saciarse.

Y sin embargo, él se quedó a su lado.

# 7

## Él

Aquello aceleró la situación. Orgasmo tras orgasmo, aquella sobrecarga sensorial provocada por él lo cambió todo.

Desde que tenía memoria, sus receptores sensoriales no habían funcionado bien. Jamás había sido capaz de reaccionar a sonidos o imágenes, aunque los captase. Sin embargo, verla a ella había sido como encontrar los tonos más vívidos de su color favorito. Los tonos que se grabaron a fuego en sus retinas acompañados de un sabor dulce en la lengua. La gente había dicho que era una experiencia extraña debido a sus ojos, pero él sabía que no era así. Su percepción del mundo era diferente, nada más. Sin embargo, lo que no podía explicar era su voz: la primera vez que la oyó hablar, el sonido le provocó vibraciones por la piel, como cuando se golpea un diapasón. Esas vibraciones recorrieron su cuerpo con una intensidad inaudita y volvieron a provocarle aquel sabor dulce en la lengua. Había vuelto a buscarla, solo para ver si aquello era real o pura casualidad.

Aún le hormigueaba el cuerpo por las vibraciones de las palabras de la chica, por sus pequeñas exclamaciones, sus gemidos estrangulados. En la boca sentía tanto el sabor de la chica como aquella dulzura sensorial, una combinación a la que se estaba volviendo más y más adicto a cada segundo que pasaba. Aquello era real y, fuera lo que fuese, le pertenecía a él. No le importaba si ella tenía el mismo efecto en cualquier otro ser humano. Si así era, los erradicaría a todos hasta que él fuese el único que quedase, si hacía falta.

El cuerpo agotado de la chica se estremeció en sueños. Él le pasó un dedo por aquella boca deliciosa. Unos labios gruesos cedieron bajo su roce; se preguntó a qué sabría. Jamás le había dado un beso en la boca a nadie, ni siquiera había sentido el impulso de hacerlo. ¿Por qué iba a querer tener tan cerca la boca de una desconocida, ni introducirse sus fluidos en el cuerpo? No tenía sentido. Podría entender lo de follar, porque era una necesidad biológica, no así besar. El sexo oral tampoco, y esa era una de las razones por las que nunca antes había probado un coño. Aun así, conocía bien los senderos del placer. Ahora que la había probado, dudaba que fuese a saborear a otra; solo le interesaba ella. Para él iba a ser la última, y él sería el primero para ella en muchos aspectos.

Se apretó la polla con la mano. Los piercings se tensaron al palpitar; la tenía dura tras horas de provocar deliciosos orgasmos. Su lengua, la misma contra la que ella había sufrido espasmos toda la noche, estaba hinchada a base de sensaciones.

Y se la pensaba follar. Se la iba follar *duro*. Decidió que algún día la poseería así. Quizá se deslizaría en su interior mientras ella dormía. Conseguiría que le diese su confianza hasta el punto de que su cuerpo reaccionase intuitivamente a él, incluso en sueños. Y a la mañana siguiente, ella se despertaría dolorida, sin recuerdo alguno de lo que había pasado, pero sintiéndole a él en cada centímetro de su delicado y delicioso coño. Pensaba poner a prueba su confianza, inundarla con cada gota que tuviese..., hasta que su cuerpo, su mente y su puta *alma* se convenciesen de lo importante que era.

Ella lo era *todo*. Ella era el *motivo* detrás de todo.

Era ella quien veía quién era él; era ella quien se derretía por él. Le odiaba y, aun así, confiaba en él. Lo que había comenzado como intriga se había convertido en fascinación, que poco a poco se había transformado en fijación, para luego desembocar en una obsesión tan profunda que ahora se encontraba incompleto sin ella.

Algún día, muy pronto, la chica sería suya por completo. Pero ahora, no. Ahora mismo, la droga había hecho suficiente daño como para poner patas arriba todo su organismo. No hacía falta que él empeorase la situación.

La cubrió con una manta en la habitación del hotel encima del club, un lugar que conocía como la palma de su mano gracias a su propio pasado. Se puso en movimiento, porque veía perfectamente en la oscuridad absoluta gracias a sus gafas de visión nocturna. La oscuridad era para ella, para escudarla de las cámaras, que tenían desactivado el audio. La habitación estaba cerrada con llave y oscurecida, así que nadie se atrevería a entrar, a no ser que quisiera arriesgarse a enfrentarse a él. Y nadie en su sano juicio en todo el mundo querría enfrentarse al Hombre Sombra en la oscuridad.

Le tocó la mejilla con la mano enguantada. Aún tenía la boca y la barbilla mojadas. Llevaba su sabor en la lengua y en la memoria. Dejó que la euforia del momento impregnase las neuronas de su propio cerebro.

Ella le había hablado, le había advertido para salvarlo. A pesar de tanta rabia y dolor, él le importaba. Era una idiota de corazón tierno, pero era su idiota. Era una persona única, el fuego de la vida, la calidez. Él no comprendía las emociones, pero sí entendía la ciencia. Algo les sucedía a nivel químico a su cerebro y a su cuerpo cuando ella aparecía. La miraba, la oía y experimentaba sensaciones en su organismo. Era una respuesta de lo más extraño; él la había analizado en profundidad y había llegado a la conclusión de que era una forma de sinestesia que no tenía explicación racional en todos los casos. El cableado de su cerebro estaba defectuoso, nada más. Se electrificaba cuando se cruzaba con ella. Pero eso él ya lo sabía.

La dejó sumida en las consecuencias de aquel intenso episodio de drogas. Se acercó a la puerta y se asomó por la mirilla. Tal y como esperaba, había tres hombres fuera aguardando a que saliera. Armados. Qué idiotas.

Retrocedió por la habitación, comprobó su teléfono, se lo metió en el bolsillo y se dirigió a la ventana. La abrió con facilidad y subió de un salto al alféizar. La adrenalina causada por la altura le recorrió el cuerpo. Le gustaban las alturas. Le recordaban al hogar al que la llevaría algún día.

Se agarró a la parte superior del marco de la ventana y saltó a la tubería que recorría el lateral del edificio. Sus músculos bien entrenados funcionaban de memoria. Empezó a ascender, apoyando un pie en los bordes de las ventanas y otro en la tubería. Se alegró de haber traído prendas cómodas para hacer ejercicio, aunque había sido pura casualidad. Había visto la retransmisión en internet desde su habitación y había sabido a los pocos segundos que era una trampa para él y que ella era el cebo.

Pero ellos no sabían que la chica no era su cebo, sino el premio que ya había ganado en aquel juego sangriento… Solo tenía que venir a reclamarlo.

Sin embargo, se dio cuenta de que había que enviar un mensaje. Un mensaje alto y claro. Se detuvo en una ventana cinco pisos por encima de donde estaba la chica. Se asomó y vio dentro a Howard, tirado en la cama junto con dos chicas que le estaban chupando la polla. Sonreía con esa boca que le había puesto encima a *su* chica.

Se iba a arrepentir.

Con el sigilo de un gato, los años de artes marciales y *parkour* tomaron el volante de forma automática: se balanceó colgando de una sola mano hasta agarrarse firmemente con la otra al alféizar. Se estabilizó y comprobó cuántos de los ocupantes de la habitación estaban distraídos. Despacio, abrió la ventana y entró de un salto sin hacer ruido. Se agachó de inmediato tras un sofá gigante que había en un lateral.

—Puñetera ventana —oyó que murmuraba Howard—. Muñeca, ve a cerrarla.

Permaneció inmóvil mientras una de las chicas cerraba la ventana. Al girarse, se oyeron golpes en la puerta. Alguien, supuso que la otra chica, fue a abrirla.

—¿Cómo está la situación? —preguntó Howard al tiempo que se reanudaban los sonidos de succión.

—La habitación lleva en silencio unas cuantas horas. También está a oscuras. No tenemos ninguna visual.

—¿Creéis que ha venido ya?

—Lo dudo. Las entradas están vigiladas. Todos estamos alerta.

Sus medidas de seguridad eran irrisorias. Se preguntó si el Sindicato era consciente de lo terribles que eran sus dispositivos de seguridad en la planta baja o si les importaba siquiera.

Captó el gruñido de Howard, seguido del ruido de las chicas al ponerse en pie y marcharse.

—Mantenedle un ojo echado a la habitación. Si no ha aparecido al alba, matad a la chica.

Al oír esas palabras, empezó a notar una sensación ardiente en la columna vertebral. Cualquier hombre normal quizá habría sentido rabia, incluso ansias de venganza. Él no había sentido ninguna de las dos. En su cabeza no había más que una sencilla ecuación que aquellos tipos habían alterado. Las emociones no se aplicaban, no era necesario. ¿Sería aquello un comportamiento psicótico? Quizá. Pero él nunca había pretendido ser nada más que el diablo que ya era.

Unos minutos después, la puerta se cerró. Oyó que el tipo se acomodaba en la cama y, acto seguido, las luces se apagaron. Se formaron sombras en la habitación. Fue entonces cuando se puso en movimiento. Se enderezó y caminó con pasos silenciosos hacia la cama, donde dormitaba aquel tipejo que no estaba nada en forma. El tío no era más que un cobarde pusilánime, borracho de poder. La reunión que había tenido con él en el complejo inmobiliario se lo había dejado claro.

Había ido a visitar el complejo para echarle un vistazo a sus medidas de seguridad, fingiendo ser un inversor en busca de activos que adquirir. El complejo tenía unas medidas de seguridad increíbles; iba a tener que traspasarlas todas para llegar hasta ella una vez que la encerraran. Y, después de lo que había sucedido aquella noche, eso era probablemente lo que harían. Sin embargo, Lyla iba a tener que seguir confiando en él. Iba a encontrarla y, esta vez, la sacaría de allí. La mera idea le provocó una oleada de algo parecido a la emoción.

Se acercó a la mesa y ojeó la botella de whisky. Cincuenta grados. «Bien». Agarró la botella, la abrió y lo derramó alrededor de los bordes de la cama hasta vaciarla poco a poco. Luego fue al armario, sacó otra botella de cincuenta grados y regresó a la cama. La volcó y echó un poco sobre aquel tipo durmiente.

Howard se despertó con un sobresalto, escupiendo whisky. Sus ojos sobrevolaron frenéticos toda la habitación hasta toparse con su silueta. El terror se adueñó de su cara. Se decía que las víctimas del Hombre Sombra lo veían antes de morir. Y, a juzgar por su expresión, Howard se lo creyó.

—No, por favor, te daré todo lo que quieras —suplicó

como el cerdo pusilánime que era. Mojó la cama de puro miedo, y el hedor a orina y alcohol se mezcló con la peste que su voz le provocaba en la nariz. Resultaba extraño ser capaz de oler y paladear las voces, aunque ninguna excepto la de Lyla le resultaba agradable.

Contempló a aquel tipejo y recordó el metraje de vídeo que había sacado del club. Recordó que Howard había tocado el pelo de Lyla, un pelo que le pertenecía a *él*, y que la había obligado a tragarse aquel brebaje drogado. Le había puesto aquella boca asquerosa en el pecho, y ella había llorado y suplicado clemencia.

La sensación ardiente en su columna vertebral se convirtió en una llamarada ante el recuerdo. No, el mensaje debía quedarles claro a todos y cada uno de ellos.

Agarró el cabello del tipo con la mano enguantada y dio un fuerte tirón. Él gritó.

—Por favor, no, deja que me vaya. Haré lo que quieras. Por favor.

—Bebe —usó la misma palabra que él había empleado con ella.

No había conseguido ver al otro tipo que la había drogado, el que tenía el pelo claro, pero ya descubriría quién era. Si había algo que se le daba bien, era encontrar información.

Howard tragó saliva y abrió la boca entre temblores. Él inclinó la botella y le vertió toda la bebida en la garganta hasta que el tipo empezó a escupir y toser. Por fin, una vez que la botella estuvo vacía del todo, se echó hacia atrás. Una expresión de alivio asomó al rostro del tipo, que pensaba que ya habían terminado.

Él dejó que lo pensara.

Tras verter lo que quedaba de alcohol en su boca, le dio otro tirón del pelo.

—Aguántalo en la boca.

El tipo se estremeció y mantuvo el alcohol en la boca abierta, con los ojos desorbitados de un terror tan absoluto que el Hombre Sombra sintió calma. Arrojó a un lado la botella vacía y sacó del bolsillo un encendedor. Lo abrió con un gesto.

El tipo empezó a emitir sonidos suplicantes, pero él le mantuvo el cuello echado por completo hacia atrás. Le acercó la llama del encendedor a la boca. El fuego prendió en el alcohol que le rodeaba la lengua, la misma lengua que había tocado a Lyla. El tipo empezó a gritar, a forcejear, pero él lo mantuvo inmóvil. El fuego se abrió paso hacia su garganta, igual que la droga se había abierto paso en la garganta de ella.

—Si la tocas, mueres —señaló él en tono quedo—. Cuanto peor la toques, peor será tu muerte. Sencillo, ¿no te parece? No entiendo por qué no lo captáis.

El tipejo estaba demasiado dominado por el dolor como para centrarse, así que él dio un paso atrás. Se acercó a la puerta y vio que intentaba bajarse de la cama y dirigirse al baño. Antes de que pudiera poner un pie en el suelo, el Hombre Sombra volvió a abrir el encendedor, el encendedor que tenía la insignia de la serpiente propia del Sindicato —un ouroboros, para ser exactos— y lo lanzó sobre la cama. Con satisfacción, vio que las llamas prendieron en las sábanas empapadas. Se extendieron por toda la cama y quemaron vivo al tipo, cuyos gritos le acariciaron los sentidos.

Dejó allí el encendedor, para que el mensaje le quedase claro a todo el mundo en el sistema: conocía su símbolo, sabía quiénes eran y no dudaría en hacerles lo mismo que acababa de hacer allí. No había que tocar a Lyla.

Esta vez se fue por la puerta de la habitación, con cuidado de que no lo grabaran las cámaras. Bajó por las escaleras de incendios y se alejó del edificio.

La situación había cambiado.

Tenía que concluir su misión final antes de llevársela a casa. Tenía que llevarla allí, ganarse su confianza y lealtad, para luego abrir la puerta a su pasado. Pero eso sería más tarde. Iba dejando migas de pan que le permitiesen entender la situación para ganar suficiente tiempo. De momento, Lyla estaría bien, no le harían daño. Él podía vivir con eso.

# 8

## Lyla

Cuando despertó, sintió la cabeza y el cuerpo como si tuviera encima una tonelada de ladrillos. Parpadeó y abrió los ojos. Vio un techo en las alturas que ya conocía. Estaba en la sala médica del complejo. ¿Qué hacía allí?

La luz se filtraba por una pequeña ventana, pero Lyla no era capaz de mover las extremidades, ni siquiera para alzarse de la suave cama. Estar tumbada allí, disfrutando de aquella comodidad, resultaba maravilloso. Intentó pensar en lo último que recordaba.

La habían drogado, eso era. Una habitación oscura. Cámaras. Calor. *Él.*

Él había estado entre sus piernas, la había devorado una y otra vez hasta que ella perdió el sentido. No sabía cuántas veces más le había comido el coño después de que se desmayara. La mera idea le provocó un extraño estremecimiento de emoción por la columna; había estado por completo a su merced para que hiciese con ella lo que le diese la gana. Con cualquier otro, la idea la habría inundado de horror y repugnancia. Y sin embargo, al cerrar los ojos e imaginarse a su amante invisible en la oscuridad, era incapaz de descartarlo por completo.

Era una idiota, eso es lo que era. Una puta idiota por confiar en el hombre más peligroso que había podido encontrar. Un hombre que jugueteaba con ella, que no tenía lealtad hacia nada ni nadie en absoluto. Y sin embargo, un hombre que había aparecido cada vez que ella le había necesitado. Aunque le habían tendido una trampa, había venido a por ella una vez más.

¿A qué estaba jugando?

Frustrada consigo misma por permitir siquiera que la pregunta le diese vueltas en la cabeza, intentó enderezarse en la cama. Tuvo que esforzarse por culpa de la pesadez de los últimos efectos de la droga. La puerta se abrió. Tres entró en la habitación, acompañada de una chica a quien Lyla no conocía, aunque la había visto por el edificio. El desdén pintado en la cara de Tres le encogió el estómago. Las miró a ambas e intentó comprender qué había pasado.

—No sé qué tienes de especial —dijo la mujer, con los labios torcidos en una mueca de asco—. No dejamos de acumular cadáveres por tu culpa.

Le hizo un gesto a la otra chica, que colocó una bandeja con comida en la mesa junto a ella. Siguió hablando:

—No sé en qué te metiste anoche, pero fuera lo que fuera, el Hombre Sombra se cargó al señor H por ello.

Lyla sintió que se quedaba sin respiración.

—¿Qué?

Tres negó con la cabeza.

—Pues sí, niñata imbécil. El señor H ha muerto por tu culpa. ¿Sabes lo bueno y generoso que era con las chicas? Gracias a ti, él le prendió fuego.

Lyla guardó silencio.

—Felicidades, ahora los peces gordos te van a vigilar como si fueran halcones.

Un resquicio de ira reverberó en su interior. ¿Cómo cojones iba a ser aquello culpa suya? El señor H no era ningún dechado de virtudes. La había drogado, la había toqueteado.

No sentía en absoluto que hubiera muerto. No sentía que ninguno de ellos hubiese muerto. Y sin embargo, una vez más, los actos de otros impactaban en su vida. No quería tener que lidiar con ello. Pero claro, teniendo en cuenta el mundo en el que vivía y lo atrapada que estaba, ¿qué alternativa le quedaba?

Tres le llenó un vaso de zumo y señaló a la comida.

—Descansarás unos días y luego te piras. Tienes una nueva... misión. Te van a trasladar.

Lyla se mordió el labio y paseó la vista entre la chica que ya estaba en la puerta y Tres. Sabía que no le convenía preguntar por su nuevo destino. Ya se enteraría cuando la escoltasen hasta allí.

—¿Hay noticias de Malini? —le preguntó a su cuidadora por última vez, consciente de que o bien lo sabía o al menos tenía cierta idea del paradero de la chica. Si la iban a trasladar, tenía que preguntar una última vez.

El frío asomó a los ojos de la mujer.

—Tiene un contrato, no te lo voy a repetir.

Sin embargo, resultaba extraño que alguien con un contrato no volviese a recoger sus cosas. Para las chicas que allí vivían, sus posesiones eran importantes, por escasas que fueran. Eso Lyla lo sabía. Solían ser objetos que habían reunido a lo largo de los años, pequeños recuerdos de consuelo que les importaban precisamente porque allí no importaba nada. A todas las chicas con un contrato se les permitía un último viaje para recoger sus efectos personales y despedirse. Pero a Malini, no. Se había despertado una mañana, había ido a trabajar a una subasta online y ya no había vuelto. Aunque era del todo posible que quienquiera que la había comprado no hubiese permitido que regresase, algo dentro de Lyla no podía evitar pensar que no era eso lo que había sucedido. Algo le había pasado a Malini.

Se guardó para sí lo que pensaba, se bebió el zumo y se comió las tostadas. Tres se marchó. La chica, una belleza rubia y menuda, vaciló en el umbral y siguió con la mirada a su cuidadora.

—No sé adónde te envían, pero no pinta bien —susurró en tono urgente—. Ándate... con ojo.

Dicho lo cual, la chica también se fue a toda prisa y la dejó a solas con sus pensamientos y un remolino en la mente. La iban a enviar a un lugar... que no pintaba bien. No sabía qué iba a suceder, y tampoco sabía si estaba preparada para ello.

Durante los siguientes días, Lyla se dedicó a descansar y a dejar que su cuerpo se recuperase de la droga que le habían suministrado a la fuerza. Le permitieron tomarse unos días sin trabajar, así que no hizo más que reposar y deambular por la casa, espiando diferentes conversaciones. Fue entonces cuando se detuvo junto a la puerta de la cocina y escuchó lo que decían dentro:

—¿Qué crees que hay entre Lyla y el Hombre Sombra? —preguntó alguien.

Lyla se apretó contra la pared, con curiosidad por saber lo que las demás pensaban de aquella situación.

—Ni siquiera creía que fuese real hasta que ha pasado todo esto. Ahora no sé qué pensar.

—Yo creo que no es más que un cliente que se ha puesto posesivo —intervino otra voz.

—Lyla no ha tenido ni un cliente desde que llegó aquí —señaló una chica—. Él se los carga a todos.

—Quizá esté enamorado de ella.

Lyla agarró las perneras de los pantalones cortos en un puño, con el corazón al galope. Ni él era capaz de amar ni ella estaba tan desesperada como para imaginarse lo contrario. Dentro de la cocina, dos chicas se echaron a reír, un sonido que la arañó por dentro.

—Aquí no existe el amor, Millie. Quizá solo quiera sacarla de aquí.

—Pero ¿por qué no la ha sacado aún? Han pasado... ¿cuánto, seis años?

«Ay». Eso le había dolido.

—Yo creo que solo la está usando para sus propios planes, sean los que sean. No valemos más que para eso.

Buena parte de Lyla estaba de acuerdo con lo que acababa de oír. Él tenía algún tipo de plan, y ella no era más que lo que siempre había sido: un daño colateral.


Una semana después del incidente de la bebida drogada, prácticamente la echaron a patadas del complejo. Tenía los nervios destrozados, no solo porque debía mudarse otra vez y porque la advertencia de la chica seguía sonando en su cabeza, sino porque no había habido ni rastro de él. No lo había vuelto a ver desde el incidente, ni tampoco le había sentido. Su ausencia la mordía. Le daba vueltas en la cabeza. Sus pensamientos oscilaban entre el plan que podía tener y la posibilidad de que le importase de un modo retorcido. Cuanto más tiempo pasaba sin él, más flaqueaba la segunda posibilidad.

En tiempo récord guardó todas sus posesiones materiales en una caja y esperó frente al edificio a que viniese a recogerla uno de los guardias, que le puso una venda en los ojos. Era un procedimiento rutinario cuando las trasladaban a otra ubicación segura. Se sintió desorientada, sin saber adónde iba.

Sabía que todo lo que estaba sucediendo era consecuencia de aquella noche. Sabía que tenía que ver con la muerte del señor H y con el mensaje que él había dejado. Lo que no sabía era si iba a ser positivo para ella o no. El guardia la metió en un vehículo. Oyó que se encendía el motor y se alejaron de la casa en la que más tiempo había pasado. Cuando llegó a aquel complejo tenía diecisiete años, y dieciocho cuando se encontró por primera vez con él. Tenía dieciocho años la noche fatídica en que su vida había cambiado.

En la oscuridad tras la venda, consiguió recordar el trueno y la lluvia que la empapaba cuando corrió hacia los bosques que rodeaban el complejo en un intento desesperado de escapar, cuando de pronto chocó...

El coche dio una sacudida e interrumpió sus pensamientos, que quedaron hechos añicos hasta que Lyla inspiró hondo y volvió a centrarse. Los recuerdos, sus recuerdos, eran un vórtice poderoso que la atrapaba cada vez y la arrastraba a lugares oscuros. No recordaba ni un solo momento de su vida en el que se hubiese sentido feliz sin el aplastante peso de algo terrible. Ya no sabía cómo sonreír. Las arrugas en su ceño se habían vuelto casi permanentes de tanto fruncirlo.

—¿Dónde me voy a quedar? —preguntó solo para romper la monotonía de sus pensamientos, porque en realidad no esperaba respuesta—. ¿Quién vive allí?

—No lo sé —le dijo el guardia—. Yo solo te llevo.

«Qué bien».

El coche se detuvo tras un largo rato. Lyla oyó que el guardia abría la puerta, tras lo que se acercó a su lado y la sacó de un tirón. Sintió el sol en la piel durante una fracción de segundo, y luego el tipo la obligó a subir unos escalones bajos. Aún cegada, avanzó a trompicones, con la caja que contenía sus únicas posesiones apretada contra el pecho. Recorrieron un largo camino. El suelo bajo sus zapatillas planas era sólido, algún tipo de cemento. Varios aromas almizcleños le asaltaron las fosas nasales, demasiado entremezclados como para diferenciarlos.

Por fin, tras lo que le parecieron horas de caminata, la obligaron a sentarse en una silla. Le quitaron la venda, y parpadeó varias veces para ajustar la vista a la luz repentina. Se dio cuenta de que estaba en el despacho de algún tipo de almacén, una sala hecha de madera, con una mesa marrón tan tosca y arañada que probablemente tenía más años que ella misma. Contó cuatro sillas más alrededor.

Se preguntó qué era aquel sitio y qué papel iba a desempeñar allí. Lo contempló todo y esperó.

Esperó.

Esperó.

Tras un largo rato se abrió una puerta. Entraron tres hombres vestidos con vaqueros y camisetas. La inundaron los nervios, empezó a golpetear con el pie en el suelo. Recorrió con la vista a aquellos tres desconocidos. No tenía ni idea de quiénes eran, pero parecían amenazadores, rudos, sobre todo uno de ellos. El que peor pinta tenía era calvo, de cabeza resplandeciente. Se sentó al frente de la mesa. Llevaba un anillo con el mismo símbolo de la serpiente que el tipo del club de aquella noche. Los otros se situaron junto al hombre frente a ella.

—Les has costado a mis jefes mucho dinero y muchos hombres, Lyla —dijo el calvo, que claramente era el líder—. ¿Qué hacemos contigo?

Ella guardó silencio, con el corazón retumbando. Miró a los hombres, con el pánico infiltrándose poco a poco en sus venas.

—Eres demasiado importante para despacharte, pero demasiado inútil para el negocio. Has servido para negociar con gente muy poderosa, y ahora vas a servir como arma contra el Hombre Sombra. —El ansia en la voz de aquel hombre la asustó—. ¿Sabes quién es?

Ella se apresuró a negar con la cabeza. De verdad no sabía quién era. El hombre la estudió durante un largo minuto.

—El Hombre Sombra surgió de la nada hará unos diez años. Se convirtió en una leyenda en los bajos fondos. No ha hecho más que frustrar nuestros planes una y otra vez. Hoy en día sigo sin saber cuál es su objetivo final. Así pues, permite que lo reformule: ¿sabes *algo* del Hombre Sombra, lo que sea? —Ella volvió a negar con la cabeza—. Tú no me mentirías, ¿verdad?

No mentía, no.

—Bien. —El tipo sonrió y todo el rostro se le cubrió de unas arrugas que deberían haberle dado un aspecto agradable—. Hemos hecho un largo camino para verte. ¿Qué te parece si te pones de rodillas y nos das una alegría?

Lyla tragó saliva y los miró a todos. Encontró dentro de sí algo parecido a la fuerza.

—Eso supondría sellar vuestra sentencia de muerte. Él los mata a todos.

Uno de los hombres dio un paso al frente e invadió su espacio vital.

—Nos arriesgaremos. Si le importas, quizá venga a por nosotros. Si no, eso que nos llevamos.

La agarró del brazo y la arrastró hacia el calvo.

Lyla miró en derredor por la habitación, consciente de que estaba atrapada, de que no había escapatoria. Sintió claustrofobia porque, día tras día, jamás había encontrado alivio a su situación. Y esta vez sabía en lo más profundo de su ser que él no tenía ni idea de lo que estaba sucediendo.

El tipo que la había agarrado del brazo la obligó a ponerse de rodillas. El otro sacó una cámara.

—Empieza la retransmisión en directo —ordenó el calvo

sin apartarse de su asiento al frente de la mesa—. Que vea cómo rompemos a su juguetito.

Lyla cerró los ojos. «No». *Él* no estaba allí para salvarla, aunque le había dicho, le había demostrado y le había prometido que así sería. Y ella no podía salvarse sola. La había convencido para tener una falsa sensación de seguridad hasta que empezó a depender de él. Y ahora estaba atrapada porque él la había puesto en peligro. Le había *mentido*.

Puede que luego los matase a *todos*, pero no sería por ella. Sería por sí mismo, y esas muertes no le devolverían jamás el último trozo de sí que se había roto.

Lyla cerró los ojos y dejó que el agujero negro se la tragase por completo.

Su habitación era pequeña.

Su cama era pequeña.

Su vida era pequeña.

Y no importaba.

Ella no importaba, nada importaba.

Ella era el agujero negro, y el agujero negro era ella, una nada sin fin y sin capacidad para la luz.

No supo quién entró en la habitación, quién se fue ni quién le hizo qué.

No sintió nada; no dijo nada; no vio nada.

Se limitó a contemplar el techo agrietado, a reconocer las grietas en su interior. Unas grietas que se alargaban, que se ensanchaban, que se afilaban.

Sin propósito.

Sin fin.

*Sin vida.*

Pasaron los días.

El techo seguía igual.

Pasaron los meses.

El techo se deterioró.

El tiempo se convirtió en nada.

La última señal de vida de su cuerpo sucedió cuando se le cayó la caja y las rosas negras se desparramaron por el suelo. Una chispa prendió en su interior. Se abalanzó sobre las rosas y las destrozó, aplastó los pétalos, los rompió hasta que empezaron a arderle los ojos y se le cerró la garganta.

No quería *nada* de él. Ningún recuerdo. Nada del tipo que le había dado una falsa sensación de seguridad para luego ponerla en peligro él mismo. La había traicionado una y otra vez y la había dejado para que los chacales se alimentasen de su carne.

Se puso en pie, fue al baño y cogió una cuchilla del armarito tras el espejo. Se contempló en el reflejo, los ojos hundidos, pálida. Contempló aquel cabello que tanto le fascinaba a él. Empezó a cortarse aquellos largos mechones que nunca habían sido cortados. Con cada rizo que caía, se iba dejando ir. Sintió que la persona que había sido desaparecía y que ocupaba su lugar una muñeca silenciosa... Una muñeca que se podía utilizar, con la que se podía jugar. De aspecto hermoso pero completamente sin vida.

Tras cortar el último rizo de su cabello, lo dejó ir, se dejó ir, dejó ir todo aquello que los conectaba.

El techo se agrietó.

PARTE II

# ASCUAS

Cada vez sucedes de nuevo para mí.

EDITH WARTON,
*La edad de la inocencia*

# 9

## Lyla

*Seis meses después*

Iba a hacerlo. Iba a acabar con todo. Había tardado meses en decidir cómo lo iba a hacer, y al fin había encontrado un modo en que no le dolería mucho.

En la parte de atrás sonaba una canción con una percusión fuerte. Lyla no la conocía, se limitaba a mover el cuerpo al ritmo de la música en el escenario. El cuero se le pegaba a la piel, pero no conseguía despertarla de su sueño. Así se sentía, como si soñase. Desempeñaba su papel hasta que algún día despertase y todo hubiese sido una pesadilla.

Durante meses se había comportado así. La mayor parte del tiempo había estado confinada en una habitación hasta que sus captores habían comprendido que era inútil, que no iba a atraer al Hombre Sombra hasta allí. No se la podía usar como herramienta, no era más que un peso muerto, así que acabaron por reubicarla de nuevo. Ahora bailaba en el escenario de un club que no conocía y vivía sola en una de las habitaciones de arriba, en el mismo edificio.

Pero algo había cambiado. Ahora le daba miedo estar cerca de la gente.

Ahora, después de estar confinada tanto tiempo en una pequeña habitación oscura sin más compañía que ella misma, le daba miedo la gente. Solo de estar en el club empezaba a sudar y a temblar demasiado. Solo conseguía bailar si cerraba los ojos y se convencía de que estaba sola. Las canciones se sucedían, al igual que los vítores y gritos de ahí abajo. Ella abría los ojos pero no veía a nadie, se limitaba a moverse en piloto automático. Contemplaba el letrero de neón sobre la puerta principal, se centraba en él:

DONDE LOS DEMONIOS VIENEN A JUGAR

No estaba en desacuerdo con la frase. Eran demonios, todos y cada uno de ellos. Y ella por fin iba a escapar de aquel infierno.

Acabó el turno sin mayor incidente. Solo le dolían los pies, cosa que le recordó que seguía habitando su cuerpo. Una película de sudor le cubría la cara, una cara que parecía embrujada. El corte de pelo irregular que se había dado a sí misma hacía semanas acentuaba la impresión. Odiaba su cabello, su piel, su carne, cada parte de su ser. En algún punto intermedio, su indiferencia hacia su cuerpo se había convertido en repugnancia. Había pensado en abrirse cortes, pero, de alguna manera, el dolor aún la asustaba.

Apartó de sí esos pensamientos, bajó del escenario al acabar el turno y se dirigió al camerino. Respiró por la boca para impedir que toda aquella gente la abrumase. Se centró en su taquilla, que contenía su muda de ropa... y algo más.

Por suerte, pudo abrirla sin incidente alguno tras comprobar que no había moros en la costa. Contempló las pequeñas bolsitas de polvo azul que había robado de algunas de las mesas hacía unos pocos días. Cuatro bolsitas. La primera vez que la habían drogado solo habían usado una.

Ahora pensaba utilizar las cuatro para colocarse hasta que le estallase el corazón.

La atravesó una punzada de culpabilidad por la única persona que dejaría atrás, pero negó con la cabeza. Era mejor que no lo supiera. No valía la pena.

Se guardó las bolsitas, cerró la taquilla y salió por el lateral de la zona lounge, hacia la salida de incendios desde la que se accedía a las habitaciones. Evitó mirar a nadie, pero alzó la vista de vez en cuando para comprobar que el camino estuviese despejado.

—¡Eh, Lyla!

Se quedó petrificada y, acto seguido, se dio la vuelta y vio a una de las camareras, que le tendió una bandeja repleta de bebidas.

—Mindy se ha torcido el tobillo. Lleva esto a la mesa cuatro de la zona VIP.

«Mierda». Bueno, podía hacerlo. Asintió y cogió la bandeja con las manos pegajosas de sudor. Se dirigió hacia la zona especial acordonada y reservada para invitados especiales. Se centró en dar un paso y luego otro. Las bolsitas le quemaban en los bolsillos de los pantalones cortos.

Aquel club era más de élite que todos los otros en los que había estado, así que tenía una clientela que era la *crème de la crème*. Subió los escalones iluminados por luces de neón, se acercó a la cuarta mesa empezando por el fondo y se detuvo al contemplar el grupo de hombres y mujeres allí sentado. Eran tres parejas y un tipo solo. Ni uno de ellos parecía encajar en aquel rincón del mundo. Bueno, ninguno excepto el gigantón del parche. Él parecía encajar a la perfección.

—¡No lo pilláis! —exclamó en voz alta una de las mujeres, morena y con gafas, y le clavó la mirada al hombre a su lado, que contemplaba la tablet que ella le estaba mostrando—. ¿Cómo puedes no verlo?

Otra mujer, una belleza despampanante con cuerpo de modelo, se limitó a mirarlos a ambos con evidente diversión. Estaba sentada junto a un tipo bien vestido que le pasaba el brazo por encima del hombro.

—Ni siquiera yo lo vi la primera vez, Morana. No todo el mundo tiene tu capacidad para captar detalles.

«Qué nombre tan bonito».

El del parche estaba sentado frente a ellos, con una mujer de pelo azul a su lado.

—Me lo envió la semana pasada. Ha estado buscando a Hector con más ahínco que nosotros.

—Me pregunto por qué —musitó la morena de las gafas—. Es la primera vez que siento que se está implicando en todo este asunto de verdad.

Tenían una dinámica muy extraña, algo que Lyla no había visto nunca pero que reconoció de inmediato. Sintió una punzada hueca en el pecho. Eran amigos. Familia. Todos juntos parecían una familia.

Dejó las bebidas en la mesa en silencio, con habilidad para que nadie se fijase en ella, y la rodeó, con la cabeza gacha.

—Gracias —le dijo la mujer hermosa en tono suave, pero Lyla no alzó la vista.

Con un nudo en la garganta, dio media vuelta para marcharse y llevarse consigo aquella palabra amable y la imagen de aquel grupo de amigos que compartía camaradería. En otra vida, ella misma podría haber sido una chica con un grupo de amigos que salía a tomar algo por la noche. En otra vida podría haber sido una mujer del brazo de un hombre que claramente la amase. En otra vida. Quizá, si existía otra vida, la trataría mejor que esta.

Bordeó la esquina de la zona VIP hasta estar fuera de la vista del grupo. Entonces se giró y volvió a mirarlos. Era una estampa agradable para la última noche de su existencia.

Con cierto alivio en el corazón por haber presenciado aquella dinámica, dejó la bandeja en el mostrador y por fin se dirigió a su cuarto en el primer piso. Subió por las escaleras de incendios; su habitación era la última del rellano.

Giró el pomo, entró y cerró tras de sí. Se dirigió al único mueble que había en la estancia: una cama diminuta. Era tan pequeña que una mujer más alta que ella no habría podido dormir con las piernas estiradas. Sacó las bolsitas de polvo azul de los bolsillos de sus pantalones cortos y se las colocó en el regazo. Las contempló. En el suelo, junto a su pierna, descansaba una botella de agua. Quitó el tapón. Vació las cuatro bolsitas en el agua y sacudió la botella bien fuerte con manos temblorosas.

Con el corazón al galope y el temblor en las manos más agudo a cada segundo que pasaba, contempló el líquido. Ya estaba. Así iba a terminar. Inspiró hondo, se la llevó a los labios y la inclinó. El líquido amargo pasó por su garganta. Tragó tanto como pudo hasta sentir el estómago lleno. Dejó la botella vacía a un lado, se tumbó en la cama y contempló el techo. Era bonito, con falsos diseños ornamentales alrededor del ventilador que le daban un aspecto hermoso. No se parecía a los muchos techos agrietados que había tenido que contemplar en su vida. Era un buen último techo. ¿Por qué pensaba ahora en eso?

Le corrieron lágrimas por la cara, tendida en la oscuridad, a solas. La luz de una farola de la calle arrojaba sombras en la habitación, sombras que le recordaban a *él*. Se permitió pensar en él por primera vez en meses. Un hombre sin nombre que le había cambiado la vida, a mejor durante un tiempo y luego a peor. Un hombre sin nombre que, a su modo retorcido, la había hecho creer que valía algo, que su vida le importaba a alguien, que la querían.

¿Quizá por eso le dolía tanto el corazón? ¿Porque él la

había abandonado, la había dejado sola y a la deriva como todo lo demás en su vida? ¿Porque había conseguido importarle también? Había pagado el precio por ello. En todos los meses que habían pasado, él no había venido ni una sola vez a buscarla.

«Siempre vendré a por ti».

«Mentiroso».

¿Habría encontrado una nueva obsesión, otra chica por la que matar? ¿O quizá se había aburrido de sus juegos después de haberla saboreado? ¿Era por eso, porque la había disfrutado de alguna manera y se había perdido la emoción de la caza?

Durante un instante, Lyla se preguntó si estaría muerto o herido, pero, conociéndolo, no lo creía ni por un segundo. La intensidad de su obsesión en el punto máximo la había llevado a creer que él sería capaz de acudir a rastras hasta ella si la perdía de vista. No, estaba vivo y la había abandonado.

La primera oleada de calor llegó a su cuerpo. Empezó a hormiguearle la piel, a tensarse. Cerró los ojos y se agarró a los laterales de la cama. Oleada tras oleada, el calor se convirtió en fiebre en su cuerpo. Le retumbaba el corazón a tanta velocidad e intensidad que no oía más que el latido en sus oídos. Aquellos golpes se sucedieron con insistencia y la sacaron del trance con un sobresalto. Sus ojos volaron hacia la puerta. Había alguien dando golpes en la puerta de verdad. «¿Qué demonios...?».

—Oye, Lyla, ¿tienes corrector? Un tío me ha puesto el ojo morado.

Era una de las chicas, en el rellano. Lyla se quedó inmóvil y decidió ignorarla, aunque tampoco podría haberse puesto en pie de haberlo intentado. Se estaba bien allí tirada mientras su cuerpo se derrumbaba. Los golpes en la puerta desaparecieron, y en sus oídos solo quedó un rumor que quizá era su propia sangre. Empezaron a pesarle los párpados, los cerró y sintió que la tierra se sacudía bajo sus pies. No, algo se sacudía de verdad. Era ella quien se sacudía. Alguien la estaba sacudiendo.

—¡Mírame!

Aquella orden resonante y afilada consiguió que abriese los párpados apenas una rendija. De inmediato cruzó la mirada con su diablo. A fin de cuentas, la muerte sí que había venido a por ella. Sonrió.

—Sé tierna conmigo cuando me lleves, muerte. Te he estado esperando —susurró, con la mente aturdida, y volvió a cerrar los ojos.

—Abre los ojos, *flamma*.

Una orden grave y gutural seguida de una caricia en su mejilla. Abrió los ojos de nuevo. Comprobó el estado de sus pupilas, le puso una mano en el cuello y gruñó:

—¡Joder!

Sintió una punzada en el lateral del cuello, pero la desechó. Había estado pensando en él y, en sus últimos momentos, su cerebro la trataba con dulzura. Aquello era toda una misericordia, sus alucinaciones se apiadaban de ella. No podía quejarse.

—Tú… —Su voz era apenas audible. Su cuerpo se desplomaba. Él la levanto en brazos—. Dime…, dime dónde está…

—Si me haces el favor de sobrevivir, te lo diré.

Como siempre, negociaba con ella. Apretó el cuerpo bien fuerte contra su torso. Estaba frío y caliente al mismo tiempo; y era sólido, muy sólido. Tantas veces había deseado aferrarse a él, en tantas noches…

Le cayeron lágrimas por la cara y le hundió la nariz en el cuello para poder inspirar aquel aroma inconfundible tan suyo.

—Por favor. Es mi último deseo —lloriqueó suavemente, y sintió que sus brazos se apretaban en torno a ella. Aquella versión alucinógena de él era muy agradable; casi creyó que le importaba de verdad.

—Aún te quedan muchos deseos que pedir, *flamma*. Y yo te los concederé todos. Pero hazme el puto favor de seguir respirando, ¿entendido?

Las notas oscuras y culturales de su voz la golpearon simultáneamente con otra oleada de calor. Gimoteó y se apretó aún más contra él. Le dio las gracias a su mente por conjurarlo para no sentirse sola en sus últimos momentos.

Avanzaban a paso vivo. Había sonidos e imágenes que eran un borrón. Lyla sintió que le pesaban las extremidades cada vez más. Su corazón se ralentizó de pronto. Le dio vueltas la cabeza.

—¿Estabas… con otra persona? —preguntó entre hipidos, dándole voz a su peor miedo. Sus dedos se apretaron sobre la chaqueta de él, que la depositó no supo bien dónde y la amarró. ¿Qué estaba haciendo su mente? ¿Por qué la estaba atando?

Él acabó de amarrarla, tan fuerte que no pudo moverse. Le agarró la cara y la obligó a centrarse durante un segundo en sus ojos diabólicamente disparejos.

—Tú has sido, eres y siempre serás mi obsesión, Luna Caine.

Ella soltó un grito al oírle pronunciar un nombre que no era el suyo. Sintió una aguda punzada en el corazón y todo se volvió negro.

# 10

## Él

Había estado demasiado cerca, joder.

Casi la había perdido y, por primera vez desde que podía recordarlo, algo rabioso despertó en su pecho. Él no solía experimentar emociones, pero ahora sí que las *sentía*. Principalmente hacia sí mismo por no haberla encontrado antes, por tardar tanto en atar cabos. Pero también hacia ella, por pensar que la abandonaría, por llegar siquiera a plantearse marcharse, por concebir la idea de que él no la traería de regreso desde las mismas fauces de la muerte. La muerte no podía quedársela, *nada* podía quedársela hasta que él la soltase.

Si su pasado les había enseñado algo, era que el tiempo no significaba nada en su relación. Él estaba dispuesto a esperar años hasta que llegase el momento adecuado para estar con ella. Sin embargo, el hecho de que ella no hubiese tenido la misma paciencia le indicaba dos cosas muy importantes: estaba más rota de lo que había calculado, y él iba a tener que hacer todo lo que estuviera en su mano para mantenerla con vida. Si la chica no volvía a sentir nada, el mundo entero dejaría de existir. No tenía derecho a quitarse la vida.

La contempló, atada en el otro asiento del helicóptero. Volaban sobre la ciudad y los campos hacia el este. La estaba llevando donde siempre debería haber estado. Ella soltó un gimoteo de dolor que sonó alto y claro en su auricular. Las vibraciones de aquel sonido le reverberaron por los antebrazos con un retrogusto dulce que le inundó la boca. Lo había echado de menos. La había echado de menos a ella. Casi la había perdido. Eso no estaba bien, no estaba bien ni de lejos.

Voló sobre los campos oscuros y se dio cuenta de lo cerca que había estado de perderla aquella noche. De perderla de muchas maneras. Tristan Caine también había estado en el club, con el resto de su gente, pero él no estaba listo aún para dejarla marchar. Sabía lo que sucedería si se iba demasiado pronto. Encontraría su familia, encontraría gente que le daría un amor sin fin y encontraría un hombre que la curase con amor. Probablemente sería el perro de Dante, que llevaba meses intentando localizarla, o quizá alguien más. Quizá esa persona acallaría sus demonios durante un tiempo, pero estos regresarían. Ninguno de ellos lo entendería, ninguno la entendería a ella, porque nadie los había visto ni mucho menos experimentado. Ella tenía que sentirse segura para curarse, y nadie más que él conseguiría que se sintiera segura. Porque ellos tenían conciencia, moral y ética. Y él..., él la tenía a ella.

Ella jamás podría pertenecer a nadie más. La había reclamado para sí un demonio de las sombras mucho antes de que nadie la trajera a la luz. Aunque estuviera rodeada de todo ese amor, se sentiría aislada, sola, se preguntaría si estaba demasiado rota como para encontrarse bien. Y él no pensaba permitirlo. Sabía desde hacía tiempo que ella tenía tendencia a hacerse daño, sobre todo en sus pensamientos. Que él supiera, nunca los había puesto en práctica antes de aquella noche. Era uno de los motivos por los que siempre le había tentado con lo único que deseaba más que nada

—sus respuestas— como incentivo para vivir. Durante un tiempo había funcionado. Ahora tenía que volver a darle algo por lo que vivir.

Aún no estaba lista para enfrentarse a su pasado. Probablemente, su mente no podría encajarlo todo a la vez. Pero algún día sí que podría. Y ese día, él le entregaría la verdad. Se la pondría a sus pies.

Manejando el helicóptero con facilidad gracias a sus años de experiencia volando, giró a la derecha, hacia las montañas que bordeaban aquella tierra antes de llegar al mar. Puso rumbo a la casa que había construido a lo largo de los años para ellos dos. Volar era una de las pocas cosas que disfrutaba, aparte de jugar con el fuego y acosarla a ella.

—¿Estoy muerta? —murmuró el objeto de su obsesión. Parpadeó y volvió a desmayarse, con el pelo corto pegado a su hermoso rostro.

Él sabía por qué se lo había cortado, del mismo modo que sabía por qué había destrozado sus rosas. En su mente consciente, parte de ella lo odiaba. Pero su corazón era tierno y se moría de ansia por él. Estaba dispuesto a hacer lo que hiciera falta para que volviese a sentir lo mismo que antes.

Después de lo que había sufrido a manos del Sindicato, después de lo que le habían hecho para atraerlo, no podía culparla por ese odio. Pero no podría haberse acercado ni aunque la hubiese encontrado. Hacerlo habría descubierto años de cuidadosa planificación, de colocar las piezas adecuadas en los lugares correctos. Una maniobra impulsiva por su parte podría haberlo echado todo a perder y haberlos matado a todos, incluyendo a la familia cuya existencia ella aún ignoraba.

No, él había tenido que tomar una decisión, y no se había decidido por ella a corto plazo. Aun así, siempre la había elegido a ella. Todo lo que había hecho en los últimos seis años había sido por ella, para que algún día pudiera vivir libremente, sin tener que vigilar continuamente su espalda.

Y después de lo que le habían hecho, los putos miembros del Sindicato iban a arder.

# 11

## Lyla

Despertarse en camas ajenas y contemplar techos extraños se estaba convirtiendo en una mala costumbre. Lyla abrió los ojos, con las extremidades demasiado pesadas como para intentar siquiera moverse. Tardó un segundo en darse cuenta de que *de verdad* tenía un peso encima que la inmovilizaba. Le entró el pánico, contempló los musculosos bíceps desnudos que descansaban sobre su vientre y el fornido antebrazo salpicado de vello oscuro que descendía en diagonal hasta su cadera, así como la gran mano masculina que la sujetaba con largos dedos. Marcas de quemaduras se esparcían por el dorso de esa mano.

Lyla alzó la vista y vio al hombre pegado a ese brazo. Se encontró con unos ojos diabólicamente disparejos; uno negro y otro verde y dorado. La contemplaban con calma.

Había sido real. Aquel sueño febril había sido real. Él había venido a por ella. Había tardado meses, pero había venido.

Su cerebro registró simultáneamente varios hechos: iba descamisado, mientras que ella llevaba una prenda de tela suave; pegaba el cuerpo al de ella y la cara sobre la almohada; había mucha luz natural de tono gris que entraba desde algún lugar.

Lyla ignoró los dos primeros hechos y lo ignoró a él. Giró el cuello en busca de la fuente de luz. Y se le cortó la respiración. Los dos ventanales de mayor tamaño que había visto en su vida mostraban una estampa que solo había visto en fotos. Montañas. Montañas altas, majestuosas y grises.

Le apartó el brazo e intentó bajarse de la cama, pero las rodillas le cedieron. Casi se cayó de boca, pero entonces unos brazos fuertes la agarraron sin esfuerzo y la rodearon con el mismo abrazo que recordaba de su delirio.

—Tranquila —le dijo él en tono suave, pero ella lo ignoró, centrada en el paisaje ante sí.

Él cargó con ella hacia el cristal, hacia lo que ahora reconoció como puertas dobles y no ventanas. Las abrió con el pie y salió con ella en brazos. Una ráfaga de viento frío se abalanzó sobre su piel. Por acto reflejo, se arrebujó contra el calor corporal de él. Los pantalones cortos de seda que debía de haberle puesto para dormir eran demasiado finos para aquel clima. Él se acercó al borde del balcón y la puso en pie antes de sujetarla por la espalda con ambos brazos sobre la barandilla de metal. Una presencia cálida a su espalda que la protegió del frío. Sin embargo, ella estaba centrada en el paisaje, en la sensación de estar en el exterior. Recorrió las vistas en su totalidad con ojos hambrientos, incapaz de comprender cómo podía existir un lugar así mientras absorbía cada centímetro.

Unas montañas altas, rocosas y grises se extendían hasta donde alcanzaba la vista a su derecha. Al otro lado, a la izquierda, un mar gris se agitaba incesante bajo las nubes. Olas y más olas se estrellaban contra una playa rocosa en la lejanía. Una playa creada por la ladera natural de la montaña, que descendía hasta el agua. Y justo por debajo del balcón, el acantilado descendía hasta un largo río estrecho que desembocaba en el mar.

Resultaba exquisito, surrealista, increíble.

—¿Dónde estamos? —susurró ella con asombro, incapaz de creer lo que veían sus ojos.

—Este sitio se llama Bayfjord —le informó él desde atrás—. Eso de ahí son las Montañas del Hierro, y ahí atrás está Bahía Negra.

Ella absorbió todo el paisaje durante un largo rato, atrapada en la jaula de sus brazos, incapaz de digerirlo todo, de asimilar no solo que estaba viva, sino que estaba en el cielo y que estaba con él. A regañadientes, se dio la vuelta para ver la casa en la que se encontraban. Dejó escapar una exclamación ahogada al alzar la vista hacia las toscas rocas grises.

Era una especie de hueco como una rendija en la montaña. *Dentro* de la montaña.

—¿Estamos…, cómo puede ser que… estemos en el interior de la montaña?

Al oír sus palabras rotas, él dio un paso atrás y la dejó sola en el borde. Lyla se aferró a su mano, aterrorizada ante la pronunciada caída por el acantilado. Una reacción totalmente contraria a la de la mujer que había decidido poner fin a su vida. Él contempló las manos entrelazadas de ambos; las suyas, grandes, oscuras, con marcas de quemaduras, envolvían las de Lyla, pequeñas, suaves y pálidas.

—Ven conmigo.

Tiró de ella, que lo siguió no muy convencida. Aún no estaba lista para regresar a su propia mente y no sabía qué sentía hacia él en aquel preciso instante. Toda la experiencia tenía algo de novedad, algo bueno, algo que ella estaba dispuesta a agarrar con ambas manos.

Él la llevó de regreso al cálido dormitorio del interior. Cerró las puertas de cristal. Ella paseó la vista alrededor y observó el entorno. Era el dormitorio más grande en el que hubiera estado jamás; todo era enorme y elegante. A la derecha de donde estaba, junto a las puertas del balcón, descansaba una cama gigantesca hecha de madera negra, con cabecero del mismo color y mesitas de noche a los lados.

Él abrió la marcha y señaló a dos amplias puertas oscuras del lado opuesto de la del balcón.

—Eso es un vestidor.

Abrió una de ellas y Lyla contempló asombrada la espaciosa estancia al otro lado, en la que se sucedían hileras de ropa a ambos flancos. A la derecha había prendas masculinas: fila tras fila de camisas, trajes y chaquetas, todo ello en tonos blancos y negros. En la parte izquierda se sucedían prendas femeninas: vestidos, tops, camisetas, en su mayoría en tonos blancos y negros con algún que otro color ocasional.

Una aguda punzada le atravesó el pecho al contemplarlo todo. Alguien vivía con él, compartía aquel vestidor con su diablo. Y sin embargo, ahí estaba él, agarrándola de la mano. Lyla cerró los ojos con fuerza. No tenía ningún derecho a sentir nada. Así funcionaba su mundo. Él podía tener tropecientas mujeres a su disposición y aun así tomarla a ella. Y Lyla no podía negarse.

Pero eso no significaba que no sintiese...

—Podemos añadir más color a tu lado si te parece bien.

... «Un momento, ¿qué?».

Lyla frenó en seco su pensamiento desbocado y volvió a recorrer el vestidor con la vista. ¿Todo eso era para ella? Pero ¿qué cojones...?

Sin percatarse de sus pensamientos, o quizá sí, él le soltó la mano y se acercó al enorme espejo en el lado opuesto a la puerta.

—Ven.

Con curiosidad, Lyla se acercó a él. Fue entonces cuando se percató de que iba descalza y de que la alfombra bajo sus pies era muy mullida. Se detuvo a su lado y se sobresaltó cuando él la agarró de las caderas y se la acercó, se la pegó a la espalda para que ambos pudieran contemplar su reflejo. Comparada con él, era mucho más menuda; la coronilla apenas le llegaba a la barbilla, y era de complexión esbelta mientras que él era ancho. No era musculoso en exceso, pero sí lo suficiente para ser fuerte y grácil al mismo tiempo.

—Dime lo que ves.

Ella frunció el ceño ante aquella extraña petición, porque veía claramente el reflejo de ambos. Negó con la cabeza. El cabello, que ahora casi le llegaba a la altura de los hombros, estaba despeinado y le enmarcaba la cara. Tenía los ojos exhaustos y los hombros hundidos. Él, por otro lado, parecía afilado, peligroso, letal. El torso descamisado y el chándal negro no le restaban nada a su aura. Tenía el mismo aspecto de siempre.

—¿Qué es lo que ves? —insistió él.

El reflejo de Lyla parpadeó.

—Te veo a ti detrás de mí.

Él se inclinó hacia delante, su reflejo se unió al de ella, muy cerca, los rostros pegados. Ella se sobresaltó.

—Exacto. Siempre estoy detrás de ti, incluso cuando no me ves.

Se le hizo un nudo en la garganta. El agujero negro del que había escapado y que seguía siempre presente en su interior le recordó los meses previos al momento en que había decidido tirar la toalla. El hecho de que él hubiese decidido de algún modo regresar y buscarla no lo absolvía de nada. La había traicionado. Lyla no podía olvidarlo.

Apretó los dientes y vio que sus ojos de brillante tono verde destellaban en el reflejo.

—¿Y estabas detrás de mí mientras violaban mi cuerpo?

Él la apretó más fuerte contra sí. Su rostro permaneció neutral.

—Sí.

A Lyla se le escapó una carcajada amarga.

—Pues eso es aún peor, porque significa que no hiciste nada para detenerlos. Y eso significa que te da igual. —Entrelazó su mirada con la de él—. Así que será mejor que te quedes con tu casa elegante, tus ropas elegantes y tú paisaje elegante y te alejes de una puta vez de mí. No necesito nada de ti, ya no.

Los ojos de él llamearon durante una fracción de segundo. Acto seguido, la soltó y se apartó de ella.

Lyla salió del vestidor y se dirigió a ciegas hacia la puerta que supuso que llevaba al exterior. Necesitaba apartarse de él, distraerse, hacer cualquier cosa, lo que fuera, menos tratar con él. Ya no le quedaba energía para hacerlo. Abrió la puerta negra y salió a un pequeño rellano cavernoso. Un par de escalones bajos llevaba a un enorme, pero de verdad *enorme*, espacio abierto. Lo primero en lo que se fijó fue en los techos altos. Eran normales y no tallados en la roca, como en el balcón. ¿Acaso aquello no era parte de la montaña?

Se internó en el gigantesco espacio abierto. El asombro la inundó al contemplar las múltiples ventanas y la luz natural que entraba por ellas. Jamás había visto nada así en toda su vida. Estaba segura de que jamás iba a ver algo ni remotamente parecido.

Desde el lugar en el que se encontraba, junto al rellano del dormitorio, vio un estrecho corredor a la derecha que llevaba hacia algún tipo de dormitorio. Lo ignoró y avanzó algo más por el espacio abierto. Luego giró sobre sí misma para recorrerlo todo con la mirada. Había una gran cocina abierta a su derecha, separada del salón principal por altos mostradores en isla y una mesa para seis comensales. En la esquina izquierda había sofás negros entre los que descansaba una mesa de madera, junto a unos ventanales, delante de una enorme pantalla de televisión.

Lyla contempló aquella pantalla, incapaz de recordar la última vez que había visto una película. En la sala común del complejo había una tele pequeña, pero ella apenas bajaba a verla. La mayor parte de las veces, las chicas se peleaban para decidir qué se ponía, y a Lyla no le iban los conflictos. Se limitaba a sentarse atrás y morderse la lengua, a dejarse llevar, con la cabeza baja, todo para sobrevivir. Por eso sabía que la mejor manera de sobrevivir era no llamar la atención y mantenerse a salvo.

«¿Y qué tal ha ido con esa estrategia?», la chinchó una voz en su cabeza.

Dio una inspiración temblorosa y miró hacia el otro extremo de la habitación, hacia otro corredor que daba a alguna parte. Con pasos lentos se acercó a investigar. Cruzó todo el espacio y admiró el paisaje que se veía por las ventanas. No comprendía cómo podía ser que aquella parte de la casa pareciese normal pero que el balcón estuviese bajo la montaña. ¿Cómo habían construido aquel sitio?

Dejó de lado la pregunta por el momento. Se internó en el corredor y atravesó el reducido espacio, con curiosidad por saber qué habría al otro lado de la enorme puerta que se veía al final. Giró el pomo con un clic y la abrió. Se quedó petrificada en el umbral.

Una habitación —no, un gran salón—, con ventanas en la pared del otro extremo, repleta de objetos. Muchísimos objetos. Estanterías llenas de libros a un lado. Un sólido escritorio de madera con una silla y múltiples ordenadores al otro lado. Y en medio, el espacio al completo estaba hasta arriba de lienzos sobre caballetes, una caja de cristales y cables de metal resplandecientes. Allí dentro había tantas cosas que el cerebro de Lyla no consiguió computar para qué eran todas.

—Aquí hay algo para ti.

La voz llegó desde lejos a su espalda. Se dio la vuelta y lo vio allí plantado, todavía sin camisa, con el torso musculoso desnudo ante sus ojos; una extensión de piel tostada como la miel y músculos rematados por vello oscuro. Tenía las manos metidas en los bolsillos del pantalón de chándal y se limitaba a contemplar cómo ella lo observaba todo.

—En la mesa hay una tablet blanca. Es para ti. Puedes pasar el tiempo aquí decidiendo qué te gusta hacer —prosiguió al ver que ella no decía nada—. Leer, pintar, hacer joyas, ver la tele, jugar a videojuegos, pasar el rato en internet. Pruébalo todo a ver qué te gusta. También hay un pequeño jardín fuera por si quieres probar a cultivar algo, pero tendrás que esperar uno o dos meses hasta que el clima sea algo más cálido. Si no te gusta nada de todo esto, pensaremos más opciones. Todo es tuyo.

Ella se lo quedó mirando, con un nudo en la garganta y un remolino por dentro. Aquello era algo que siempre había deseado: una oportunidad de explorar por sí misma lo que le gustaba y lo que no, de coger el mando a distancia, de descubrir el exterior. No entendía cómo podía saberlo él.

—¿Cómo…, cómo lo has sabido? —tartamudeó, porque no era algo que ella hubiese verbalizado o expresado ante nadie. Eran detalles nimios e intensos.

Él avanzó e invadió su espacio personal, de forma lenta y casi perezosa, pero con elegancia felina. Sus ojos diabólicos la inmovilizaron en el sitio. Alzó una mano y la sujetó de la barbilla como siempre hacía, para luego acariciarle los labios con el pulgar. Ella los entreabrió ante aquel roce suave y casi tierno. Después de tantos meses, no estaba en absoluto acostumbrada a la sensación. Él le introdujo el pulgar en la boca, apenas un poco. Ella permaneció inmóvil, con el corazón retumbando, pero sin chupárselo, sin reaccionar en absoluto. Él le sacó el pulgar de la boca y le pintó los labios con su propia humedad hasta dejarlos resplandecientes. Bajó la vista hacia su boca y la pupila de su ojo claro se expandió. Ella lo contempló, fascinada.

—Yo te conozco, *flamma* —le recordó él—. Conozco los más profundos deseos de tu corazón, los más suaves secretos de tu alma, los momentos más malvados de tu mente. Lo conozco todo, y todo me pertenece. Cada deseo, cada secreto, cada pensamiento.

Eso ella no podía negarlo. Y sin embargo, la amargura no menguó.

—Y además encajo en tus planes, en lo que quiera que hayas estado haciendo, ¿verdad? Te resulto útil. Por eso viniste a por mí. Por eso estoy aquí.

Él no dijo nada, se limitó a clavarle una mirada firme. Lyla no supo si en esa mirada había confirmación o negación. Con él, nunca se podía estar segura.

Allí, plantada en la puerta de aquella casa tan cara, aún sujeta de la barbilla con firmeza, Lyla empezó a comprenderlo. Había cambiado un tipo de prisión por otro. Una prisión más peligrosa, porque cuando se trataba de él, sabía que era débil. Y, aunque ya estaba rota más allá de todo arreglo, él seguía teniendo el poder de romperla aún más.

# 12

## Lyla

Se retiró al dormitorio después de un breve tour. Cerró la puerta tras de sí con llave y se fue a dormir. Seguía algo atolondrada, cansada, con el cuerpo exhausto y la mente apenas capaz de lidiar con tantos cambios repentinos. Jamás se le había dado bien adaptarse a los cambios, siempre lo cuestionaba todo, se cuestionaba a sí misma y a su autoestima. La poca autoestima que tenía.

Y necesitaba algo de espacio lejos de... todo. Necesitaba espacio para procesar aquel estado nuevo, para procesar lo que había intentado hacer, para procesar las emociones que se habían desatado en su interior al verlo de nuevo. Necesitaba..., no sabía qué necesitaba. Las lágrimas se agolparon en sus ojos mientras contemplaba el paisaje por la ventana; lágrimas por el hecho de que él le hubiese dado todo aquello y por el hecho de seguir siendo irrelevante más allá del uso que él quisiera darle.

Era vulnerable ante él de todas las maneras posibles. Comprenderlo le produjo una sensación ardiente en el pecho.

Contempló las montañas y se preguntó si tendría el valor de saltar por el precipicio para escapar. El punto más bajo de su depresión había sido robar aquellas drogas y beberse la mezcla. Un vacío que, estando sola como estaba, no habría tenido final. Él la había traído de regreso de las fauces de la muerte. Lyla no dudaba de que volvería a hacerlo si fuera necesario. Estaba claro que ella era importante para sus planes, fueran los que fueran. Quién sabía.

Sin embargo, a pesar de odiarle por ello, en secreto también se alegraba de su presencia. Con él, incluso con todo el dolor que le había ocasionado, Lyla no se sentía sola. Resultaba extraño haber pasado la vida compartiendo espacio con otra gente y haberse sentido absolutamente sola; pero allí estaba sola y, de algún modo, no se sentía tan alicaída. Al saber que él andaba por algún rincón de la casa, se sentía…, bueno, sentía algo y ya está. Joder, qué bien volver a sentir algo después de pasar tanto tiempo catatónica.

No supo cuándo se la llevó el sueño, pero cuando volvió a abrir los ojos, la lámpara de la mesita estaba encendida y fuera estaba oscuro. Una brisa fría soplaba desde las puertas abiertas del balcón. Lyla se enderezó en la cama y se restregó los ojos. Contempló la silueta oscura del hombre apoyado en la barandilla en mitad del frío.

Se envolvió en la manta más fina y suave y se acercó a él, como una polilla atraída por la llama. Una polilla que sabía que iba a arder, pero incapaz de resistirse a la atracción que sentía por dentro.

Fuera estaba muy muy oscuro. La luna creciente era un gajo del cielo, apenas iluminaba nada. Las montañas parecían algo más oscuras que el cielo y las olas apenas resplandecían, pero estallaban con un sonido muy alto, un susurro tranquilizador de agua contra la orilla. Un viento suave y frío le soplaba en la cara. Lyla inspiró hondo y se permitió disfrutar de la experiencia de encontrarse así en el exterior por primera vez. Seguía teniendo escolta —dudaba que él fuera a dejarla sola en el balcón después de haber intentado suicidarse hacía tan poco tiempo—, aunque su presencia no era la de un escolta normal y corriente. Le gustaba compartir aquel momento con él. Fueran cuales fueran sus motivos, le había dado algo precioso.

—Gracias —murmuró en tono quedo, con palabras muy bajas para no romper el momento.

Él no dijo nada. Se limitó a contemplar la oscuridad, con los codos apoyados en la barandilla y las manos colgando. Lyla se fijó en lo que llevaba puesto, vaqueros y sudadera, y se dio cuenta de que jamás lo había visto tan poco elegante. Parecía más relajado que nunca, que ella recordara. En su mente empezaron a burbujear varias preguntas.

—¿Cuánto tiempo llevas viviendo aquí?

—Unos cuantos meses.

Ella se acercó un paso.

—¿Cuánto hace que tienes esta casa?

—Hará unos cinco años. Tardé uno en construirla.

Un año era mucho tiempo. Lyla se acercó más a la barandilla y el corazón se le desbocó ante la nada que había al otro lado. Se aferró con más fuerza a la manta.

—¿Y por qué no has vivido antes aquí?

Él giró el cuello para mirarla.

—Porque tú no estabas aquí.

Ella se quedó sin respiración. No sabía qué responderle cuando decía ese tipo de cosas, como si fueran hechos y no mentiras. Su corazón ansiaba que él le diera algo de afecto y deseaba creérselo todo, creer la narrativa que él le estaba entregando. Sin embargo, llevaba demasiado tiempo lidiando con él, sabía que era un maestro de la manipulación y que era capaz de mover sus hilos. Era una marioneta sencilla de manejar.

Apartó la cara y no dijo nada. Los dos se quedaron en la oscuridad durante largos, largos minutos. Al cabo, él rompió el silencio.

—No entiendo las emociones —empezó al tiempo que entrelazaba sus dedos con los de ella—. Jamás las he entendido. No me parecen particularmente útiles para mí. Por eso mismo nunca me he sentido apegado a nadie. Para mí, la gente era o bien útil, o bien inútil. —Se giró del todo y volvió a abrasarla con esa mirada—. Aunque es cierto que tú encajas a la perfección en mis planes, es pura coincidencia. Estarías aquí aunque no encajases.

Lyla apretó los labios.

—Eres un mentiroso.

—Lo soy —concordó él sin pausa alguna—. Pero a ti no te miento.

Lyla emitió un sonido oscuro. La esperanza, una esperanza que creía muerta y enterrada hacía mucho, volvió a resurgir. Él apretó la mandíbula al oír aquel sonido. Un silencio tenso tras el cual él se acercó a la puerta.

—Dormiré en el otro cuarto hasta que me invites a regresar. Este dormitorio es tuyo. Toda la casa es tuya. Hay comida en la cocina; tú misma. —Dicho lo cual se dirigió a las puertas de cristal—. Ah, y no vuelvas a intentar suicidarte. Estás muy cerca de conseguir muchas de las respuestas que llevas tanto tiempo esperando. No querrás perdértelas ahora que te queda tan poco.

Menudo gilipollas. No dejaba de ponerle la zanahoria por delante, pero jamás le decía de forma explícita si se lo contaría todo pronto. Siempre lo dejaba para «algún momento». No sabía si era una frase para engancharla o si realmente lo decía de verdad. Siempre lo mismo con él: Lyla jamás sabía si hablaba con sinceridad. Sin embargo, estaba enganchada, y la atracción de las respuestas era más potente que la de la muerte. Al menos de momento.

Negó con la cabeza y también entró, al rato. Cerró las puertas de cristal tras ella y se dio cuenta de que estaba sucia y se moría de hambre. Pero primero lo primero: se dirigió a la única puerta negra que aún no había abierto en el cuarto; una puerta encajada en la estancia al otro lado del vestidor. Supuso que era el baño y entró.

Daba a un pequeño corredor —Lyla se dio cuenta de que había varios así en la casa— que desembocaba en un baño que no se parecía a nada que ella hubiera visto en su vida. Se le descolgó la mandíbula de pura conmoción, y se quedó plantada en el sitio, petrificada. Las luces automáticas, instaladas tras el falso techo, se encendieron al entrar. El enorme espacio se iluminó con una tenue luz amarilla.

Todo el baño era negro —como el resto de la decoración de la casa— y estaba hecho de metal y vidrio. La estética de aquel sitio anunciaba a voz en grito riqueza y clase. Lyla ya había estado antes en baños de ricos, había pasado tiempo disfrutando de ellos. Pero aquello era harina de otro costal.

Una hilera de ventanales ocupaba tres cuartas partes de la pared frente a ella. Desde allí se veía el mar. La otra cuarta parte de pared la ocupaba un enorme espejo frente al que descansaba un lavabo de granito negro. Se trataba del tipo de espejo sin armarito detrás. Los armarios se encontraban bajo el lavabo, cubiertos por paneles de madera oscura. Delante de las ventanas había una ducha separada por una mampara de cristal ahumado con espacio para diez personas. Otra sección de cristal separaba el váter, un váter negro. Lyla jamás había visto nada igual.

Y entre aquella cámara con la ducha y el váter, justo bajo las ventanas, descansaba una enorme bañera del mismo granito negro. Lyla parpadeó asombrada durante largos minutos. Tardó aún un rato en ponerse en movimiento. Guau.

*Guau.*

Dejó caer la manta junto a la entrada, se acercó a la bañera y contempló la elegante grifería. Mirarla le trajo recuerdos de otras bañeras, del agua y de su letal atracción. Prefirió dirigirse a la ducha y se desnudó por el camino. Tardó un segundo en descubrir cómo funcionaban los botones del panel. Una vez que lo consiguió, el agua empezó a caer como lluvia de las alturas. Se metió bajo el chorro caliente y sintió que la calidez se le introducía en los músculos. Se le escapó un suspiro, estaba relajada por primera vez en mucho tiempo. Se quedó bajo el chorro tanto tiempo que el vapor empezó a acumularse en el cristal. Satisfecha de momento, se volvió hacia las estanterías del rincón en busca de champú. Se detuvo; en ella se alineaban frasquitos diminutos —champú, acondicionador y gel— de diferentes marcas, todos ellos cerrados.

Lyla contempló asombrada la estantería. Su diablo no solo había sabido que le gustaban los frascos monos, sino que también le había dado varias opciones para que las probase. Otra vez. Le estaba dando la oportunidad de experimentar, de ver qué era lo que le gustaba.

«¿Quién demonios era aquel hombre?».

Dejó la pregunta para más tarde y se dedicó a investigar entre los diferentes frascos. Inspeccionó cada etiqueta y todos los aromas: jazmín, coco, flores silvestres, cítricos... Y la lista seguía. Cogió uno que decía «melocotón y crema», se echó una gota en la mano y se la llevó a la nariz.

Oh, le gustaba. Olía muy bien. Se la pasó por el cuerpo y se restregó hasta limpiarse entera. Fue la ducha más larga y relajante de toda su vida. Usó el mismo aroma de champú y acondicionador; y pasó unos minutos gloriosos disfrutando del agua caliente, maravillándose por poder hacer algo así al fin. En el complejo, en todas las casas donde había estado, las duchas eran comunes, así que encontrar algo remotamente parecido a la intimidad quedaba fuera de toda cuestión. Aquello fue una experiencia tan novedosa para ella que se tomó su tiempo; se quedó bajo la cascada hasta que le gruñó el estómago.

Cerró el agua, agarró una toalla de fuera de la ducha y se secó. Se envolvió en ella y se acercó al espejo. Más refrescada y descansada, tenía mejor aspecto que en los últimos meses, aunque seguía demasiado delgada. El peso que había perdido a lo largo de los meses se percibía en las clavículas protuberantes, e incluso en la cara, que ya no era tan redondeada. El cabello, que le llegaba irregular hasta la altura de los hombros, tardó mucho menos en secarse. Lo dejó como estaba y salió del baño; las luces se apagaron automáticamente tras ella.

Recogió la manta de suelo, la dejó en la cama y giró a la derecha. Fue al vestidor y exploró un poco en busca de algo cómodo que ponerse, como un top sin mangas o pantalones cortos de dormir, pero no encontró nada de eso. Vacilante, se mordió el labio y miró por el vestidor. De ninguna manera pensaba dormir con las prendas caras que colgaban allí. Ni hablar. Pero ¿qué demonios podía ponerse si no?

Sus ojos tropezaron con una camiseta que él había dejado doblada en el fondo de su lado, probablemente porque estaba arrugada. Lyla la agarró, la desplegó con un gesto y se apresuró a ponérsela. Se abstuvo de buscar ropa interior —pues en su experiencia la ropa interior no solía ser una prioridad—, encontró un canasto en el rincón y dejó dentro la toalla.

Descalza, limpia y vestida, salió de la estancia. La casa estaba oscura, excepto por algunas luces nocturnas. Se dirigió en silencio a la cocina; las luces se encendían a su paso. Hacía fresco, pero una se acostumbraba. No estaba familiarizada con las luces automáticas, prefería los interruptores de toda la vida.

La cocina, al igual que todo en la casa, era espaciosa, limpia y moderna. Mucha decoración blanca y negra combinada con tonos de cromo. Se acercó al frigorífico de doble puerta para ver qué contenía. No sabía cómo iba a cocinar nada, porque jamás había cocinado. A las chicas se les daban raciones escasas durante el día. Lyla ni siquiera había hervido agua para el té en su vida. ¿Le gustaría siquiera el té? Nunca lo había probado, así que no lo sabía. Sin embargo, ahora que se le había ocurrido, empezó a investigar. Se puso de puntillas y abrió una alacena tras otra, olvidada el hambre por un momento. La primera contenía elegantes tarros etiquetados: harina, arroz, pasta, etc. Era la alacena de los ingredientes sin cocinar. La siguiente contenía todos los tipos de especias que se pudiera imaginar. En la tercera había platos, cuencos y vasos en diferentes anaqueles. Pero no había té por ninguna parte.

Decepcionada, volvió a apoyar los pies en el suelo y empezó a abrir cajones, algo más frenética. Había muchas cosas allí, pero nada de té. Lo mismo sucedió con todos los lugares que investigó. Cosas, cosas y más cosas.

Pero necesitaba el té. Necesitaba saber si le gustaba, necesitaba demostrarse que era capaz de hervir agua y preparar una taza, que no era una completa inútil.

Lyla arrugó los labios y se aferró a la encimera. Inspiró hondo para intentar comprender por qué se sentía así, a qué venía aquella extraña presión en el pecho, el nudo en la garganta que la apretaba tan fuerte que sintió que iba a explotar y a destruirlo todo. Empezaron a temblarle los brazos de la fuerza con la que se agarraba a la encimera. Le salió la respiración entrecortada. Su mente intentaba encontrar el sentido a lo que sucedía. ¿Sería un efecto secundario retrasado de las drogas? ¿Estaría sufriendo un colapso? Pero ¿por qué? ¿Por qué precisamente por el té? No le había sucedido nada.

Estaba en un lugar hermoso, sin ninguna sensación de peligro. Así pues, ¿por qué sentía que todo su cuerpo estaba a punto de derrumbarse?

Se le doblaron las rodillas y cayó al suelo, con el cuerpo temblando a medida que se le cerraba la garganta. Comenzó a arderle la nariz, a lagrimearle los ojos y la mente se le quedó en blanco al tiempo que era consciente de cada segundo que transcurría.

No comprendía qué le sucedía, y eso le daba miedo. No se trataba del agujero negro; era algo distinto, desconocido. Se tumbó en el suelo, y el frío mármol le refrescó las mejillas acaloradas. Se estremeció, sollozó, tembló y acabó por sucumbir a un bendito olvido.

# 13

## Lyla

Lo que la despertó fue el sonido. O sonidos, para ser exactos. Un ruido estridente, como los engranajes de una máquina, y dos mujeres charlando. Recuperó el sentido en la cama y parpadeó para acostumbrarse a la hermosa luz solar que se derramaba por las ventanas. El paisaje, que el día anterior había parecido regio y peligroso, era sublime y acogedor.

Bajó de un salto de la cama, se acercó al balcón y contempló la resplandeciente agua gris azulada de la bahía, así como los magníficos picos rocosos. La luz del sol sobre la piel le calentó hasta los huesos.

Dio una profunda inspiración y giró en redondo. Decidió empezar el día investigando qué era aquel sonido. Le llamó la atención una rosa de un profundo tono rojo en la mesita de noche. No había estado allí la noche anterior. La cogió con cuidado de no pincharse y la examinó. Se dio cuenta de que no era una rosa eterna, sino que la acababan de cortar. Al lado había una nota.

¿Te gusta tu nuevo hogar?

Lyla parpadeo y volvió a leer aquellas palabras. ¿Su hogar? No, seguramente él había querido escribir «mi hogar» y se había equivocado.

Se preguntó qué hora era y cuánto llevaba durmiendo. No le había oído entrar a dejar la rosa y la nota. Salió de la habitación y se topó de frente con dos mujeres, una joven y otra madura.

Sus guardianas se enderezaron de inmediato. Lyla quiso preguntar quiénes eran y qué hacían allí, pero tenía un nudo en la garganta. Ya no era capaz de hablar con la gente; los desconocidos le daban miedo. Era distinto cuando trabajaba —porque sabía lo que se esperaba de ella—, pero ahora no sabía qué se esperaba de ella ni cómo reaccionar.

Sin pronunciar palabra alguna, empezó a retroceder hacia el cuarto. La mujer mayor la miró con expresión de sorpresa.

—¡Buenos días, señora Blackthorne!

Ella se quedó petrificada. «¿Qué cojones...?».

Sobresaltada por aquel apellido, se quedó mirando asombrada a la mujer mayor. No sabía si él les habría dicho que era su esposa o si se habrían limitado a suponerlo. Por algún motivo, Lyla no la corrigió.

—P... por favor, llámeme Lyla —dijo en cambio, tartamudeando pero recuperando pronto el control.

La cálida sonrisa de la mujer le provocó una sensación extraña.

—Sí, Lyla —aceptó la mujer mayor—. Yo soy Bessie, y esta de aquí es Nikki.

Lyla no estaba segura de cuál era el modo educado de responder a la charla intrascendente, porque debía de ser la primera vez que tenía una conversación así. Se limitó a ofrecerles una pequeña sonrisa. Experimentó una sensación extraña en la cara, elevó músculos que hacía mucho que no usaba. Se hizo un silencio incómodo, y luego Bessie, bendita fuera, miró la rosa y volvió a sonreír.

—Veo que el señor Blackthorne ha usado el jardín. ¿Ha visto usted ya el jardín?

Lyla negó con la cabeza y la mujer mayor, quizá por intuición o quizá por percepción, no hizo comentario alguno ante su falta de reacción. Le hizo un gesto con una mano para que se acercase y dejó la aspiradora con la que había estado limpiando; de ahí venía el ruido. Vacilante, Lyla avanzó y le echó una mirada de soslayo a Nikki, quien la miró con ojos fríos, tal y como hacían las chicas del complejo.

—Ni siquiera sabíamos que estaba casado. Nos enteramos hace pocos días. —Bessie siguió hablando y atrajo la atención de Lyla—. Siempre estaba aquí solo, así que todos pensábamos que era uno de esos solterones, ¿sabe?

—Todos, ¿quiénes? —preguntó Lyla, que siguió a Bessie por las puertas dobles principales de la casa.

—Sobre todo la gente de la aldea. Cuando compró estas tierras y empezó a construir la casa, nos dio trabajo a muchos. Yo me encargo de la casa. Mi marido, del jardín. Y Nikki se ocupa de la cocina.

Bessie hablaba de un modo calmado y reconfortante que consiguió que Lyla se relajase un poco.

—¿Cuánta gente...?

—¿Trabaja aquí? —Ella asintió—. Unos seis. —La mujer mayor abrió la puerta—. Todos trabajamos en turno de día, porque la aldea está a pocos minutos de distancia. Por la noche solo está el personal de seguridad en la puerta principal, pero es gente de fuera que trajo el señor Blackthorne.

Fascinante.

Teniendo en cuenta el tipo de hombre que siempre había parecido ser, un lobo solitario, Lyla no lo había creído capaz de tener empleados. Sin embargo, resultaba adecuado que diese órdenes.

—¿Y siempre está aquí todo el tiempo?

La mirada extraña que le dedicó Bessie le confirmó que había cometido un desliz. Si de verdad fuera su esposa, ya lo sabría. Se mordió la lengua para reprimir el impulso de corregirse.

Un largo porche rodeaba toda la casa, con unas escaleras que llevaban hasta un sendero. Un extremo del camino, el que daba al acantilado, estaba pavimentado con cemento por completo. Al final había un helicóptero descansando ahí en medio. Un *helicóptero*.

Con la boca descolgada, Lyla miró hacia el otro extremo del sendero. Una hierba verde y exuberante empezaba a expandirse por la ladera; sus ojos se posaron sobre un cobertizo de cristal algo más abajo.

—Eso de ahí es el invernadero.

Por supuesto que tenía invernadero. Lyla no se sorprendería ni aunque la siguiente puerta que abriera diese a un salón con un trono hecho de oro. Sorprendida ante su propio pensamiento sarcástico, frenó en seco y negó con la cabeza. No estaba acostumbrada al sarcasmo, pero le sentaba bien.

—El doctor Manson vendrá mañana a verla.

Lyla parpadeó.

—¿Quién es el doctor Manson?

Bessie le ofreció una sonrisa cálida mientras la llevaba en dirección al invernadero.

—El señor Blackthorne debe.de haberle hablado de él, estoy segura.

No había sido así, pero Lyla se mordió la lengua para que no se le notase nada. Y así pasaron la mañana. Dieron una vuelta por el invernadero, y Bessie le presentó a un señor mayor que trabajaba allí; su marido. Le enseñó hasta dónde llegaba la propiedad, bastante lejos de la casa. Todo estaba vallado con alambre de espino; Lyla se preguntó por un instante si de ahí había salido el alambre de espino con el que él estranguló a Dos y a Tres.

Aquel pensamiento oscuro fue como un recordatorio de que, por más elegancia que él le mostrase al mundo, por más que hubiese convencido a Bessie y al resto del personal de que era un hombre maravilloso (y vaya si los había convencido), seguía siendo el diablo. Y aquella seguía siendo su prisión.


Bessie le enseñó dónde estaba el té, y también le explicó cómo usar la tablet para buscar lo que quisiera.

—Qué considerado es el señor Blackthorne.

Lo era, sí. Pensaba en todo, por eso era tan bueno. Tenía a todo el personal comiendo de su mano, y Nikki se lo quería follar. ¿Se lo habría follado? Aquella idea la inquietaba. Todo eso era lo que Lyla había captado tras un día entero allí. Ah, y tenía un helicóptero a su disposición. Lyla se estremeció ante toda aquella nueva información.

Por fin sola en la casa tras un día esclarecedor pero cansado, echó una taza de agua en un cazo y lo puso a hervir en el elegante hornillo. Bessie le había enseñado a manejar los botones. Le había dicho que Nikki solía venir durante el día a preparar las comidas.

Las facciones en guerra que había dentro de Lyla no se callaban. Parte de ella quería escapar y no volver a verlo nunca más; la parte que seguía enfadada y dolida, la que se sentía traicionada por él. La otra parte quería quedarse con él, estar con él; era la parte que se había enamorado de él a lo largo de los años. Pero ¿de verdad se había enamorado de él o solo de lo que él representaba? Seguridad, poder y control, todo aquello que no tenía. Lyla no tenía respuestas.

Contempló la tablet que descansaba sobre la encimera de la cocina. La abrió y escribió lo siguiente en la barra de búsqueda: «Blackthorne». Había miles de resultados, pero nada que pareciese de verdad relevante. Lo intentó de nuevo con: «Hombre Sombra». Lo mismo. Nada concluyente. Tiró la toalla.

Luego contempló el cursor parpadeante y volvió a escribir:

«¿Cómo detener los pensamientos suicidas?».

Aparecieron artículos y más artículos en la pantalla, junto con el número de una línea telefónica al que no podía llamar porque no tenía teléfono. Pinchó en el primer artículo y lo leyó entero lentamente, porque su comprensión lectora no era tan rápida como la de la gente normal.

1. Hable con sus amigos o familiares.

Dejó la tablet y empezó a respirar por la boca, con los ojos anegados de lágrimas. Si tuviera amigos y familia, no tendría putos pensamientos suicidas, joder. No tenía a nadie más que a él, y hablar con él… En realidad, Lyla nunca había hablado con él. ¿Debería intentarlo? Quizá podría olvidar el pasado, dado que allí estaba su nueva realidad. Quizá intentarlo por su propia paz mental.

Decidió que lo haría cuando se sintiese preparada para ello; hablaría con la única persona con la que podía hablar con libertad. Se volvió hacia el agua, que ya hervía. Parpadeó de nuevo, apagó el gas y volvió a abrir la barra de búsqueda:

«¿Cómo preparar té?».

Siguió los pasos y, en pocos minutos, la bebida humeaba en una taza. Añadió una cucharada de azúcar y, aterrada por algún motivo, se llevó el borde de la taza a los labios y dio un diminuto sorbo.

Y se enamoró.

Se había hecho un buen té.

Paso a paso.


El doctor Manson era un hombre viejo y arrugado de piel oscura, con ojos afilados pero cálidos. Apareció por allí al día siguiente y tomó asiento en el invernadero. Lyla estaba petrificada porque no sabía cómo debía comportarse.

—Bessie. —El hombre mayor le dedicó una sonrisa a la mujer que la acompañaba—. ¿Te importaría traernos un té mientras conozco un poco mejor a la encantadora señora Blackthorne?

—Lyla —corrigió ella automáticamente.

El doctor le ofreció una sonrisa tierna y le indicó que se sentase en la silla frente a él. El invernadero era muy luminoso y bonito, lo bastante cálido en medio del frío como para estar ahí sentados con comodidad. Lyla tomó asiento con cautela, no muy segura de qué hacer ni qué decir. Bessie se marchó.

—Soy psicólogo jubilado —el doctor Manson rompió el silencio tras unos minutos—. Mi esposa y yo nos mudamos a Bayfjord hace muchos años. Ya no trato a ningún paciente, pero el señor Blackthorne ha sido muy persuasivo.

Lyla lo contempló durante un segundo y se mordió el labio.

—¿Y qué…, a qué se dedica usted exactamente?

—Ayudo a personas con problemas mentales.

Lyla tenía problemas mentales, eso lo sabía.

—¿Qué tipo de problemas?

El doctor Manson ladeó la cabeza.

—Cualquier tipo de problema mental para el que necesites ayuda. ¿Quieres que te ayude, Lyla?

Ella asintió, vacilante. El doctor sonrió.

—Estupendo. Cuéntamelo todo sobre ti.

Lyla inspiró hondo y, tartamudeando, empezó a contarle parte de sus traumas.

Tardó aún unos días en recuperarse por completo del efecto de las drogas. Durmió un montón, de día y de noche, y estuvo casi todo el tiempo en su habitación. También salía al balcón a contemplar el paisaje, a no ser que el doctor Manson viniese a reunirse con ella en el invernadero, como hacía cada tarde. Aunque no se lo había contado todo, hablar con él estaba conseguido que, sin prisas, se sintiese mejor. Le habló del incidente del té. Él le dijo que probablemente había sido un ataque de ansiedad y que era probable que tuviese más ataques de forma aleatoria hasta que poco a poco se curase. Le recomendó que hablase con el señor Blackthorne, que intentase encontrar puntos en común entre ambos, dado que estaba claro que le quería.

Sin embargo, el señor Blackthorne no le dejaba espacio para ello. Venía a verla con una bandeja de comida, se aseguraba de que comiese y se marchaba. Por algún motivo, aquel comportamiento encantaba y repugnaba a Lyla a partes iguales.

Se tomó su tiempo para aceptar el hecho de que se había atrevido a intentar acabar con su vida de forma activa. Teniendo en cuenta que había estado en un agujero, no se culpó. Sin embargo, a medida que transcurrían los días y pasaba tiempo sola en aquel hermoso lugar, sin sentirse de verdad sola del todo porque sabía que él estaba en algún rincón de la casa, también llegó a admitir que no quería quedarse dentro del agujero. Quería salir, quería vivir. Quería experimentar la belleza y sentir que pertenecía a algún lugar. Quería que él la abrazase y que le prometiese que jamás volvería a sufrir. Conociéndolo, a pesar de los últimos seis meses, se lo creería, tal y como demostraban los últimos años.

Por primera vez en pocos días se atrevió a salir del dormitorio. Se lo encontró en el sofá, viendo la tele. Vaciló en el rellano y decidió acercarse al lugar donde él estaba sentado, con un brazo musculoso sobre el respaldo del sofá y el mando a distancia en la mano contraria. Al verla, apagó el sonido de la tele, aunque una pareja en la pantalla siguió besándose sin cesar.

Fascinada, Lyla contempló la escena y se sentó en un extremo del sofá. El tipo de la pantalla rodeaba el rostro de la mujer con las manos, y le depositaba tiernos besos en los labios, mientras de fondo volaban aviones. Con la garganta seca, preguntó:

—¿Qué estás viendo?

—Una película romántica.

La respuesta, viniendo precisamente de él, le pareció tan ridícula que se le escapó una risa, o más bien un sonido estrangulado a medias que reconoció como tal. Se llevó la mano al cuello y sus ojos volaron hacia él. Se quedó petrificada al notar la intensidad de la mirada que le lanzaba.

—Me he... reído —murmuró, aún aturdida.

—Hazlo otra vez.

—¿Qué?

—Quiero oírlo otra vez.

Aquello era ridículo.

—No puedo hacerlo otra vez.

Antes de poder siquiera parpadear, Lyla se encontró bocarriba en el sofá. Él se cernió sobre su cuerpo; con una mano le inmovilizó las muñecas por encima de la cabeza, al tiempo que llevaba la otra a sus costillas. Con el corazón al galope, Lyla ahogó una exclamación.

—¿Qué haces?

—Voy a hacer que vuelvas a reírte.

Dicho lo cual, empezó a toquetearle el lateral de las costillas con movimientos rápidos que la obligaron a chillar y a retorcerse para apartarse de él, con un hormigueo en la piel.

Le estaba haciendo cosquillas. El temible Hombre Sombra le estaba haciendo cosquillas. La mera idea era tan ridícula que, combinada con los movimientos de sus dedos, le provocó una carcajada.

—¡Para, para, para, por favor! —suplicó en pleno ataque de risa. Intentó apartarse de su mano pero él la tenía inmovilizada. Le corrieron lágrimas por las mejillas de pura intensidad por el ataque de risa; un subidón que nunca había experimentado le zumbó en la cabeza.

Tras largos momentos, él se detuvo y llevó ambas manos a su rostro, se lo acunó mientras ella recuperaba la respiración. En sus ojos hipnóticos se arremolinaba algo caliente. Tenía la cara a pocos centímetros de la suya. Ella lo miró y contempló sus labios. Recordó haber pensado en su día en el beso que se dieron, en la intimidad que ansiaba. Aún le dolía el corazón. Aquel recuerdo la estabilizó.

—Me hiciste daño —susurró con lágrimas en los ojos.

Él apoyó todo el peso sobre un brazo. Con la mano libre le apartó los cortos cabellos de las mejillas húmedas.

—Ya lo sé.

Lyla soltó un suspiro al comprobar que el modo en que se sentía era válido, que él lo aceptaba. Por su parte, él se limitó a enjugarle las lágrimas de la mejilla con el pulgar durante un largo instante. Lyla lo contempló, las miradas de ambos se entrelazaron. Sintió su peso sobre ella y algo empezó a abrirse vacilante en su interior.

—Me rompieron por completo.

Al pronunciar aquellas palabras, el pulgar se acercó a su tembloroso labio inferior, lo acarició hasta que dejó de temblar. Él siguió mirándola con esos ojos intensos.

—Y pagarán por ello.

Eran exactamente las mismas palabras que le había dicho antes de prender fuego al tipo que la había drogado. Una promesa de venganza que Lyla sabía que cumpliría, porque siempre las había cumplido. Aunque la había abandonado durante los últimos meses, había estado presente a lo largo de los años. Los bandos que había dentro de ella luchaban por recordar ambos puntos. Parecía que había sucedido hacía mucho y, al mismo tiempo, ayer.

Lyla se creyó aquella promesa oscura y rodeó con los brazos su sólido y pesado cuerpo. Le aplastó el rostro contra el cuello, inspiró su aroma. Hacía mucho que nadie la abrazaba, y mucho desde la última vez que ella misma abrazó a nadie. Le dolía el cuerpo, la mente y el alma del ansia de tocar a otra persona y sentirse a salvo. Aún no se había recuperado del todo, pero estaba mejor que aquella misma mañana. Quizá nunca se recuperaría por completo, pero a lo mejor algún día tampoco estaría tan rota. Y solo con eso ya tenía algo de esperanza.

«Paso a paso».

# 14

## Lyla

Poco a poco, el doctor Manson se estaba convirtiendo en su persona favorita. Tenía un sentido del humor muy raro; Lyla tardaba un poco en comprender sus bromas, pero era amable, cálido y genuino. A medida que iba hablando con él, sintió que se abría más y más, aunque apenas habían arañado la superficie de su pasado. El doctor sabía que la habían violado, sabía que había intentado suicidarse. Sin embargo, más allá de eso, Lyla no tenía ni idea de cómo explicárselo todo a un desconocido. Y sin embargo, con lo que sabía, ya la estaba ayudando.

Estaba oscuro fuera, era casi medianoche, y ella veía la tele en la casa silenciosa. Había buscado «mejores películas para ver por primera vez». La puerta principal se abrió. Lyla se incorporó de un salto de la postura relajada que había tenido tumbada en el sofá. Con el corazón al galope, pulsó pausa en el mando a distancia.

Hacía varios días que no le veía, varios días desde que él le dijo que tenía una tarea muy importante que hacer. Se había marchado con la promesa de regresar. Lyla había esperado sentirse abandonada de nuevo, pero por algún motivo, al vivir en aquella casa, con una rutina, charlando con Bessie y con el doctor Manson, encontrándose a sí misma, no se había sentido descartada. Se había sentido cuidada, por la casa, el personal y el doctor; todo lo que él le había proporcionado. Incluso en su ausencia, se había asegurado de que la cuidasen.

Y le había echado de menos.

Había echado de menos sus ojos acalorados y dementes, sus notas, sus rosas y aquella sólida presencia silenciosa. A raíz del tiempo que había pasado observándolo, había descubierto que le gustaban las películas dramáticas y románticas, porque las emociones le fascinaban. También le gustaban los thrillers, porque disfrutaba descubriendo las respuestas antes que los personajes en pantalla. Sabía que tenía reuniones por las tardes, y que las hacía online, en su portátil, mientras ella hablaba con el doctor Manson. También sabía que le gustaba hacer ejercicio cada mañana al alba. Sabía que le gustaba escuchar su voz y que estuviese explorando más y más de sí misma.

Él entró por la puerta; llevaba una sudadera con capucha, vaqueros y botas. Sus hipnóticos ojos disparejos se cruzaron con los de ella. La recorrió con la mirada para comprobar si se encontraba bien físicamente. Lyla llevaba puesta una camiseta suya. Durante un momento, algo parecido a la satisfacción asomó a sus ojos, pero luego su rostro volvió a adoptar una expresión neutral. Tras pocos días de vivir con él, Lyla había comprendido que no lo hacía a propósito para esconder sus expresiones; era algo que le salía de forma natural. Había visto las máscaras que se ponía para tratar con el personal, cuando fingía expresiones que ella sabía que no sentía. Con ella era sincero y sin disfraces; la verdad era que lo prefería así.

Se mordió el labio. No sabía qué decir, aunque quería decirle muchísimas cosas. Acabó por preguntar lo primero que se le vino la cabeza:

—¿Cómo es que tienes un helicóptero?

Él se dio la vuelta y echó la llave de la puerta.

—Me gusta volar en helicóptero.

—¿Hemos volado hasta aquí?

Él apretó los labios al recordarlo.

—Sí.

Lyla intentó hacer memoria de algo del viaje, pero todo estaba en blanco.

—Tengo que ducharme, así que si quieres hablar... —Dejó las palabras en el aire y se dirigió hacia los dormitorios.

Lyla se puso en pie a trompicones y lo siguió tras apagar la tele a su espalda. La película no le había llamado mucho la atención. Quizá debería buscarse otra lista. Él descendió los escalones bajos hacia la zona con pinta de caverna y giró a la izquierda, hacia la habitación de invitados. Lyla se mordió el labio y fue tras él, curiosa y cautelosa a partes iguales. El pequeño corredor llevaba a un dormitorio más pequeño que el de ella, pero aun así bastante espacioso, con un ventanal que daba al mar y otra puerta hacia el baño.

Él dejó caer la bolsa sobre la cama, se quitó los guantes de cuero que le ocultaban las manos abrasadas y se desprendió de la sudadera. Dejó a la vista una ancha espalda inmaculada y musculosa. Luego se volvió y dejó que ella le recorriese el pecho y el torso con la mirada. No tenía los abdominales protuberantes, sino esbeltos. Un rastro de vello descendía hasta sus pantalones.

Por primera vez en meses, la excitación sexual recorrió las venas de Lyla. Se dio cuenta de que, aunque su físico hubiese inducido aquel estado, lo que la excitaba de verdad era él mismo. Siempre era él.

Le hormiguearon los pezones y se preguntó qué se sentiría al frotar su pecho contra el de él. Se preguntó si sus brazos la rodearían para protegerla del mundo o si la inmovilizarían por su propio placer. Se preguntó si le contemplaría el alma a través de sus ojos cuando la reclamara para sí o si se la succionaría por los labios.

Debía de tener algún fallo en la cabeza, porque después de todo aquello por lo que había pasado, la idea de estar con un hombre, con cualquier hombre, de encontrarse a su merced y su control, debería haberle dado náuseas. Y la verdad era que le daba náuseas si pensaba en cualquier otro. Pero con él, no. Quería estar debajo de él, retorciéndose, que él la inmovilizara, que tomase lo que le viniera en gana, que la destrozase por completo. Debería haberle dado náuseas, pero, solo de pensarlo, se le encendía un fuego por dentro.

Sin saber el remolino de emociones que Lyla tenía en su interior, él se sentó en la cama y se desató las botas con movimientos rápidos. Sus dedos, seguros y fuertes, atrajeron la mirada de ella, que se preguntó qué sentiría si esos dedos le tironeasen de los pezones, si se le metieran por dentro, si la abriesen y la magullasen mientras él la inmovilizaba, la obligaba a rendirse ante él.

Pero ¿qué le pasaba en la cabeza? Había tenido alguna que otra fantasía con él, pero nada tan intenso, nada tan… *hambriento*.

Tras quitarse las botas, él se levantó y se bajó los pantalones. Todo su cuerpo desnudo quedó ante la vista de Lyla por primera vez. Ella se quedó petrificada.

No era porque estuviera desnudo, aunque tenía un cuerpo increíble. No era por tenerla dura, ni tan larga que quitaba la respiración. Tampoco era porque le permitiese mirarlo, ni por lo excitante que era aquella confianza.

No, era porque aquella polla enorme estaba cubierta de piercings. En toda su vida, Lyla jamás había visto una polla con piercings. Pero es que estaba cubierta por completo: la parte inferior, la superior, el glande.

«Pero. Qué. Cojones».

Él se acercó al baño sin pronunciar una palabra más. Aturdida y conmocionada, lo siguió. Era un espacio más pequeño que el del dormitorio principal. No había bañera, solo una cabina de ducha.

Lyla contempló sus glúteos, duros y esculpidos. Él abrió el chorro y se metió debajo. Le corrió el agua por la espalda, por el culo, por los muslos y los fornidos gemelos, para luego perderse por la rejilla. Se echó un poco de champú y se lavó el pelo a conciencia, con movimientos sencillos que, de alguna manera, estaban tan bien que a Lyla le dieron ganas de que se lo hiciese a ella también. Se agarró de la encimera a su espalda y vio cómo él se lavaba, para luego darse la vuelta y mostrarse ante Lyla de frente, totalmente desnudo.

Aquella polla dura, enorme y cubierta de piercings osciló con el movimiento. La boca de Lyla se llenó de saliva. Una pequeña parte de sí sentía náuseas ante tanta lujuria, porque recordaba lo mucho que odiaba meterse aquellos apéndices en la boca. Y sin embargo, ansiaba su polla, quería ver qué se sentía al tragársela, qué sabor tendría, hasta dónde se la metería él con tantos adornos de titanio.

Se sujetó la polla con una gran mano quemada. De pronto Lyla comprendió lo gruesa que era. Aquella cosa podía partirla en dos y, joder, se moría de ganas de que así fuese. Años de atracción, de tira y afloja, de fantasías que había tenido con él, culminaron en su mente.

Desinhibida, imitó el movimiento y se llevó una mano al pecho, que ya le dolía de puro deseo. Se presionó el pezón en busca de algo parecido al alivio.

—Quita la mano.

La orden, formulada en ese tono profundo y grave, le provocó un escalofrío que le recorrió todo el cuerpo. Tragó saliva y se quedó tal y como estaba, sin entender a qué se refería él.

—¿Quieres verme hacerlo? —preguntó él, y sujetó la polla con una mano al tiempo que la miraba a los ojos. Lyla asintió—. Pues no te toques. Súbete a la repisa.

Ella obedeció y se sentó de un salto. Notó el granito frío contra el cuerpo acalorado. El lavabo se le pegó a la espalda. Esperó a que él le dijese qué tenía que hacer.

Su mano se movió perezosamente por la polla. Esos hipnóticos ojos bicolores seguían fijos en ella.

—Ábrete de piernas.

Lyla llevaba su camiseta —básicamente se la había robado—, y unos pantalones cortos de seda que se había puesto tras la cena. Con el corazón a mil y los pezones tan duros que sentía cómo le pesaban los pechos, se abrió de piernas. Sabía que estaba mojada y sabía también que él lo veía, que veía la mancha húmeda que se expandía por la tela.

Él empezó a acariciarse la polla con rapidez. Con la otra mano se apoyó en la pared a su lado. Le clavó los ojos entre las piernas, en los pezones, en los labios, de nuevo en los ojos. Ella respiró de forma entrecortada mientras lo veía masturbarse. Aquella mano subía y bajaba con movimientos circulares. La respiración de él también se aceleró, tenía las pupilas tan dilatadas que su ojo claro casi quedó idéntico al otro. Empezó a sacudir las caderas con el movimiento natural del sexo.

—Di mi nombre —le ordenó, y ella parpadeó de pronto.

—No sé cómo te llamas.

Resultaba ridículo, después de todo por lo que habían pasado. Él detuvo la mano al oírla, las miradas de ambos entrelazadas. Lyla aguantó la respiración.

—Dainn.

«Dainn. Dainn Blackthorne».

Ahora sabía su nombre.

Recordó algo que él le contó en su día.

—¿Es el nombre que te dieron en el orfanato en el que estuviste?

Vio que le agradaba comprobar que ella se acordaba.

—Sí. —Su mano empezó a moverse de nuevo—. El viejo cuidador me puso el nombre de la muerte, y la muerte es lo que le regalé.

A ella se le escapó una exhalación. Dainn. Muerte. Resultaba adecuado.

—Dainn.

Él emitió un sonido grave, casi un gruñido. Aquella reacción le provocó por todo el cuerpo un escalofrío que se mezcló con el calor, que lo elevó un grado más.

—Dainn —volvió a decir ella con voz jadeante. Recordó el efecto que él afirmaba que le causaba su voz. Enardecida con una repentina sensación de poder, abrió las piernas un poco más—. ¿Me estás saboreando en la lengua, Dainn?

La respiración de Dainn era cada vez más entrecortada. Parecía a punto de arrancarse la polla a base de movimientos iracundos. Las venas de su cuello empezaban a marcarse, protuberantes. Lyla jamás, jamás había visto a un hombre más poderoso y salvaje al mismo tiempo. Verlo así, sabiendo que contemplaba partes de él que nadie más podía ver, la embriagó.

Estaba cada vez más empapada, con los sentidos excitados, mientras llegaba a la cúspide. Se agarró a la repisa a ambos lados para evitar tocarse, sabiendo que él pararía si así lo hacía. No podía aguantar durante mucho más tiempo. Hacía mucho que no sentía placer.

—Dainn, por favor.

A los pocos segundos, él se corrió con otro sonido grave. Regueros de semen cayeron por la ducha y desaparecieron por la rejilla. Ella lo vio todo. Quería tocarse los pechos, meterse dos dedos. Tenía tantas ganas que se estremeció, con los pantalones cada vez más empapados. Instantes después, una vez que Dainn hubo recuperado la respiración, la miró con un destello en los ojos. Como un felino de la jungla, elegante y mortal, cogió una toalla y se la enrolló a la cintura. Acto seguido fue hacia ella.

—¿Quieres que te toque?

Ella asintió vigorosamente.

El tajo oscuro de una mueca sonriente apareció de nuevo.

—No voy a tocarte, ni tú tampoco te vas a tocar. Deja que la sensación hierva a fuego lento.

«¿Qué cojones?».

Estaba a punto de explotar.

—¿Sigues confiando en mí? —preguntó con mirada penetrante.

Ella recordó la pregunta que le había hecho antes de que la drogaran. Una palabra que los había unido desde el día en que se habían conocido. Se detuvo y se lo pensó. ¿Seguía confiando en él? Sí y no.

Su silencio bastó como respuesta. La mirada de Dainn se intensificó.

—Me vale de momento. ¿Sabes dónde he estado estos últimos días?

Ella negó con la cabeza. Le temblaron los brazos a causa del deseo que le estaba destrozando el cuerpo. Dainn apoyó los brazos junto a ella en la repisa y la aprisionó sin siquiera tocarla.

—He encontrado a uno de los tres.

El corazón de Lyla se detuvo. Supo de inmediato de qué hablaba: uno de los tres hombres que habían abusado de ella. Su excitación sexual empezó a descender ante el recuerdo. Él le agarró la barbilla con la mano y la ancló al presente.

—Ya he acabado con él. —Le acarició la nariz con la suya, un gesto tan tierno que Lyla hizo que lo repitiera de inmediato—. Le cercené las manos. —La nariz bajó por su cuello—. Luego le corté la lengua. —Bajó por los pechos; su aliento cayó sobre unos pezones rígidos—. Y por último, la diminuta polla.

Todas las partes del tipo que la habían tocado.

Ella contempló la parte de atrás de su cabeza, el húmedo cabello oscuro, y sintió un nudo en la garganta. Algo floreció en su interior, se desplegó de forma lenta, vacilante, aterrado ante la posibilidad de volver a sufrir, de verse de nuevo abandonada. Y sin embargo, con esperanza. La puta esperanza.

—¿Era el calvo o uno de los otros dos? —preguntó, y se le quebró la voz.

Él se echó hacia atrás y la miró a los ojos.

—Era el que tenía la cámara.

El cuerpo de Lyla se estremeció con los mensajes contradictorios que le enviaba el cerebro; osciló entre la excitación y el pesar y la rabia y el dolor y de nuevo la excitación, a medida que aquellas palabras penetraban en su mente.

—Lo viste todo —susurró, horrorizada, humillada.

Él se colocó entre sus piernas. Con una mano le ladeó la cabeza, y con el pulgar le recorrió la boca con un movimiento que Lyla reconoció instintivamente como suyo propio.

—Hasta. El último. Segundo. —El pulgar volvió a acariciarle el labio inferior. Sus ojos la miraron con intensidad. Apretó el cuerpo contra el de ella. Todo en él era fiero, poderoso y tan oscuro que Lyla lo quería entero para sí—. No tuviste que pasarlo sola.

De algún modo, saber que él también lo había visto, que lo había experimentado con ella, la hizo sentirse menos perdida. Saber que él había visto cómo la usaban para luego desecharla, y saber que aun así la deseaba, le provocó en el pecho un nudo del que floreció su corazón. La había visto en su peor momento, había presenciado cómo la habían roto, la había encontrado en las fauces de la muerte y, de algún modo, aún había considerado que valía la pena salvarla. Incluso después de todo lo que había ocurrido, la había traído a su casa y le había dado un espacio seguro en el que curarse.

Algo en el corazón fragmentado de Lyla se suavizó. Se miraron el uno a la otra durante un largo momento silencioso.

—Soy tuya.

Estaba empezando a permear en ella, a permear de verdad en ella, lo mucho que le pertenecía. Había un motivo por el que hacía todo lo que hacía por ella. Puede que fuese incapaz de sentir emociones, tal y como le había dicho; pero entre los dos había algo sólido, tangible, irrompible. Y ambos lo sabían.

Él volvió a acariciarle la nariz con la suya.

—Toda mía.

Lyla podía señalar el momento en el que el curso de su vida había cambiado hacía seis años. Y ahora, seis años después, sentada en aquella encimera con el mismo hombre, entre pequeños secretos y silencios, supo que el curso de su vida volvía a cambiar.

# 15

## Lyla

Los siguientes días los dedicó a adaptarse a la nueva vida fuera del dormitorio. Se despertaba ante el paisaje de las hermosas montañas a un lado, y el mar al otro; una vista que la emocionaba a diario. Como también la emocionaban la rosa roja recién cortada y las notas que encontraba en su mesita de noche. Notas que le provocaron diferentes reacciones.

La nota que decía «Me puse los piercings para ti» la dejó sin aliento.

La nota que decía «¿Sabes que roncas?» la hizo fruncir el ceño.

La nota que decía «Me gusta el vestido que te pusiste ayer» le encendió las mejillas.

Etcétera.

Pequeñas notas todos los días.

Disfrutaba de las largas duchas que se daba, y evitaba bañarse sobre todo por los recuerdos que asociaba con estar en una bañera. Empezó a usar la tablet para todo. Buscaba «¿cuánto tiempo hay que hervir la pasta?» o bien «¿es normal que las víctimas de violación vuelvan a tener ganas de practicar sexo?», pasando por «mejores series para hacerse una maratón». Cuando no encontraba una respuesta, le preguntaba al doctor Manson, que le dijo que sí, que era completamente normal que una superviviente de violación desease volver a disfrutar de relaciones íntimas.

Las búsquedas iban variando, y se instauró una nueva rutina en su vida. Probó diferentes cosas y descubrió que no tenía talento para pintar, que no le gustaba pasar más de unos minutos online y tampoco le gustaba hacer joyas. Lo que sí le gustaba era cocinar —o más bien aprender y experimentar— y leer, aunque leía muy despacio. Tampoco disfrutaba de ningún libro físico de la biblioteca, sino de uno que encontró online y que Bessie le ayudó a comprar. El libro había aparecido entre los resultados de una búsqueda: «libro romántico con heroína violada». En un principio había dudado de que hubiese muchos libros así, pero, sorprendente y trágicamente, los había. Al parecer, ser violada era más común de lo que ella había pensado, incluso en el mundo exterior.

El libro que estaba leyendo trataba de una mujer normal a quien violaban en una fiesta, de sus problemas a raíz de la violación y del momento en que volvía a enamorarse de un hombre maravilloso. Lyla conseguía empatizar con algunas partes. Esas partes —sentirse sucia, odiar su cuerpo, la depresión— conseguían que sintiese que alguien la había visto, que la comprendían. Era como si alguien hubiese entrado en su interior y le hubiese dicho que tenía derecho a sentirse como se sentía. Otras partes del libro —sobre todo aquellas en las que la heroína se enamoraba de un tipo tierno y amantísimo que le decía lo mucho que la quería y lo hermosa que era cada dos páginas— no resonaban tanto dentro de ella.

Dejó la tablet y contempló el mar. Se imaginó cómo sería. Imaginó a un hombre atractivo y nada violento. Imaginó que la colmaba de suaves besos. Se imaginó durmiendo con él durante el resto de su vida... Y no sintió nada. Cuanto más aprendía de sí misma, más entendía que el amor de las películas que veía junto a él no le servía.

El escenario de su mente cambió. Se imaginó corriendo en la oscuridad, atrapada por un hombre que era la propia oscuridad, un hombre que le decía que era suya, que la reclamaba para sí. Un hombre que la hacía sentir segura, protegida e inalcanzable frente a otros monstruos. Lyla no necesitaba a ningún hombre bueno que le dijese que la amaba. Necesitaba a un diablo oscuro que le dijese que era suya.

Quizá Dainn era ese hombre. Quizá no.

Negó con la cabeza. ¿A quién demonios quería engañar? Sabía que Dainn era su hombre, lo sabía desde hacía muchos años. ¿La habría entrenado su cerebro para creérselo? Probablemente. ¿Era aquello «sano», tal y como decían los artículos que leía? Probablemente no. Pero, por otro lado, tal y como el doctor Manson le había recordado, la definición de sano de otras personas no se ajustaba a la de ella. Sus experiencias eran diferentes, su pasado era diferente. Para ella, sano era todo aquello que le había servido para crecer y curarse. Toda la información que había consumido a lo largo de los últimos días le había servido para reflexionar. Reflexionar para poder seguir diferentes líneas de pensamiento y decidir por sí sola con qué estaba de acuerdo y con qué no. Se estaba descubriendo a sí misma, lenta pero segura; era lo único que podía hacer. El cuchillo sobre la encimera de la cocina seguía tentándola a veces, pero se estaba esforzando.

Se levantó del cómodo y mullido sillón del despacho, se acercó a la mesa y cogió el pequeño cuaderno que había reclamado para sí. Lo abrió por la última entrada:

«Preparar la pasta para la cena».

Paso a paso.

Había empezado a hacer aquello por sugerencia del doctor Manson. Cada mañana escribía una tarea que tenía que hacer a lo largo del día, y se centraba en ella. También había leído sobre aquella técnica en algunos artículos bastante útiles sobre prevención del suicidio. Le había servido para centrarse más. Ahora, cada vez que tenía un pensamiento extraño, abría el cuaderno y comprobaba qué tenía que hacer aquel día. Al cabo, el pensamiento se le pasaba.

Comprobó la hora y vio que el sol ya se estaba poniendo. Se dirigió a la cocina, el único lugar de la casa que se estaba convirtiendo poco a poco en su terreno. Aunque seguía sin ser ninguna experta, no hacía más que experimentar más y más. Buscaba recetas online, veía vídeos sobre cortar verduras o filetear el pollo. Cada vez ganaba más confianza a la hora de realizar las tareas más sencillas y básicas. Sin embargo, ella era la única que había probado sus recetas. Aquel día era la primera vez que iba a hacer una comida completa.

Dainn —aún se estaba acostumbrando a llamarlo así, tanto de viva voz como en su mente— no regresaría a casa hasta muy tarde. Habían empezado a comer juntos, pero cuando se iba de viaje, Lyla solía comer e irse a la cama, sobre todo porque había empezado a despertarse al alba para disfrutar sencillamente del amanecer desde el balcón cada mañana. Para cuando acababa la cena delante de la tele aquellas noches, estaba hecha polvo. La noche anterior se había quedado dormida en el sofá; y solo se había despertado cuando él la levantó en brazos, la llevó a la cama y la dejó allí durmiendo.

Lyla quería que regresase al dormitorio principal. Quería acostarse con él, sí, pero también quería más, mucho más. Quería quedarse dormida en sus brazos y despertar en ellos. Quería charlar con él en la oscuridad de la noche y recordar sus palabras al día siguiente. Quería encontrarse con aquella hipnótica mirada intensa por las mañanas y darle las reacciones que él esperaba de ella. Lo quería todo con él. Quizá era una necia —era más que probable—, pero el deseo de tenerlo, de agarrarlo, de abrazarlo, era un hambre constante bajo su piel.

Quería pertenecer a algún lugar. Junto a él.

Así pues, se puso a trabajar. Apoyó la tablet en un atril en un rincón de la cocina y puso un videotutorial, aunque ya tenía bastante práctica cocinando. Sacó el cazo grande. Puso agua a hervir, abrió el frigorífico y sacó huevos, tomates, queso y mantequilla.

Consciente de que Dainn era el Hombre Sombra, Lyla no esperaba que volviese pronto, pero estaba dispuesta a esperarlo sentada. No quería preguntarle a qué más se dedicaba ni de dónde venía toda su riqueza. Tampoco quería preguntarle por qué se había convertido en el Hombre Sombra, ni cuál era aquel gran plan que había mencionado en su día. Él se negaba a hablar de todos esos temas, y Lyla no quiso insistir de momento.

Vio el vídeo y siguió los pasos, concentrada en el proceso de crear algo. Aquella actividad la calmaba por dentro, solo el preparar una receta desde cero. La emocionaba pensar que alguien más aparte de ella se la iba a comer.

—Lyla. —Se volvió al oír la voz tras de sí. Nikki, que se estaba poniendo el abrigo, le dedicó una mirada altiva—. ¿Necesitas algo antes de que me vaya?

Lyla ni siquiera se había dado cuenta de que Nikki estaba en la casa. Negó con la cabeza, ahora que había aprendido a hacer comentarios educados básicos.

—No, gracias. Que tengas buena noche.

Una mueca sonriente asomó a los labios de la chica.

—Ya lo creo que la tendré. —Vale, eso había sonado raro—. Ah, y asegúrate de no entrar esta noche en el invernadero —añadió de camino a la salida—. Se aproxima una tormenta.

Lo había dicho en un tono bastante extraño. Lyla sintió en el estómago un peso que no notaba desde hacía días. De pronto de mal humor, acabó de preparar la receta. El aroma la hizo salivar. Repartió la comida en dos platos y los metió ambos en el horno. Luego lavó los cazos y sartenes que había usado y los puso a secar.

Y entonces, dado que había terminado todo, fue al vestidor, se puso unos leggings cálidos y una sudadera, así como zapatillas, y se acercó a la puerta principal.

El viento frío le sopló con fuerza en la cara mientras contemplaba el cielo oscuro. La luna y las estrellas estaban escondidas tras densas nubes. El helicóptero descansaba en el helipuerto, cubierto con algo que Lyla no alcanzaba a ver bien. El jardín al otro lado también estaba oscurecido, excepto el invernadero, donde había una bombilla encendida. No alcanzó a ver nada, porque las plantas tapaban el vidrio. Se cubrió las manos con las mangas de la sudadera y se acercó a paso vivo. Tenía que descubrir por qué la chica le había dicho que no fuese allí.

No era más que una cuesta descendente no muy pronunciada, con el suelo relativamente plano. Lyla cruzó la distancia en pocos minutos y se acercó despacio a la puerta principal del invernadero, que estaba abierta.

Su cuerpo se quedó petrificado por completo.

Nikki estaba desnuda delante de una larga mesa. Agarraba a puñados la camisa de Dainn, que le sujetaba la cintura con las manos.

Se le llenaron las venas de hielo al contemplar la escena. Las pocas semanas de relativa felicidad se hicieron añicos al comprender que la habían vuelto a descartar. Dainn no la había tocado ni uno solo de los días que había pasado bajo su techo porque tenía a otra persona. Y Nikki la había odiado nada más verla porque estaba con él.

Dios, menuda idiota era.

Los ojos de Nikki se toparon con ella y despidieron un brillo triunfante. Lyla dejó escapar el aliento por la boca, incapaz de controlar el ardor que sentía en los ojos. De pronto, Dainn giró el cuello y sus ojos diabólicos se cruzaron con los de Lyla.

Mentiras. No le habían dicho más que mentiras. Estaba harta. Que se comiera la puta pasta con Nikki y se riese de sus patéticos intentos. Que se fuera a la mierda, joder.

Tras ese pensamiento, giró en redondo y corrió colina abajo, sin importarle adónde se dirigía. El único pensamiento que había en su mente era escapar. Las lágrimas le recorrieron la cara, pero comprendió que no tenía derecho a reaccionar así. Dainn jamás le había dicho que fuera suyo, solo le había dicho que ella era suya. Jamás le había dicho que no estaba con otras, del mismo modo que ella estaba con otros. La única diferencia, la que más le dolía, era que ella nunca había tenido alternativa, mientras que él sí. Y, por un instante, Lyla había creído que Dainn la había elegido a ella. Pero no era el caso.

El plan. Lyla era parte de su plan. Dainn solo le proporcionaba lo suficiente para mantenerla obediente, bajo una ilusión de felicidad.

«Qué idiota, qué idiota, qué idiota».

No, pensaba llegar de alguna manera a la aldea, hacer autostop hasta algún lugar, el que fuera, lejos de aquel torbellino emocional. Ganó velocidad en su descenso colina abajo. Le ardían los pulmones y las piernas por aquel esfuerzo al que no estaba acostumbrada. Fue entonces cuando algo pesado la interceptó por la espalda. Soltó un grito y cayó al suelo. Pensó que era un animal salvaje, pero aquel peso en la espalda se retorció en el último segundo para ahorrarle lo peor de la caída.

Con el corazón retumbando en los oídos, intentó recuperar la respiración y forcejeó para librarse de aquel peso que ahora tenía debajo. De pronto, le agarraron las manos y se las inmovilizaron a la espalda, al tiempo que le sujetaban con fuerza la barbilla. Se encontró mirando a los ojos de su diablo.

—Pero ¿qué cojones haces, Lyla?

El tono de su voz la paralizó. La había llamado Lyla en lugar de *flamma*, como hacía siempre; eso quería decir que estaba muy cabreado. Y él no se cabreaba nunca, o al menos no con ella.

Un trueno retumbó en el cielo y la retrotrajo a la primera vez que habían coincidido en la oscuridad, solos en los bosques, con una tormenta en ciernes. Aquel momento había cambiado su vida. Sin embargo, ahora lo miró y en su interior estalló todo lo que llevaba reprimiendo durante semanas, meses, años.

Cada vez que le habían hecho daño, cada vez que la habían humillado, cada vez que había albergado esperanza por algo y esa esperanza había acabado muriendo, cada vez que había contemplado el techo y contado las grietas, cada vez que había gritado hasta quedarse dormida, cada vez que le había entregado un trozo de sí para luego sentirse descartada, cada vez que había perdido parte de sí misma hasta no saber quién era.

Cada. Vez.

Cada. Parte.

Cada. Recuerdo.

Todo estalló, se derrumbó, quedó aplastado dentro de ella.

Lyla se hizo añicos.

Sus hombros se estremecieron, le tembló la mandíbula, fluyeron nuevas lágrimas sobre las que ya le manchaban las mejillas. Echó la cabeza atrás y soltó un grito de dolor hacia el cielo. Le sentó gloriosamente bien. Gritó y gritó y gritó hasta desgañitarse la garganta. Chilló y se revolvió, durante minutos o durante horas, quién sabía. Gritó y gritó hasta que no pudo gritar más, hasta que se le acabó el aire en los pulmones y sufrió un ataque de hipo.

El agujero negro se abrió aún más dentro de su mente y le pidió que volviese a caer dentro. Entrar en él no dolía, allí dentro no se sentía aquel dolor que la destrozaba cada vez que quedaba consumida. Sintió que sucumbía lentamente, a la espera del entumecimiento que le proporcionaba el agujero negro, aunque fuese solo durante un rato.

—Shhh. No pasa nada, *flamma*. No pasa nada. Shhh. Estás a salvo.

Las palabras penetraron en su consciencia, una letanía de palabras susurradas justo a su oído. Palabras que la apartaron del agujero negro. Lyla se resistió, mantuvo los ojos cerrados, a la espera del entumecimiento.

—Mi chica hermosa —siguió susurrando la voz, un arrullo seductor que la atraía—. Qué tierna, qué vulnerable, qué dolida. Estás dolida, ¿verdad?

Sí, lo estaba. Estaba dolida, y no sabía cómo curarse. Pensaba que se encontraba mejor, pero había sido una ilusión. ¿Llegaría a encontrarse mejor? ¿Llegaría un momento en el que no le doliese?

—Prefiero prender fuego al mundo antes que permitir que nada vuelva a hacerte daño.

Aquella promesa oscura y llena de violencia consiguió que el agujero negro diese un paso atrás.

—Muéstrame tus ojos, *flamma*. Quiero volver a ver el fuego en ellos. Enséñamelos.

Dos fuerzas batallaron dentro de Lyla: el agujero negro que la atraía hacia el olvido y el diablo que la aferraba con fuerza y se negaba a dejarla marchar. De pronto, sus manos quedaron libres. Miró hacia arriba con rapidez; perdido el equilibrio por la repentina pérdida de aquel contacto que la anclaba.

Parpadeó. Él se irguió para luego inclinarse, cogerla en brazos y acunarla contra sí. Acto seguido la llevó en dirección a la casa. Estremecida por el estado mental en el que se encontraba, Lyla sollozó de vez en cuando y dejó que su mente regresase poco a poco a la realidad, incapaz de comprender lo exagerado de sus emociones y de su reacción. Había reaccionado de manera exagerada, ¿verdad? Se lo había encontrado completamente vestido junto a una mujer desnuda, y había hecho lo primero que le había venido a la mente: correr. No le había dado el beneficio de la duda, no había esperado tranquila a que él le explicara lo que estaba sucediendo. Ni siquiera se había quedado para permitirle hablar. Lo que había hecho había sido gritar como un espectro y sufrir una crisis nerviosa en mitad de la nada.

Había estado mejorando, mejorando mucho. No lo comprendía.

Avergonzada por el hecho de que él hubiese tenido que volver a presenciar algo así, que hubiese visto de nuevo lo imperfecta que era y lo rota que estaba, escondió el rostro en su cuello, con todo el cuerpo tembloroso. Recorrieron el camino en el más absoluto silencio. Lyla se tomó su tiempo para calmar las pulsaciones desbocadas. Salieron de la arboleda cerca del invernadero, justo cuando empezaba a caer una lluvia pesada.

—Agárrate fuerte —le ordenó él, y de repente la giró para echársela por encima del hombro.

El mundo entero se puso bocabajo. Lyla se agarró a la chaqueta de Dainn al tiempo que él corría a toda velocidad hacia la casa. Aquel diluvio torrencial los empapó a ambos en pocos segundos. Dainn no se detuvo en el porche; se limitó a abrir la puerta y a llevarla al interior, hasta el dormitorio principal. Despacio, la dejó en el suelo y le apartó el cabello mojado de la cara. La contempló con una ternura que Lyla jamás había visto en él.

—Quítate la ropa.

Le dio la orden y, al instante, se apartó. La dejó sola en el baño. Confundida, Lyla obedeció. Dejó toda la ropa mojada en el suelo, en una esquina. Luego dio una inspiración temblorosa y se echó agua en la cara.

Al parecer, a los dos se les daba fatal eso de las emociones, a ella por exceso y a él por defecto. Lyla tendría que cubrir la distancia que los separaba, o al menos intentarlo, para que no volviese a suceder algo como lo de aquella noche. Aunque lo más probable era que sí sucediese. El doctor Manson le había advertido que podría pasar, pero ella había caído presa de una falsa sensación de seguridad. Por eso aquello la había pillado con la guardia baja. Esperaba que no sucediese muy a menudo, porque se sentía con los nervios a flor de piel. Las heridas que había estado cerrando volvían a abrirse en canal. Cada vez que sucediese algo así tendría que empezar de cero, intentar volver a cerrarlas. Y cada vez, la cicatriz sería más profunda, peor.

Salió desnuda del baño. Se puso unos sedosos pantalones cortos de color verde botella y la camisola que ya había dejado sobre la cama antes de salir. Se pasó los dedos por el cabello y se dio cuenta de que empezaba a ponerse de nuevo ondulado como siempre. Luego salió al salón.

De la cocina flotaba el olor de la pasta que había cocinado. Le parecía que había sido hacía una eternidad. Siguió aquel aroma y entró en el espacio que poco a poco había hecho suyo. Se lo encontró sentado a la mesa, descamisado y con chándal, tal y como le gustaba vestir cuando andaba por casa. Tenía el pelo mojado y brillante bajo las luces tenues. Los platos que Lyla había dejado en el horno se encontraban ahora sobre la mesa, junto con dos grandes vasos de agua.

—Siéntate.

De pronto nerviosa, no solo porque aquella comida la había preparado ella, sino también por el brote que había sufrido, Lyla tomó asiento silenciosamente a su derecha y agachó la cabeza.

—¿Qué ha pasado esta noche?

Ante aquellas palabras calmadas, pronunciadas en tono bajo pero claro, ella se atrevió a lanzarle una mirada de soslayo. Se humedeció los labios y encontró el valor para abrir la puerta hacia un poco de comunicación sincera y real. Eso implicaba volver a ser vulnerable, pero, a esas alturas, ya no le quedaba mucho que perder.

—La he visto ahí…, contigo…, y algo se me ha disparado por dentro —admitió a trompicones.

Él dio un sorbo de su agua sin tocar el plato. Lyla sabía que no le gustaba mucho el alcohol. A ella tampoco; el vaso de agua que tenía por delante le indicó que él se había dado cuenta.

—¿Qué has sentido? —preguntó.

Esos hipnóticos ojos duales la atraparon. ¿Qué había sentido? Él no experimentaba las emociones igual que ella. Al saber que quería una descripción de sus sentimientos, el corazón se le empezó a acelerar.

—Me he sentido… —se detuvo, lo miró y tragó saliva—, enfadada. Muy muy enfadada.

—¿Por qué? —insistió él, al tiempo que se inclinaba un tanto hacia delante.

—Porque pensé que la habías elegido a ella —le tembló la voz al hablar—. Pensé que me estabas dejando a un lado, burlándote de mí, dándome fruslerías al tiempo que le dabas de todo a ella. Me sentí enfadada. Me sentí dolida. Me sentí celosa.

—¿Por qué? —insistió, sin ceder.

—¡Porque eres mío! —Estampó ambas manos contra la mesa y se puso en pie—. ¡Tú eres la única persona, lo único en todo este mundo que es mío! —El pecho le ascendía y descendía, alterado. Le clavó la mirada—. Eres mi asesino, mi acosador, mi amante. La idea de compartir tu obsesión me da náuseas. Tienes poder sobre mí. ¿Eso era lo que querías oír, que soy una idiota porque el imbécil de mi puto corazón te cree? Pues ya está, ya lo he dicho.

Él se echó hacia atrás con una expresión satisfecha en la cara.

—*Flamma.*

Una palabra. Bastó una palabra y todo volvió a ocupar su lugar en el mundo. Lyla inspiró hondo para calmarse. Volvió a tomar asiento y se tragó toda el agua del vaso, consciente de que él la observaba.

—Tu corazón no tiene nada de imbécil. —Sus palabras, calmadas una vez más, consiguieron que ella le mirase—. Tierno, sí. Imbécil, no. Me parece que es bastante inteligente creerme, aunque tu mente no lo haga.

Ante eso, Lyla no supo qué decir.

—En estos seis años no ha habido nadie, Lyla. —Ella se enderezó en la silla al oír esas palabras, con evidente incredulidad en la cara. Dainn torció los labios—. Puedes creerme o no, pero es un hecho. No he follado con nadie en seis años. No he tocado a nadie más que a ti en seis años. Jamás he besado a una mujer en la boca en mi vida. Nunca me ha parecido importante.

Lyla le contempló, aturdida.

—No comprendo.

Él se limitó a encogerse de hombros.

—Cualquier otra mujer habría sido una pobre sustituta, no me parecía que valiese la pena el esfuerzo. Y ahora, dime, ¿te estoy mintiendo?

Lyla se lo quedó mirando, contemplando aquel rostro neutral mientras él le dejaba hacerse una opinión. Su mente le dijo que podía estar manipulándola, contándole lo que quería oír para que cayese con más facilidad en sus trampas. Pero su corazón, aquel estúpido órgano latente en su pecho, le dijo algo distinto.

—No —susurró, estremecida ante el hecho de que no hubiese estado con nadie.

—Buena chica.

—Yo tampoco he besado a nadie, al menos por voluntad propia.

La confesión cayó entre los dos. Lyla se percató de que Dainn le miraba la boca.

—Entonces, cuando te decidas por voluntad propia, tu boca será mía.

A ella se le escapó un suspiro. Contempló el plato de pasta y, lentamente, dio el primer bocado. A ella le supo bastante bien, pero no estaba segura de si podía fiarse de sus papilas gustativas. Al ver que él daba un bocado, apretó con fuerza el tenedor. La cara de Dainn no mostró reacción alguna. Masticó despacio, contemplando el plato. Al cabo alzó la vista hacia ella.

—¿Esto lo has preparado tú?

Los nervios le aletearon en la barriga.

—Sí. Vi un vídeo y practiqué varias veces con porciones más pequeñas antes de preparar esto. Quería… —vaciló—, quería hacer una cena agradable para los dos.

Bajó los ojos. Él alargó la mano y la agarró de la barbilla para obligarla a alzar el rostro.

—Puedes preparar la comida siempre que quieras. Tienes un don para esto.

—¿Te gusta? —No sabía por qué necesitaba su aprobación, por qué le importaba tanto, pero así era.

—Sí.

Un suspiro de alivio salió de ella al tiempo que su seguridad en sí misma florecía. «Tienes un don para esto». Resultaba que algo se le daba bien.

Terminaron de comer en un silencio agradable. Dado que aquel momento le pareció verdadero, sincero y abierto, Lyla se atrevió a formular la pregunta que siempre le rondaba la cabeza:

—¿Se encuentra..., se encuentra bien?

Dainn acabo de masticar el último bocado y se puso en pie. Llevó los platos de ambos al fregadero y los lavó. Ella agarró un paño y se situó a su lado, esperando a que respondiese.

—Sí, se encuentra bien.

Algo pesado que ni siquiera había sabido que estaba en su interior se volvió un poco más liviano.

—Lo has estado vigilando, ¿verdad? —preguntó. Necesitaba saber que alguien lo vigilaba, que alguien cuidaba a lo único que había entre los dos.

—Pues sí. Igual que te he estado vigilando a ti.

El alivio se desplegó en su vientre. Cuando el Hombre Sombra decidía vigilar a alguien, ese alguien estaba a salvo. Embargada de emoción, Lyla cedió al impulso de acercarse a él por detrás y rodearle el torso con los brazos. Se dedicó a sentir su contacto, sin que él hubiese soltado siquiera los platos.

—Gracias —susurró pegada a su espalda, con voz temblorosa de las emociones que le desbordaban el pecho—. Muchas gracias, de verdad.

Él se giró sin salir de su abrazo y le sujetó el rostro con las manos. Esos ojos duales abrasaron los de ella.

—Por ti, lo que sea.

Acarició la nariz de Lyla con la suya, el más leve de los besos; una sensación que le quemó el cuerpo entero. Lyla no recordaba que nadie la hubiese abrazado jamás, como tampoco recordaba haberse sentido tan segura como en aquel momento.

—Sigue abrazándome, por favor.

Él la apretó con más fuerza contra sí. Lyla le aplastó la cara contra el pecho. Se le llenó la nariz con aquel distintivo aroma masculino. El calor corporal de Dainn se transmitió por su cuerpo. Él siguió abrazándola y, al escuchar los latidos de ambos, al sentir todo lo que estaba sintiendo, Lyla casi pudo creer que él también sentía lo mismo.

# 16

## Él

Tenía que hablarle de su hermano y de quién era en realidad, pero Lyla no estaba preparada aún. Teniendo en cuenta lo mucho que le costaba a su mente lidiar con la vida y la realidad, algo así podría romperla. Lo había consultado con el doctor Manson, le había preguntado si hablarle de su pasado ayudaría en su progreso. El doctor le había aconsejado no hacerlo. Ahora mismo, Lyla era muy frágil, aún estaba sufriendo, aún se estaba curando. Necesitaba que estuviera completamente preparada para encajar la verdad.

Además, Dainn era un egoísta. Sabía que, si Lyla descubría que tenía familia, un hermano que llevaba más de veinte años buscándola, acabaría por irse con él. No podía permitirlo hasta que tuviera la seguridad de que regresaría por propia voluntad, porque la única opción restante sería secuestrarla, arrebatársela a Caine. No podía enemistarse con todos ellos. En realidad, le importaba una puta mierda enemistarse, pero Lyla acabaría sufriendo por ello, así que prefería evitarlo. No le gustaba que sufriese.

Desde las sombras, vio que Tristan y Morana hablaban con el psicólogo infantil que él mismo les había enviado sin que lo supieran, un antiguo alumno del doctor Manson. Morana escuchaba con más atención que su amante.

A Dainn le gustaba Morana, tanto como podía gustarle otro ser humano. Era lista, resuelta y terca, y sabía cómo cuidar de sí misma. Dainn respetaba todos esos rasgos en un ser humano, por eso resultaba interesante maniobrar entre ellos. También parecía ser genuina, algo de lo que se alegraba, porque Tristan presentaba la mayor amenaza para él. No porque fuera más poderoso o letal, sino sencillamente porque sentía hacia Lyla una conexión y una devoción que esta ansiaba. De haber sido mejor persona, Dainn la habría soltado y le habría permitido encontrar algo de felicidad con otro. De haber sido mejor persona, Dainn la habría soltado y le habría permitido satisfacer sus ansias en otra parte.

Pero Dainn no era mejor persona. Joder, ni siquiera era buena persona.

En su día quizá la habría dejado marchar. Pero ahora, no. Lyla había huido de él, y con ello había despertado a un animal que ni él mismo sabía que tenía por dentro. Se había hecho pedazos en sus brazos, le había permitido anclarla y traerla de regreso. Le había dado otro trozo de sí misma y había confiado en que él lo mantuviese a salvo. Le había preparado la comida, como si fuese una persona especial. Lo había abrazado como si fuese alguien que mereciera la pena abrazar. Le había mirado con unas emociones que un demonio de la muerte como él jamás había visto, y que desde luego no se merecía.

Eran aquellos pequeños detalles. El modo en que Lyla se rompía por completo con un té en la cocina para luego volver a recomponerse, la sed que tenía por aprender y ser constantemente mejor para sí misma, la cantidad de veces que lo había perdonado y había permitido que se acercase. Lo había reclamado para sí, había temblado en su sofá, no había huido cuando él le había hablado de toda la muerte que había desatado por ella. Había aceptado su forma carente de alma dentro de ese tierno corazón. Le lanzaba miradas de soslayo, le robaba las camisetas y también robaba partes de él mismo.

Ni de puta coña pensaba dejarla marchar.

Hacía tiempo que había dejado atrás la obsesión, y había entrado en un territorio nuevo por completo; un territorio que ni siquiera él reconocía, porque era *más*. Más obsesivo. Más intenso. *Más*.

Si por aquel entonces ya era capaz de prenderle fuego al mundo por ella, no era nada comparado con la destrucción que estaba dispuesto a desatar ahora. Y aunque no planeaba mantenerla alejada de Tristan, necesitaba estar seguro de que no lo abandonaría del todo cuando llegase el momento.

Si eso sucedía, el mundo no estaba listo para lo que desencadenaría sobre él.

# 17

## Lyla

*Hace seis años*

El trueno retumbó en el cielo mientras ella corría tan rápido como era capaz, con un bulto pequeño entre sus brazos, los pulmones ardiendo y el rostro cubierto de lágrimas. Tenía la entrepierna escocida, le dolía mucho, y estaba segura de que estaba sangrando. Pero no iba a tener otra oportunidad.

El bulto entre sus brazos empezó a llorar a causa del bamboleo. Y ella también lloraba.

Durante los nueve meses que lo había tenido dentro, en su joven útero, como el hermoso resultado de un acto horrible y aberrante, se había prometido a sí misma que lo sacaría de allí. Sabía bien lo que les hacían a los bebés que nacían en aquel infierno: se los llevaban y empezaban a prepararlos antes incluso de que pudiesen hablar en condiciones. Y ella había jurado que, pasase lo que pasase, su hijo no crecería en el mismo infierno en el que había crecido ella. De algún modo, de alguna manera, lo sacaría de allí o moriría en el intento.

Y teniendo en cuenta el creciente dolor entre las piernas, la debilidad de su cuerpo tras el parto y el mareo que se apoderaba de su mente, comprendió que esto último era lo más probable. Pero si tenía que morir, moriría después de llevarlo a alguna parte que pareciese remotamente segura. Solo tenía que mantenerse alejada de las carreteras principales que empleaban ellos. Esperaba acabar en otra parte. Tenía que haber alguien en el mundo que pudiera ayudarla.

Se detuvo para recuperar el aliento, se apoyó contra un árbol y meció a su pequeño en brazos para calmarlo un poco. No tenía ni idea de ser madre, ni estaba segura de ser buena para él, pero había una única cosa que podía ofrecerle a su bebé y estaba dispuesta a morir intentando dársela. Lo sostuvo durante un instante, respirando profundamente, y escrutó la zona en busca del siguiente camino que tomar.

Sabía que no podía descansar más que unos pocos minutos. Era más que probable que el personal de seguridad ya estuviese peinando los bosques. Empezó a correr de nuevo a toda velocidad; las finas suelas de sus zapatos apenas suponían protección alguna. Le iban a salir ampollas en los pies, pero valdría la pena si lograba ponerlo a salvo.

«Sácalo de aquí. Sácalo de aquí. Sácalo de aquí».

Las palabras se repetían en su mente como un mantra. Siguió corriendo, con humedad entre las piernas. Al cabo se fijó en que los árboles eran cada vez más escasos. Eso podía significar que la civilización estaba cerca, lo cual implicaría que había ayuda por ahí. Una ráfaga de energía la llenó por completo ante esa idea. Se dirigió al lugar en el que se veía que la arboleda daba paso a algún tipo de calle. Se detuvo para recuperar el aliento y, febril, miró alrededor.

Había una calle y un edificio, nada más, así como un coche aparcado. Reconoció que era uno de los vehículos del personal de seguridad del complejo. Estaban patrullando, probablemente buscándola. Retrocedió hacia las sombras de los árboles, se dio la vuelta para echar a correr una vez más y chocó con algo duro.

Ya mareada por la debilidad, la deshidratación y la pérdida de sangre, empezó a derrumbarse. Por puro instinto, rodeó al bebé con los brazos, pero entonces dos manos enormes la aferraron de la cintura y la estabilizaron.

—Tranquila, chica.

Al oír el sonido de aquella voz, estiró el cuello y vio a un hombre alto, puede que de veintitantos años, con ojos disparejos que la contemplaban. Jamás había visto a nadie con ojos así.

—Ayúdeme —graznó con la garganta seca, y apoyó todo el peso en él—. Ayúdeme, por favor.

Un estremecimiento visible recorrió toda su figura. Luego la miró, la miró de verdad.

—¿Qué es lo que necesitas? —preguntó con una seriedad en la voz que a ella le provocó dudas sobre su decisión.

Lo estudió lo mejor que pudo, y su instinto le dijo que podía confiar en él. Alzó el pequeño bulto que tenía en brazos y dijo:

—Lléveselo. Lléveselo de aquí a algún lugar seguro donde pueda crecer con amor y cuidados. Por favor. Vienen a por mí, tiene que llevárselo antes de que me encuentren. Por favor, por favor, por favor…

Los ojos disparejos del hombre descendieron hasta el bebé envuelto en una fina manta.

—¿Es tuyo?

Ella asintió y se le volvieron a llenar los ojos de lágrimas. El dolor de entregárselo a otra persona era una carga que llevaría consigo de buena gana a cambio de la oportunidad de proporcionarle una vida mejor. Entonces el hombre la contempló, una mirada tan profunda que pareció que buscaba en el fondo de su alma.

—¿Estás dispuesta a confiarme a tu hijo?

Ella se detuvo ante la pregunta, pero su instinto, el mismo que le había dicho que huyese con el bebé, permaneció firme, inamovible. Abrazó al bebé una última vez, le depositó un beso en la frente con la barbilla temblorosa y se lo tendió al hombre.

—Estoy dispuesta a confiárselo. Pero prométame... —El dolor de sus entrañas aumentó y le arrancó un chillido que interrumpió las palabras. Inspiró hondo y prosiguió—: Prométame que lo mantendrá a salvo. Si no puede quedárselo, envíelo con alguien que lo quiera. Prométamelo.

El trueno recorrió el cielo y retumbó sonoro entre las nubes, un eco de su propio dolor. El hombre alzó a su hijo entre los brazos. Con la cabeza ladeada, la contempló con algo parecido a la fascinación.

—Te lo prometo. Estará a salvo.

Las rodillas se le aflojaron de puro alivio. Él le pasó un brazo por la cintura para estabilizarla con una mano mientras sujetaba al bebé con la otra. Al sentir el apoyo de aquel fuerte brazo, se rompió por dentro. Empezó a sollozar histérica, pegada al pecho de aquel desconocido, agarrada a las solapas de su chaqueta. Lloró por todo lo que estaba perdiendo y por aquel apoyo inesperado que había encontrado.

—¿Cómo te llamas, *flamma*? —preguntó él en tono quedo. Ella alzó la vista, sorprendida por la palabra que había usado. No sabía qué significaba.

—Lyla.

—«Noche sin fin».

¿Eso significaba su nombre, «noche sin fin»? Joder, se ajustaba a la perfección a su vida. Se oyó un grito desde la arboleda, y ella enderezó con urgencia la espalda.

—Por favor, márchese —le pidió al desconocido—. Lléveselo. ¡Ahora!

Sus ojos volaron a la cara redondeada que asomaba entre las mantas. Con una punzada de agonía se inclinó para besarle las mejillas de nuevo al bebé. No sabía si volvería a verlo, no sabía cuál sería su destino, pero debía confiar en la única alternativa que tenía.

—Cuídate, pequeño Xander —murmuró, pegada a sus suaves mejillas—. Sé fuerte. Espero que te quieran mucho, mi niño querido.

El hombre se mantuvo inmóvil durante un largo segundo y la contempló mientras ella se despedía. Acto seguido, giró en redondo y se internó en la oscuridad con lo único que ella amaba en el mundo.

PARTE III

# LLAMAS

¿Cómo podrías resurgir si no te has
convertido primero en cenizas?

FRIEDRICH NIETZSCHE

# 18

## Lyla

*En la actualidad*

Se despertó con un sobresalto causado por el sueño, con el corazón desbocado. Un trueno retumbó en el cielo en el exterior. Lyla odiaba las tormentas eléctricas. De niña siempre le habían dado miedo, y de adulta le recordaban a la noche en la que había perdido su posesión más preciada: a su hijo.

Tenía casi dieciocho años cuando uno de los hombres del club la dejó embarazada. Aunque el bebé había sido el resultado de una violación, era suyo. Se había pasado meses conectando con él, amándole, hablando con él y aceptando que jamás la conocería. La noche en que se puso de parto hubo una tormenta eléctrica. Tras horas de un dolor inimaginable, el bebé llegó chillando al mundo.

El doctor lo limpió y se lo tendió para que le diera el pecho, pero ella no lo alimentó. Acababa de ver que se había desatado la tormenta y comprendió que la mayor parte del personal del terreno estaría resguardada en alguna parte. Era su oportunidad de huir.

Así que huyó para caer directamente en los brazos del hombre que cambiaría las vidas de ambos. Después de aquella noche, no había esperado volver a verlo. Y sin embargo, en menos de una semana, aquel hombre apareció en su trabajo.

Y luego otra vez.

Y otra vez.

Acabó convirtiéndose en una presencia fija en su vida, un ancla en medio del huracán, una roca contra las olas. Luego empezó a dejar un rastro con los cadáveres de todos aquellos que habían intentado hacerle daño. Al cabo, reclamó para sí todos los fragmentos rotos de Lyla.

Se preguntó por qué habría soñado con su primer encuentro aquella noche. Quizá se debía a la tormenta o al hecho de que él le había hablado de Xander por primera vez, o quizá al hecho de que la había estrechado con fuerza entre sus brazos esa misma noche. Fuera por lo que fuera, un ansia pura y sin adulterar la desbordó.

Incapaz de mantenerse en pie, se acercó con pies silenciosos hasta la puerta, salió y fue al dormitorio de invitados. Le iba el corazón al galope, pero sentía que estaba haciendo lo correcto. El mismo instinto que le había dicho que confiase en él hacía tantos años le indicaba ahora que volviese a hacerlo.

Se detuvo cerca de su puerta, inspiró hondo y la abrió. Necesitaba echar un vistazo para asegurarse de que estaba dormido. Y así era. Tenía un brazo por encima de la cabeza, otro descansaba sobre el vientre, los ojos cerrados y la expresión descansada. Lyla vaciló en el umbral y se limitó a contemplarlo. Aquella ansia dentro de sí era un torbellino.

Despacio, sin hacer ni un sonido, entró de puntillas en la habitación. Rodeó su cama y contempló su rostro bajo la luz del exterior.

Aquel hombre, por más oscuro y peligroso y engañoso que fuera, le pertenecía. Se inclinó despacio y depositó los labios sobre los suyos durante un segundo. Sintió su aliento en la cara, su suave boca pegada a la de ella. Luego se apartó.

Giró en redondo para marcharse y entonces una mano acerada la agarró de la muñeca. El corazón le dio un vuelco, y vio que él estaba despierto, con ojos alertas, intensos, pesados, clavados en ella. Dainn esperó paciente a que Lyla rompiera el silencio. Encontró el valor en lo más profundo de su interior y así lo hizo:

—Hazme tuya.

Con un único movimiento fluido, Dainn se levantó de la cama y la estrechó entre sus brazos, como si hubiera estado esperándola. La llevó al dormitorio principal. Ella se aferró a sus hombros.

La estancia estaba a oscuras. Lo único que iluminaba el espacio era la luz de la luna que entraba por las puertas de cristal. Aún embriagada por el sueño, con las emociones de los últimos días y el infierno de los últimos años, Lyla ladeó la cabeza y lo miró bajo la luz de la luna. Aquel demonio oscuro se había hecho dueño de su alma.

—Ayer estaba leyendo un libro —susurró en el reducido espacio entre ambos; le faltaba elegancia para decirlo mejor—. El hombre de la historia encontraba a la chica y le decía que le iba a hacer el amor. —Tragó saliva—. ¿Quieres hacerme el amor esta noche?

Sabía que Dainn veía la sinceridad en sus ojos, el ansia de afecto en su rostro, el deseo de intimidad en su voz. La dejó en pie en el suelo.

—¿Y qué hizo ese hombre para hacerle el amor? —murmuró al tiempo que daba un paso al frente.

Lyla retrocedió un paso. Contempló sus ojos, aquellos ojos disparejos que la habían tenido cautiva desde la primera vez que los vio. Puso de viva voz el deseo más profundo de su corazón:

—Tocar su alma.

Él la agarró de la barbilla y le alzó la cabeza hasta que Lyla tuvo que ponerse de puntillas, con los labios a punto de rozar los suyos. Lyla no supo si no se atrevía a salvar la distancia entre los dos porque él jamás había besado a nadie o porque nunca había querido, pero esperó. Se dedicaron a respirarse el uno a la otra durante un largo momento. Al cabo, Dainn se inclinó hacia delante y unió sus labios a los de ella. Fue el más leve beso, tan ligero que la sensación la crispó por dentro y le dio ganas de ponerse aún más de puntillas para besarle con más intensidad.

—Si hacemos esto —dijo él en tono quedo, pegado a su boca—, seré el último para ti. Si eliges esto, eliges todo lo que soy. Hasta la última parte retorcida, enloquecida y obsesiva de mí. Si eliges esto, jamás voy a permitir que te marches, joder. ¿Lo entiendes?

Ella cerró los ojos.

—Lo entiendo.

Antes siquiera de que la última palabra le saliese de entre los labios, la boca de Dainn se estrelló contra la suya.

Sabor a menta. A café. A él.

Lyla se alzó aún más de puntillas, tanto como pudo. Se aferró a la anchura de sus hombros. Dainn le seguía sujetando la barbilla y le llevó la otra mano a la cadera para acercársela más. Luego se apartó y la contempló con ojos oscuros; la pupila del ojo claro estaba dilatada. Le dedicó una mirada acalorada y volvió a zambullirse sobre ella. La levantó con una mano y la apoyó contra la puerta del armario. Ella lo rodeó con las piernas y se apretó contra aquel bulto duro como una piedra que tenía en los pantalones. Él empezó a devorarla. Su sabor le explotó en la boca abierta. Probó a rodearle la lengua con la suya propia. Y entonces sucedió algo de lo más inesperado.

Dainn se *estremeció*. Un estremecimiento completo e incontrolable.

Ella se echó hacia atrás y vio que él le clavaba la mirada con una expresión levemente desenfrenada que ella nunca había visto antes.

—Haz eso otra vez —ordenó.

Con el corazón palpitando por todo el cuerpo y los pezones endurecidos y pegados a su pecho, separados solo por la fina tela, Lyla se apretó aún más contra él. Le recorrió el cabello con la mano y lo atrajo hacia sí. Le pasó la lengua por los labios, y él se la pegó a la boca. Le chupó la lengua de un modo que le provocó palpitaciones en el coño, pegado a su polla. Todo su cuerpo empezó a retorcerse con sensaciones abrumadoras, una llamarada que se extendió por su interior.

Siguieron así durante un buen rato. Se besaban, se probaban, se paladeaban y se exploraban mutuamente la boca. Él volvió a estremecerse cuando las lenguas de ambos se unieron y se deslizaron una sobre la otra. Ella sintió una punzada entre las piernas, consciente de que era la responsable de aquellas reacciones viscerales. Su primer y segundo y tercer beso se fusionaron en uno solo. Él la sujetó, la hizo suya, la poseyó, se adueñó de cada centímetro de su boca. Sin dejar de besarla, se movió y, de pronto, Lyla se encontró tumbada bocarriba en la cama. Dainn se apartó de su boca.

—¿Sigues confiando en mí? —preguntó. Ella tragó saliva y asintió. Dainn apretó los labios—. Pues haz lo que te digo y te llevarás un premio.

Dios, cómo le gustaba cuando decía esas cosas.

Dainn apoyó una mano en la cama a su lado y le colocó la otra bajo la cintura. Con un tirón de una sola mano, la subió por el colchón hasta descansar la cabeza sobre la almohada. Luego bajó de la cama de un ágil salto y se quitó los pantalones. Su polla asomó y los piercings destellaron bajo la luz de la luna.

—Pon las manos por encima de la cabeza —le ordenó. Ella obedeció, con curiosidad por saber qué tenía en mente—. No te muevas.

Dicho lo cual, salió de la habitación.

Lyla contempló el techo y se volvió hacia la oscuridad del exterior, a la espera de que él regresara. Pasaron los minutos. Se dio cuenta de que tenía los pechos enhiestos en aquella postura, los pezones endurecidos y protuberantes, el vientre desnudo y el coño chorreando bajo los pantalones cortos.

—Dainn —llamó tras lo que se le antojó una eternidad, pero él no vino.

Empezó a gimotear en la cama de pura ansia, se retorció, pero no bajó las manos. Deseaba el regalo que Dainn tenía en mente, fuera cual fuese.

Tras un largo rato, él regresó. Se le enternecieron los ojos al verla en la misma postura.

—Buena chica. —Algo en su interior se alegró de aquel cumplido—. Cuando estemos juntos, vas a confiar en mí. Aquí dentro te vas a desinhibir por completo —le dijo Dainn al tiempo que le acariciaba la boca con el pulgar—. Esto te va a resultar intenso y me vas a pedir que pare, pero no pienso parar. Te voy a llevar al límite. ¿Te parece bien?

La mera idea hizo que se contrajera. La idea de suplicarle que parase pero que él siguiese igualmente.

—¿Y por qué voy a querer algo así? —preguntó, intentando comprender—. No debería.

—Porque sabes que aquí estás segura.

Dainn pronunció aquellas palabras en el tono más neutro posible, como si fuera un hecho, y la contempló. Ella se detuvo un instante. Tenía razón. Quería suplicar, quería que la poseyese por completo, porque sabía que estaba segura. Sabía que él no le haría daño. Era una fantasía, una idea, una liberación. Aceptó.

Dainn la agarró de la camisola y se la rasgó por el centro con un sonido que resonó por toda la estancia y le desbocó el corazón. Aferró el trozo de tela y le ató las manos, dejando uno de los extremos colgando. El corazón de Lyla empezó a retumbar. Hasta ahora el *bondage* solo le había provocado ansiedad.

—No he tenido buenas experiencias cuando me han atado.

—Ya lo sé.

Ella lo miró y se mordió el labio inferior con cierta aprensión, pero sobre todo excitada. Él le bajo los pantalones cortos y los arrojó a un lado; la dejó desnuda en la cama.

—Abre las piernas.

Lyla obedeció sin vacilar. Le encantaba el modo en que él la miraba, con una intensa posesividad y un calor increíble. Dainn le recorrió la abertura con el dedo corazón.

—Qué mojada estás. Tienes muchas ganas. ¿Quieres mi polla, pequeña *flamma*?

—Sí.

—Sí, ¿qué?

—Sí, Dainn.

Él le metió el dedo, y ella se apretó en torno a él. Hacía mucho que no se corría, y tenía el cuerpo dispuesto, listo para hacerlo. Dainn movió los dedos en su interior con habilidad experta. Los abrió para ensancharle la abertura para prepararla para su polla. Con el pulgar empezó a acariciarle el clítoris. Lyla estaba empapada. Dainn le metió un tercer dedo y ella soltó una exclamación, incapaz de mover las manos.

—¿Te acuerdas de la primera vez que toqué este coño? —preguntó, y se lo cubrió con toda la mano con gesto firme.

—S... sí —dejó escapar un aliento tembloroso.

Había sido después de rajar a aquellos tipos en el laberinto. Dainn la había encontrado, le había inspeccionado el cuerpo y le había cubierto el coño con la mano enguantada, tal y como estaba haciendo ahora.

—¿Y qué sentiste entonces? —Esas palabras, que eran un beso de seducción, se vertieron en sus oídos.

—Sentí miedo, confusión... y excitación —recordó Lyla.

—Y ahora, ¿sientes miedo y confusión?

—Un poco.

—Bien.

En pocos instantes, mientras Dainn le recorría el cuerpo con los ojos y el coño con los dedos, Lyla sintió que el calor aumentaba sin cesar en su interior y la llevaba a trompicones hacia un glorioso clímax.

Pero Dainn detuvo la mano.

Apartó la mano y ella soltó una exclamación, tanto de rabia como de sorpresa. Se dio cuenta de que él se había subido la cama y se había situado entre sus piernas. Las abrió tanto como pudo, ansiosa y dispuesta, más lista para recibir a un hombre que nunca en toda su vida.

La polla de Dainn daba miedo bajo la luz de la luna. La idea de que se la metiese, de tenerlo por fin, la emocionó. El extremo le besó los labios del coño. La frialdad del piercing de la punta suponía un enorme contraste con el calor que emanaba de Dainn. Lyla retorció las caderas; sus paredes interiores se contrajeron, vacías. Necesitaba que Dainn la llenase por dentro. Con las manos atadas por encima de la cabeza y las caderas inmovilizadas bajo su mano, aquella falta de movimiento le provocó una espiral de calor. Dainn se quedó quieto, y Lyla rotó las caderas en un intento de metérselo dentro, pero él la siguió inmovilizando con una mano. La recorrió entera con los ojos.

La espera la estaba matando.

—Fóllame —suplicó. No le importaba sonar más desesperada que nunca en su vida.

Él torció los labios.

—Y yo que pensaba que querías que te tocase el alma.

Aquel tono divertido no hizo más que aumentar su frustración.

—Joder, me da igual que me la hagas pedazos ahora mismo. Haz el favor de moverte.

Él siguió quieto, tentador, jugueteando con ella. A Lyla le brotó un sollozo del pecho, derramó lágrimas de absoluta necesidad, de absoluta frustración. Tenía muy cerca la satisfacción, pero no podía alcanzarla.

—Cualquier otro hombre no me haría esperar tanto —lo chinchó, consciente de que estaba jugando con fuego pero a sabiendas de que era el único modo de activarlo. Dainn era muy posesivo con ella, y aquello era lo único que se le ocurría.

Él le soltó la cadera y se agarró la polla. Le golpeó el clítoris con ella como castigo por sus palabras, y la sensación la humedeció aún más que antes. Estaba lista, absolutamente lista, tan hinchada de pura ansia que sentía cómo palpitaba.

—Con cualquier otro hombre no estarías tan mojada como para empapar la cama. —Sus palabras graves se propagaron en el espacio entre los dos—. Me necesitas a mí.

—Así es —admitió ella—. Te necesito a ti, Dainn. Te necesito muchísimo. Por entero. Por favor, tómame. Hazme tuya. Poséeme.

Con un leve gruñido, él le apretó el clítoris con el pulgar. Y se la metió.

En ese mismo momento, Lyla empezó a correrse. Puso los ojos en blanco y una sensación que no había experimentado nunca, nunca, le estremeció todo el cuerpo. La presión de su polla por dentro y la superficie irregular apretada contra sus paredes internas, así como el pulgar que le presionaba el clítoris, le dispararon el placer y le provocaron un orgasmo que le pareció infinito.

La tenía gruesa, larga y pesada. Se metió lentamente dentro de ella. Los adornos de su polla se deslizaron sobre tejidos que Lyla ni siquiera sabía que tenía y despertaron sensaciones en cada centímetro de su interior hinchado, hasta que le pareció que lo tenía en llamas. Ahogó una exclamación, aturdida por la intensidad, por sentirlo a él, incapaz de creer que se hubiese puesto los piercings solo para darle aquella experiencia, para ser el primero que la hacía sentirse así.

Teniendo en cuenta hasta dónde estaba estirada su piel y los estímulos que estaba recibiendo, *nada* podía compararse con aquello.

Lo miró a los ojos. Dainn clavaba la mirada en el lugar por donde estaba entrando en su cuerpo. Aquella polla cubierta de piercings desapareció lentamente dentro de su pequeño coño, hasta la base. Palpitó dentro de ella y, Dios, ella también palpitó a su alrededor. Con las manos atadas sobre la cabeza, empalada por él, se sintió poseída, tomada, reclamada. Le encantó hasta el último segundo de la experiencia, le encantó entregarse y rendirse por completo a él, le encantó el modo en que Dainn encajaba en su interior.

Él aguantó hasta que el orgasmo de Lyla remitió, dejó que sus paredes interiores se ajustasen a él… y entonces empezó a moverse.

Un sonido que era más animal que humano le brotó del pecho a Lyla. Cerró con fuerza los ojos ante aquella intensa sensación a caballo entre el placer y el dolor. Él emitió un sonido parecido, su propio gruñido grave. Con una mano sujetó el extremo de la camisola que le ataba las muñecas y se agarró al cabecero de la cama. Le llevó la otra al clítoris y empezó a restregarlo y restregarlo para intensificar aún más la sensación.

Aquello era demasiado. Lyla no lo aguantaba.

—No —maulló, e intentó mover las manos, pero él la inmovilizaba.

No se detuvo, sino que se la sacó despacio, tan despacio que Lyla sintió que tanto su piel como el titanio le acariciaban cada centímetro. Uno de los piercings rozó un punto dentro de ella que le provocó una explosión de estrellas tras los ojos. Un incendio estalló ahí mismo. Y se propagó por su sangre, sus músculos. Todo el cuerpo se le incendió como una supernova; un fuego que creció y creció y creció hasta explotar.

Se oyó gritar y gritar hasta que no pudo gritar más. La sensación era tan intensa que empezó a sufrir espasmos en los músculos. Le retumbó el corazón y arqueó la columna vertebral tanto que creyó que se le rompería la espalda. Descendió a duras penas y él volvió a empalarla de nuevo, con mucha fuerza, al tiempo que le acariciaba el clítoris. Lyla empezó a suplicar:

—Es demasiado, es demasiado, por favor. Oh, Dios, Dainn, por favor…, para, no, no, es demasiado…

Terminó soltando incoherencias, y la supernova volvió a explotar. Quedó convertida en un montón tembloroso mientras él seguía empotrándola, una y otra vez, muy duro, firme. Hasta el fondo, tan profundo que casi resultaba doloroso, pero, ay, qué bien le sentaba.

—Uno más, *flamma* —oyó que decía—. Dame uno más.

Ella negó vigorosamente con la cabeza. Sabía que se moriría si volvía a correrse. Era demasiado intenso. Demasiado. No. Sí. No.

Sin embargo, se había rendido a él. Ahora era Dainn quien mandaba en su cuerpo, quien encontraba lugares oscuros en su interior que nadie jamás había explorado, quien los poseía, quien los reclamaba para sí, quien le decía que estaba bien tener esos lugares. Lyla cerró con fuerza los ojos mientras él se adueñaba de su cuerpo. Se estremeció. Jamás había experimentado tantas sensaciones en aquel cuerpo que había odiado.

Se oyó un sonido estridente desde las alturas que la sacó de su aturdimiento. Lentamente abrió los ojos. Y se quedó petrificada.

Parte del techo se retiró y dejó al aire una sección de cristal claro, un cementerio de estrellas que resplandecía más allá, en el cielo. Lyla contempló asombrada aquella escena mientras él seguía entrando y saliendo de su interior, en busca de su propio orgasmo. Se le escapó una lágrima del ojo y le resbaló por el lateral de la cabeza al tiempo que Dainn se corría.

Ella alzó la mirada y su excitación sexual se mezcló con sus emociones hasta que fue incapaz de distinguirlas. Tras una vida entera contemplando techos agrietados y pintura descascarillada mientras alguien le arrancaba fragmentos de sí, Dainn le había regalado un techo lleno de hermosas estrellas y, poco a poco, había vuelto a unir todos sus fragmentos.

Le había tocado el alma.

# 19

## Lyla

Estaba dolorida. Joder, tenía la entrepierna tan dolorida que a cada paso comprendía perfectamente hasta dónde se la había metido. No era la primera vez que tenía heridas en la vagina, ni mucho menos. Pero aquel escozor, aunque le dolía, también le provocaba una calidez que le recorría las venas.

Encendió la cafetera para Dainn, pues sabía que le gustaba beber café solo por las mañanas, y se hizo un té para ella. Se encogió de dolor al acercarse a la encimera a por las tazas. Sus ojos volaron hacia él, que hacía ejercicio de jardín. Le resplandecía el torso con una fina capa de sudor, músculos que se tensaban y relajaban mientras él desgranaba algún tipo de rutina de artes marciales.

Lyla se lo comió con la mirada, tal y como hacía todas las mañanas mientras preparaba el desayuno. Él acabó y entró. El campo de fuerza que era su presencia le crispó todas las terminaciones nerviosas. Aquella mañana era distinta de las demás. Ahora lo había sentido, había permitido que entrase en ella. Se había instalado la intimidad entre los dos.

Normalmente, Dainn la saludaba e iba a ducharse. Aquella mañana, en cambio, rodeó la encimera sin detenerse, la agarró de la barbilla y le plantó un beso intenso y concienzudo mientras la apretaba entre sus brazos. Luego se retiró y la recorrió con una mirada oscura y posesiva que sobrevoló la camiseta que llevaba puesta para posarse de nuevo en sus labios. Se los acarició con el pulgar, y el roce le provocó pequeñas chispas en el vientre. Tras darle otro beso, se apartó y fue a por el café.

—No usamos protección —señaló mientras se llenaba la taza.

Lyla se apoyó contra la encimera y lo miró mientras él toqueteaba la cafetera. Sintió que parte de la jovialidad de aquella mañana la abandonaba.

—No puedo quedarme embarazada —le dijo—. Después de escaparme…, sufrí una hemorragia enorme. Tuvieron que operarme.

Él la estudió en silencio.

—¿Y cómo te sientes?

Aquella se había convertido en su pregunta favorita: cómo se sentía con todo. Ella se encogió de hombros.

—Te diría que fue un alivio saber que no podía traer más niños a ese infierno.

Dainn no dijo nada durante un largo minuto.

—Lo que me fascinó de ti aquella noche fue esa determinación por salvarlo, ¿sabías? Confiaste en mí para que me lo llevara, aunque comprendí lo mucho que te dolía. Eso me intrigó.

A ella le dio un vuelco el corazón ante el recuerdo.

—¿Cómo se encuentra?

—Se encuentra bien —le dijo. Por fin le proporcionaba alguna respuesta—. Está con… una pareja que lo quiere.

Con el corazón ensalzado, Lyla tragó saliva.

—Me alegro. Gracias.

Él no dijo nada. Lyla prefirió dejar el tema y le hizo la otra pregunta que llevaba tanto tiempo dándole vueltas en la cabeza:

—¿De dónde has sacado tanto dinero?

Él se giró y le lanzó una mirada, tras lo que agarró la taza.

—Es una historia muy larga.

Ella empezó a llenarse el té.

—Tengo tiempo.

Dainn arrugó los labios.

—A los quince años prendí fuego al orfanato en el que vivía. Ardió hasta los cimientos y murieron unos ocho adultos en el interior. El incendio fue bastante sonado por aquella época. Resulta que tres de los adultos eran miembros del Sindicato.

Ella dio una rápida inspiración mientras se llenaba la taza.

—¿Y qué es lo que hacían?

Una sonrisa oscura asomó a sus labios.

—Me utilizaban como asesino. En aquel momento yo no tenía nada contra ellos, y sabían que no me importaba matar, así que me mandaban a acabar con sus víctimas. Gané mucho dinero haciéndolo, y más tarde lo invertí en diferentes negocios, con lo cual gané aún más.

Le dio un sorbo al café y se apoyó en la encimera con la cabeza ladeada. Vio cómo Lyla procesaba toda aquella información.

—¿Tienes algo que ver con los... esclavos sexuales? —preguntó en tono vacilante. Esperaba que la respuesta fuera negativa, pero no sabía cómo se sentiría si era afirmativa.

Para su alivio, Dainn negó con la cabeza.

—Es demasiado turbio y requiere demasiado trabajo en equipo. Se me da mejor cazar en solitario.

A Lyla no le sorprendió que no comentase nada sobre el aspecto moral. Su sentido de la moral era muy retorcido, y ella lo sabía.

—¿Y cuándo dejaste la organización?

Se preguntó cómo podía convertirse un chaval de quince años en semejante asesino.

—Los dejé en cuanto tuve acceso a todos sus pequeños secretos, alrededor de cuatro años después de empezar a trabajar para ellos.

—¿Por qué?

—Decidí acabar con toda la organización.

Lo dijo en tono despreocupado, sencillo. Lyla negó con la cabeza en gesto de incredulidad. Resultaba difícil creerse que un chico de diecinueve años hubiese pensado hacer algo así.

—¿Cómo es que decidiste acabar con ellos?

—Bueno, son muy antiguos y poderosos. Están muy extendidos. Se tarda tiempo en ubicar todas las piezas del puzle.

Lyla estaba asombrada.

—Un momento, ¿no sabían ya tu nombre? ¿No te vigilaron? ¿Cómo lo conseguiste?

Él soltó una risa siniestra entre dientes.

—Jamás supieron mi nombre. Me identificaban con un número. Cuando me salí, pasé un tiempo desaparecido. Todo el dinero que había ganado se ingresó en la cuenta del Grupo Blackthorne. Ese tampoco es mi apellido, lo adopté para mí.

—¿Y qué me dices de Dainn? —preguntó ella.

—Eso solo lo sabes tú, *flamma* —le dijo él en tono suave.

Lyla se tomó un momento para apreciar aquel pequeño regalo que él le había hecho. Le dio un sorbito al té y lo miró con los ojos entornados. La luz del sol jugueteaba con su pupila de tono verde dorado y resplandecía en la negra. Ambos ojos representaban a los dos hombres que tenía dentro: Blackthorne y el Hombre Sombra.

Lo cual le recordaba…

—¿Por qué usaste el nombre de Hombre Sombra? ¿Cuándo… te convertiste en él?

Dainn se metió una mano en el bolsillo del chándal, con la taza en la otra. Joder, qué buen aspecto tenía. Un zarcillo de puro calor se enroscó a destiempo dentro de Lyla, que prefirió aplastarlo.

—Yo soy el Hombre Sombra —afirmó—. El Hombre Sombra tuvo que salir para encargarse del Sindicato. El Hombre Sombra podía ir a buscar información y hacer todo lo que los demás no se atrevían a hacer. Contar con él era sencillo. El Grupo Blackthorne tiene acceso a los datos actuales, mientras que yo tengo acceso al pasado. Con toda la información que poseo ha sido sencillo.

—¿Y por qué quieres acabar con el Sindicato?

Por primera vez, la rigidez se apoderó del cuerpo de Dainn. Apretó un poco la mandíbula y la contempló. Lyla esperó, sin saber si le había tocado alguna tecla que no debía o si sencillamente estaba pensando. Tras un largo minuto, él dejó la taza y se dirigió al frigorífico.

—¿Estás escocida?

Lyla parpadeó ante el repentino cambio de tema, y comprendió que Dainn no iba a responderle. Soltó un suspiro. «Paso a paso», se recordó. Ya habían hecho bastantes avances, así que de momento podía dejarlo estar.

—La verdad es que sí —le respondió—. Anoche me dejaste bien pero que bien destrozada.

Los músculos de la espalda de Dainn se tensaron y volvieron a relajarse. Hurgó dentro de la nevera.

—Quizá deberías ponerte un poco de hielo.

—No, está…

La frase murió sus labios cuando Dainn se dio la vuelta. Vio lo que tenía en la mano. Un dildo. Un dildo de hielo. Un dildo hecho de hielo, de un tamaño algo más pequeño que su propia polla. «Me cago en la puta, pero ¿qué cojones...?».

Estaba horrorizada e intrigada a partes iguales. Dainn se acercó al fregadero y echó un poco de agua sobre el dildo. El hielo, claro como el cristal, resplandeció en medio de la cocina iluminada por el sol. Dainn cerró el grifo y se acercó a ella. Al mismo tiempo, Lyla retrocedió a trompicones.

—Oh, no. No. No pienso dejar que me metas esa cosa —dijo con firmeza mientras contemplaba el goteante apéndice de hielo que él llevaba en la mano.

Nunca había tenido buenas experiencias con juguetes sexuales, y además se lo había dicho. Dainn sabía que no le gustaba en absoluto la idea de usarlos. Sin embargo, él no le hizo caso. Contrajo los labios y apoyó el dildo en la encimera. Acto seguido, la levantó en brazos y, con mucha calma, la sentó encima de esta.

—Apoya los pies en la encimera —le ordenó al tiempo que le abría las rodillas—. Y quítate la camiseta.

Lyla vaciló porque no estaba del todo de acuerdo. Pero se quitó la camiseta y apoyó el peso en las manos sobre la encimera, a la espera de ver qué iba a hacer Dainn. Él le miró entre las piernas con toda intención, vio que tenía los labios hinchados, baqueteados, magullados. Siempre solían salirle marcas con facilidad, y ahora tenía la entrepierna como si acabara de volver de un campo de batalla.

—Así que tenías eso en la nevera aunque te he dicho que no me gustaba que me metieran cosas —aventuró ella.

No le sorprendería que Dainn no respetase en absoluto sus límites. Jamás lo había hecho y, probablemente, jamás lo haría.

—Sabes bien que así es.

Bueno, pues si pensaba poner a prueba sus límites, ella iba a devolverle el favor.

—¿Por qué intentas destruir el Sindicato? —insistió, consciente de que, en aquel momento, Dainn había desconectado de la conversación y empezado a distraerla.

Empezó a trazar círculos gélidos con el dildo alrededor de sus pesados pechos, en un bucle largo e infinito. Lyla ahogó una exclamación, que se convirtió en un gemido en el momento en que su cálida lengua imitó los movimientos del dildo y empezó a lamerle la misma zona. Empezó a respirar con pesadez bajo aquel repentino ataque de sensaciones.

Dainn volvió trazar el bucle helado, esta vez apretando algo más, más cerca de sus pezones y, sin embargo, aún muy lejos. Volvió a recorrer el mismo camino con la lengua, lamiendo el agua que soltaba. Ella se echó hacia atrás en la encimera. Notaba las manos cada vez más débiles, incapaces de aguantar todo su peso. Acabó apoyando toda la espalda.

—¿Por qué ibas a por…? —La frase quedó cortada por un grito estrangulado en el mismo momento en que Dainn le golpeó el clítoris con el hielo. El pequeño botón de carne palpitó ante el frío y las sensaciones.

—Ojos abiertos.

Lyla abrió los ojos ante aquella orden directa, tras comprender que los había cerrado cuando le rozó el clítoris. Contempló la mano de Dainn con ojos entrecerrados; aquella mano grande, aquella mano quemada, aquella mano que había matado a tanta gente en su nombre que probablemente debería sentir remordimientos. Aquella mano llevó el dildo de hielo de nuevo hacia sus pechos, esta vez directo al pezón, y empezó a rodearlo una y otra y otra vez. Se inclinó sobre ella, entre las piernas, para que sintiese lo dura que la tenía bajo la tela de los pantalones. Su cálida boca se cerró sobre el pezón, al tiempo que el dildo de hielo se acercaba al otro. La sensación inmediata de frío y calor le provocó una ráfaga de fuego justo entre los muslos. Se mordió el labio inferior y soltó un gemido. Le llevó las manos a los cabellos oscuros. Dainn le acarició los labios con el pulgar, con aquel movimiento que tanto le gustaba.

—Di mi nombre.

Teniendo en cuenta cómo le afectaba su voz, Lyla comprendió que intentaba sentir el sonido justo de raíz.

—Dainn.

Sus ojos llamearon, el ojo oscuro resplandeció al tiempo que el claro se oscurecía. Se inclinó hasta que su rostro quedó a pocos centímetros del de ella. La vulnerabilidad en el cuerpo de Lyla y el calor en la mirada de Dainn se combinaron hasta hervirle la sangre.

—Tú eres la única que sabe mi nombre, *flamma* —dijo, y sus palabras le acariciaron los labios—. Eres la única que sabe de verdad hasta qué punto soy el diablo. Solo siento remotamente algo cuando te veo aquí, por voluntad propia, confiando en mí.

Lyla respiró por la nariz. Aquellas palabras la estabilizaban y la entristecían al mismo tiempo.

—¿Serás capaz de quererme alguna vez? —expuso en voz alta el deseo más profundo y descarnado de su corazón.

Él se limitó a mirarla con curiosidad por saber qué sentiría.

—¿Qué es para ti el amor?

Lyla se detuvo al oír aquella pregunta. ¿Qué era para ella el amor? ¿A qué se refería en realidad cuando decía que quería que la amaran? No sabía lo que era el amor, jamás lo había sentido. No lo había experimentado excepto hacia el hijo que había sacrificado y, de todos modos, aquel amor era diferente. O quizá no. ¿Acaso no era lo mismo todo el amor? ¿Acaso no brotaba todo de la misma fuente?

—Creo que tiene que ver con sentirse segura —le dijo tras pensárselo un largo instante, mientras él esperaba con paciencia—. Emocional, sexual y físicamente. Segura de todos los modos posibles. Es saber que puedo ser yo misma con alguien, que no me juzgará. Es sentirse como iguales cuando es necesario, y poder ceder el control cuando hace falta. Es... sentir que puedes confiarle a alguien tus secretos más oscuros, saber que los mantendrá a salvo. Es la capacidad de confiar sin siquiera pensar. Es... —la mirada de Dainn se intensificó, y a Lyla le tembló la voz—, es poder entregar algo importante de ti misma para ayudar a quien quieres. Es poner las necesidades del ser querido antes que las tuyas propias. Es incondicional. Eso..., eso es para mí el amor.

Él se quedó inmóvil, procesando todo lo que Lyla había dicho, como si lo archivase en algún rincón de su mente para evaluarlo por completo luego. Al parecer, sus palabras le habían dado mucho en lo que pensar. De repente se apartó de ella y rodeó la encimera hasta detenerse al frente. Desde aquella postura parecía incluso más grande, con los hombros más anchos. Su figura bloqueaba la luz que entraba por las ventanas a su espalda. Su sombra le cubrió el cuerpo desnudo al completo, cosa que Lyla disfrutó. Quería ver qué iba a hacer a continuación. Aquel hombre no dejaba de sorprenderla de muchas maneras distintas.

—¿Y qué significa el amor para ti? —preguntó, con curiosidad y cautela.

Él agachó la cabeza y le plantó un beso suave y casi tierno en los labios. Al estar tumbada de espaldas en la encimera, la posición invertida de sus bocas convirtió aquel beso en una experiencia que nunca había experimentado. Tras besarla, Dainn se apartó un centímetro y dijo, pegado a su boca:

—Si hubiese algo de amor en este mundo en el que vivo, el amor serías tú.

A ella se le paró el corazón.

—Dainn —susurró, consciente de que no lo decía por decir, consciente de que aquello significaba mucho.

—Soy la oscuridad. —Le dio un suave beso—. Vivo en ella, la respiro. Yo soy la oscuridad. Para mí no hay redención, ni emoción, ni nada. Nada más que tú. Tú eres la luna de mi noche oscura, *flamma*. Tú eres lo único de este cielo negro que puede sobrevivir cuando yo lo devore todo. En este espacio no existen las estrellas, solo tú y yo. Tú me necesitas para brillar y yo te necesito para existir. Así de sencillo.

A Lyla se le llenaron los ojos de lágrimas. Aquel hombre podría ser un pedazo de cabrón carente de emociones, pero a veces decía cosas hermosísimas.

—Qué bonito —le dijo, con un cálido resplandor por dentro.

El modo en que Dainn la veía era muy hermoso; el modo en que se comportaba con ella era muy hermoso.

Él le acercó la boca la oreja y le puso el juguete de hielo, del que se había olvidado, en el muslo.

—Y ahora, deja que te ponga hielo en ese coño dolorido.

Antes de que pudiera siquiera parpadear ante el repentino cambio en la conversación, Dainn apretó el dildo de hielo contra ella.

—¡Joder, qué frío! —exclamó Lyla.

Intentó apartarse del dildo, pero entonces algo duro chocó con su cabeza. Giró el cuello y vio una polla venosa y cubierta de piercings a la altura de su boca. Parecía incluso más enorme debido al ángulo desde el que la veía. Aunque estuviese exhausta y escocida, sus paredes interiores se contrajeron. El hielo la acarició con suavidad, de los labios al clítoris, arriba y abajo. El calor de su piel lo derritió y la lubricó aún más que su propia humedad. Se preguntó cómo era posible que a Dainn no le ardiese la mano de sostener el dildo tanto tiempo. Se dio cuenta de que, a juzgar por su inclinación hacia el fuego, quizá la sensación no le importaba en absoluto.

—Cuidado —le advirtió, no muy segura de si lo decía por aquella mano, por su coño o por su boca. Aun así, vio que él torcía levemente los labios.

—Relájate, por favor —dijo con voz engatusadora.

Lyla relajó tanto la mandíbula como los músculos. Y entonces, Dainn entró en su interior por ambos extremos. Despacio. El frío dildo de hielo la penetró, tan helado que casi se quedó petrificada. Sin embargo, le provocó al mismo tiempo una sensación que jamás había experimentado en toda su vida sexual. Por otra parte, la polla caliente y pesada se introdujo en su boca, lentamente para no hacerle daño por su tamaño y por tanto metal. El frío y el calor, los dos abrasadores desde ambos extremos, se combinaron para crear una experiencia tan intensa y ultraterrenal que Lyla apenas pudo procesar todo lo que le estaba sucediendo a su cuerpo. Le dolían los pezones endurecidos. Sentía los pechos pesados, ansiosos de atención. Se le puso la piel de gallina y arqueó la espalda para aguantar aquellas señales contradictorias que su cerebro le enviaba por toda la piel.

Él salió de ella y le sacó el hielo al mismo tiempo. Lyla tuvo tiempo de inspirar hondo antes de volver a verse empalada de nuevo por ambos extremos a la vez. El gemido que le salió de la garganta quedó atrapado, amortiguado por su polla. Sus piercings le rozaron el paladar; se le acumuló la saliva en la boca. El hielo que Dainn sostenía con la otra mano entró y salió de ella con rapidez. El calor de sus paredes internas lo derretía y se amoldaba a él.

El movimiento desde ambos extremos la mantuvo inmóvil. Lo agarró de las caderas para anclarse, al tiempo que él se inclinaba sobre la encimera y sobre ella. La boca de Dainn, aquella boca caliente y húmeda, cayó sobre su frío clítoris. Lyla se quedó petrificada, al borde mismo de un orgasmo que estaba casi a su alcance, un orgasmo que prometía ser tan enorme que podría acabar con ella. Se le alteró la respiración, la quemazón de ambas pollas dentro de sí se propagó por su piel. Apretó los dedos de los pies y movió las piernas sin descanso en busca de algún tipo de apoyo. Le clavó las uñas en el culo mientras él le iba mordiendo y succionando el clítoris. El dildo de hielo se derretía con rapidez, pero la seguía penetrando mientras ella se la chupaba, resuelta a que se corriera junto a ella.

La sensación creció y creció y creció hasta llegar al clímax. Un grito empezó a crecer en su pecho. Vio estrellas tras los párpados. Dainn le sacó el dildo y apartó la boca de su clítoris, y entonces Lyla se corrió. Se *corrió*. Por toda la encimera.

Fue el orgasmo más grande y sensacional de toda su vida. Todo su cuerpo se estremeció, sufrió espasmos en las piernas y una oleada de placer explotó durante minutos, horas... Sinceramente, no supo cuánto duró.

«Joder».

Poco a poco, la sensación fue menguando. Lyla logró abrir los ojos y entonces se dio cuenta de que ya no tenía ninguna polla en la boca. Dainn volvía a estar al otro lado de la encimera y la observaba mientras ella regresaba poco a poco.

Renacida. Se sintió renacida.

Su sistema de creencias había quedado destrozado y se había vuelto a recomponer. Las dos prácticas que más odiaba —el sexo oral y los juguetes— le habían proporcionado el orgasmo más exquisito de su vida. Había sido sucio y vulgar; debería haberse sentido utilizada. Y así se sentía, utilizada, pero al mismo tiempo apreciada, segura, satisfecha. Satisfecha de un modo que la ponía sentimental; sin nada de vergüenza.

Se enderezó en la encimera hasta quedar sentada. Sentía el corazón tierno, colmado de una emoción sin nombre hacia aquel hombre que estaba ayudando a reconstruirla, fragmento roto a fragmento roto.

—Ven aquí. —Bajó las piernas hasta dejarlas colgando de la encimera, y le tendió los brazos abiertos.

Él negó con la cabeza.

—No lo he hecho por mí.

Lo había hecho por ella. Después de todo lo que le habían arrebatado, él había querido darle algo. Joder, iba a acabar con ella.

—Que vengas aquí —volvió a invitarlo, y esta vez él obedeció.

Se acercó a ella con la grácil elegancia de una pantera salvaje. En cuanto lo tuvo a su alcance, lo rodeó con los brazos y le acarició el pecho con la nariz. Luego le pegó la oreja para recordarse que su corazón también latía. Él no volvió a penetrarla, pero sí que la abrazó con fuerza y dejó que tomase todo lo que necesitase de él. Le retumbó el pecho al decir:

—¿Sigues odiando los juguetes?

—Contigo, no. —Volvió a restregarle la nariz a la altura del corazón.

Él le llevó la mano al pelo y le echó la cabeza hacia atrás. La contempló con toda intención.

—No va a haber nadie más.

—¿Y qué pasa si elijo a otra persona? —preguntó, solo para provocarlo.

Él le apretó más el pelo con la mano. A sus ojos asomó una posibilidad tan intensa que el corazón de Lyla se encogió.

—Si alguna vez eliges a otra persona, asegúrate de matarme primero —le susurró, pegado a sus labios—. Porque estoy dispuesto a aniquilar al mundo entero antes de permitir que te marches.

Lyla debía de tener algo verdaderamente roto por dentro porque, en lugar de asustarse al oír eso, se sintió más apreciada. Le encantó. Le encantó ser suficiente para él. La había reclamado para sí, la había elegido. Lyla abrazó al hombre que colmaba casi todas sus expectativas amorosas.

# 20

## Él

Ya estaba lista.

La vio desplazarse por la cocina y disfrutó enormemente del modo en que su camiseta cubría aquella complexión diminuta. Le llegaba casi hasta las rodillas. Lyla había empezado a hacer suyo aquel espacio. Eso le gustaba.

Llevaban allí semanas. En esas semanas, casi dos meses desde la noche en que se metió en su interior, la noche en que probó la dulzura de sus chillidos con la lengua, la noche en que vio estrellas tras los párpados, se había vuelto adicto. Los sonidos de Lyla tenían diferentes tonos de dulzura. No había nada más delicioso que todas las veces en que Dainn la llevaba hasta las estrellas.

—¿Crees que soportarás regresar a la ciudad? —preguntó para ver su reacción.

Ella, de espaldas, se quedó rígida, con la mano sobre la puerta de la nevera.

—¿Es necesario que vaya?

Le tembló la voz, un timbre dulce pero también extrañamente amargo. A Dainn no le gustaba que hablase con dolor o miedo.

—Ven aquí.

Sin vacilar, se dio la vuelta y se acercó a él para luego sentarse en su regazo. Él parecía contento. En los últimos dos meses, Lyla había aprendido a confiar en él, había aprendido a soltar el control. Y a cambio, no había recibido más que placer. Él había decidido que la misión de su vida era reemplazar los horrores de Lyla por felicidad, los demonios de su pasado por el diablo de su presente. Quería que fuese siempre feliz. Cuando Lyla era feliz, el mundo de Dainn era diferente. Cuando Lyla era feliz, sus ojos resplandecían más, su voz tenía un sabor más dulce y los sonidos que emitía le golpeaban en el pecho. No es solo que se hubiese vuelto adicto a ella, es que era adicto a ella cuando era feliz. Su risa era un nuevo sonido que había tenido que añadir a la lista de obsesiones. Era un sonido muy extraño al que no estaba muy acostumbrado y que pensaba que no brotaría de ella. Y sin embargo, una vez que Lyla había empezado a reír, él quería más. Quería sus suspiros, sus suaves gemidos, sus gritos estremecedores…, lo quería todo. Quería oírla pronunciar su nombre, quería que pusiese a prueba sus límites, quería que lo mirase. Todo aquello lo volvía loco.

Le contempló el rostro, aquel hermoso rostro que resplandecía de salud y vida. Tenía el pelo algo más largo y ondulado, como una llama. Sus brillantes ojos verdes eran tan expresivos que Dainn seguía preguntándose cómo era posible que una única persona tuviese tantas emociones dentro.

Los dos eran perfectos. El alma de Lyla estaba llena de emoción y luz, mientras que la suya era oscura y estaba vacía. De algún modo, incluso con su vacío y su oscuridad, Lyla no perdió su capacidad innata para sentir, para resplandecer, para emitir calidez. Lyla era el fuego que él había necesitado en mitad del invierno en la calle, cuando se helaba de frío y no tenía nada con lo que calentarse. Así había sido su vida, un invierno sin fin, carente de calidez a la vista. De algún modo, había permitido que la escarcha penetrase en su interior. Y ella, aquella noche que había estado a punto de provocar una muerte, le había entregado una vida, se la había puesto en las manos, le había confiado su posesión más preciada.

Nadie había confiado jamás en él. Nadie le había entregado nada preciado. La sensación le había resultado embriagadora. La confianza era poder, el poder de romper o reconstruir a cualquiera. Y en ese momento, dado que nunca había paladeado aquel tipo de poder emocional, se había sentido aturdido.

Le gustaba su confianza, la deseaba. Quería romperla y reconstruirla, y quería que ella confiase en él como para permitirle hacérselo todo. Ella no lo sabía, pero se había convertido en su único propósito durante seis años. Todos sus planes, todos sus actos, todo se había centrado alrededor de ella.

Lyla era el sol en los infinitos abismos oscuros del universo, una bola de fuego tan brillante que todo giraba en torno a ella sin siquiera tener que esforzarse. Y todo lo que no giraba a su alrededor acababa por alejarse flotando para morir. Él, por su parte, era el infinito abismo oscuro en el que todo moría. Era él quien la rodeaba. Era él quien le permitía arder.

Lyla se retorció un poco en su regazo, y la sangre se le acumuló de golpe en la polla. Su puta polla también era adicta a ella. Follársela por primera vez había sido como follar por primera vez. Dainn no había esperado las sensaciones que experimentó cuando aquel coño prieto se cerró con fuerza sobre su polla, equiparables a cuando se puso los piercings. Incluso a aquellas alturas tardaba un poco en acostumbrarse a estar dentro de ella, y eso que llevaba poseyéndola constantemente desde hacía semanas.

—Para. —La sujetó de la cadera, sabiendo que intentaba distraerle.

Ella no paró. Sin pronunciar palabra, Dainn se puso en pie y la aplastó contra la encimera. Le dio un sonoro cachete en la nalga. Otra cosa que había aprendido sobre ella: le encantaba que le dieran cachetes. La primera vez que le había dado uno había sido un gesto casual al pasar junto a ella en el vestidor. Ni siquiera había planeado hacerlo, pero aquel culo tenía muy buena pinta con los vaqueros puestos, y él no había podido reprimir el impulso. Lyla había soltado un chillido y se había girado, con una expresión en la cara que lo decía todo.

Así pues, Dainn le había dado otro cachete. Lyla se había mordido aquel grueso labio inferior que tenía con ojos hambrientos. Y allí mismo, en el vestidor, Dainn se la había puesto sobre las rodillas y le había azotado las nalgas hasta destrozarla por completo, hasta que suplicó llorando que se la follase. Y vaya si se la había follado, justo delante del espejo. La había sujetado con los brazos, las piernas ancladas por encima de los antebrazos, para que viera lo pequeña que parecía cuando él la empotraba con su enorme polla cubierta de piercings. Se corrió tantas veces que acabó por desmayarse.

Ahora, Lyla miró por encima del hombro, con esa mirada que Dainn había llegado a comprender tan bien. Se había vuelto adicto a ella, igual que ella se había vuelto adicta a él. Por eso supo que ya estaba lista.

—Te he hecho una pregunta —le recordó, y ella meneó las caderas pegada a él, contra el bulto de sus pantalones. Joder, qué ganas de metérsela.

—No quiero irme de casa —le dijo, y algo se contrajo en su pecho.

De *casa*. Había empezado a pensar en aquel lugar como su casa. Dainn estaba muy pero que muy contento.

—No puedes esconderte toda la vida, *flamma*.

—Ah, ¿no?

El tono de desafío en su voz lo divirtió. Le dio otro cachete a ese delicioso culo, que tembló bajo la palma de su mano. Una marca roja de cinco dedos apareció en su piel.

—Si no volvemos a la ciudad, ¿cómo vas a ver al calvo?

Ella se quedó inmóvil y dio una rápida inspiración. Giró el cuello y cruzó aquellos ojos expresivos con los suyos. Aunque le iba mejor y las sesiones con el doctor Manson le venían muy bien, Dainn sabía que aún reprimía mucho de lo que le había sucedido. Fingía haber empezado de nuevo, y aunque a él no le suponía un problema que hiciese todo lo necesario para curarse, sí que le suponían un problema las crisis que la asaltaban repentinamente.

En los últimos dos meses, Dainn la había visto sufrir un colapso nervioso por el té, al ver una mujer desnuda junto a él, por miedo a salir de casa para ir a la aldea, por miedo a no ser capaz de hablar lo suficiente como para mantener una conversación. Pequeños detalles, muchísimos detalles pequeños pasaban por su mente y conseguían que se sintiese inferior. Teniendo en cuenta la vida que había tenido, no se le podía echar la culpa de nada, pero, joder, Dainn se moría de ganas de que comprendiese y aceptase lo verdaderamente poderosa que era y había sido siempre. En una guerra, quien tenía las armas más efectivas era quien ganaba, y ella, sin saberlo, contaba con algunas de las más poderosas del mundo. Armas dispuestas a hacer lo que fuera por ella. La primera de todas era él mismo. Si tenía que asesinar al principal monstruo responsable de sus traumas recientes, que así fuera.

Hector, que en su día fue la mano derecha de Alpha Villanova y ahora era un perro de presa del Sindicato, era la peor escoria. Aunque Dainn no podía juzgarle, pues él mismo era también un asesino, Hector era harina de otro costal. Se había follado a niños, había violado y estrangulado a mujeres inocentes, había asesinado a una antigua amiga de Lyla que había escapado y que había llegado a ser la cuñada de Alpha. Dainn, por más psicótico que fuera, ponía el límite en los niños; no por ningún sentido de la moral, sino porque eran seres indefensos y carentes de poder. Quienes atacaban a los niños eran cobardes incapaces de enfrentarse a un adulto.

Dainn llevaba dando caza a Hector desde el día en que había conocido a Lyla. Lo había aterrorizado hasta el punto de que el tipo se había meado los pantalones y había huido como el cobarde pusilánime que era. Sin embargo, había vuelto a salir a la superficie, y esta vez, el Hombre Sombra iba a hacerle una visita.

—¿Sabes dónde está? —preguntó Lyla, con la rabia pintada en las palabras.

—Aún mejor, *flamma*. —Le dio una suave palmada en el culo—. Lo tengo preso en un sitio de confianza. Se está desangrando gota a gota, y así va a seguir mientras yo juego con tu coño.

Le abrió las piernas y empezó a acariciarla con los dedos. Lyla ya estaba mojada para él, como siempre.

—¿Está sufriendo? —preguntó ella con voz temblorosa.

—Más de lo que tú has sufrido jamás —le prometió él.

Lyla relajó el cuerpo. «Bien».

—Quiero ver cómo sufre —dijo en tono suave de cara a la encimera—. Quiero verle sangrar. ¿Cuándo vamos?

Dainn oyó el tono vengativo de aquellas palabras. Le acarició la espalda con un gesto que sabía que la calmaba. Sí, estaba lista, al menos para el primer paso.

# 21

## Lyla

No estaba preparada para salir de la casa. A lo largo de las semanas, aquel sitio se había convertido en un refugio, el único hogar que había conocido, el único cielo en una vida en el infierno. Lyla aún no estaba lista para marcharse de allí; no estaba segura de si regresaría. Parte de ella aún se preocupaba por aquellas dudas, no sabía si Dainn la abandonaría en la ciudad. Iba a echar de menos la casa, el balcón, la rutina. Iba a echar de menos cocinar, ser ella misma, reunirse con el doctor Manson cada día, dar paseos por el jardín junto a Bessie. Lo iba a echar de menos todo.

Negó con la cabeza y tironeó de la goma del pelo que se había puesto en la muñeca. El doctor Manson le había sugerido llevar una y que le diese tirones cada vez que entrase en su mente algún pensamiento malo e infundado. Lyla encontró un artículo sobre el tema; decía que esa técnica entrenaba el cerebro, que lo castigaba por tener malos pensamientos hasta que, al cabo, esos pensamientos se volvían más manejables.

Habían pasado unas cuantas semanas, y Lyla podía asegurar que la técnica le funcionaba. Había estado esforzándose activamente por entrenar el cerebro para adoptar nuevos patrones de pensamiento. Había ciertas cosas que hacía ella sola, como lo de la goma del pelo o las tareas diarias, como escribir algo bueno cada día. Había otras cosas con las que necesitaba ayuda; y aquel hombre que era una pesadilla para muchos la ayudaba.

Por ejemplo: Lyla le había dicho que meterse en la bañera le recordaba a todas las veces que había intentado ahogarse bajo el agua, así que él había empezado a prepararle un baño todas las noches. La levantaba en brazos y la llevaba la bañera. Se sentaba en un extremo, con ella encima, la espalda pegada a su pecho. Luego le metía la polla, pero sin moverse, sin follar. Se quedaba quieto, y ella empezó a asociar aquellos baños con él.

En otra ocasión, Lyla le dijo que cuando le tocaban el ano se sentía sucia y empezaba a tener náuseas; la mera idea le revolvía el estómago. Así pues, dominante y desviado como siempre, Dainn le ató los tobillos a las muñecas hasta dejarla obscenamente expuesta, le puso un vibrador en el clítoris, le metió la polla y empezó a acariciarle el ojete con el pulgar hasta que Lyla se olvidó de que lo tenía, perdida en las sensaciones que él le provocaba. A la mañana siguiente, antes de marcharse, Dainn la puso bocabajo en el sofá y empezó a darle cachetes en el culo, mojándola con su propia excitación. Después le introdujo un pequeño *plug* por detrás y le dijo que no se lo quitase, que no se tocase, que no hiciese nada hasta que él regresase. Durante todo el día, el peso del objeto en un agujero y el vacío del otro la pusieron de los nervios. Acabó en el balcón, desnuda, con las piernas abiertas sobre los reposabrazos de la silla para que la fría brisa le diese un poco de alivio en la piel sobrecalentada. Así se la encontró él. La inmovilizó sobre la silla, se inclinó y le metió la polla; una doble penetración que le ahogó la mente de sensaciones. Sus gritos reverberaron por las montañas hasta que se desmayó.

Sin embargo, Dainn no solo la estaba ayudando en lo sexual, sino también en lo emocional. Lyla le confesó que se sentía insegura, que temía que algún día la abandonase y que no sabía si podría soportarlo. A la mañana siguiente, Dainn la llevó al vestidor y se colocó a su espalda. Alzó las manos y le dijo que cerrase los ojos. Ella obedeció y, de inmediato, algo frío y metálico le rozó la piel del cuello. Se le cortó la respiración. Abrió los ojos y vio que Dainn le había colocado un *choker* en el cuello. El metal se calentó con su temperatura corporal.

—Con esto haremos como con la goma del pelo —murmuró Dainn, con los labios pegados a su cuello—. Cuando sientas esa inseguridad, tócalo para recordarte quién es tu dueño, para que recuerdes que en los últimos seis años jamás te he dejado marchar ni una sola vez, para que te preguntes si de verdad crees que te dejaré marchar. *Flamma*, el mundo entero podría ponerse del revés y aun así yo seguiré siendo la presencia más segura de tu vida. —Le dio un suave beso—. Tú eres el oxígeno que alimenta mis llamas. Sin ti, mi existencia es cuestionable.

Ella tocó la cadena de oro que llevaba al cuello. Salieron juntos y Dainn cerró la puerta con llave. La llevó hasta el helicóptero bajo la luz del alba. Al aproximarse, una ráfaga de emoción le recorrió la columna. Aquel helicóptero negro la había fascinado desde el momento en que lo vio la primera mañana. Llegó al lateral y se giró para contemplar la casa, una elegante maravilla arquitectónica gris y negra, a medias bajo el acantilado y a medias sobresaliendo de él.

Al contemplarla, recordó el día que le había confesado en mitad de la noche que no sabría adónde ir si se quedaba sola, que no tenía nada más en el exterior. Él había escuchado con atención, sin dejar de abrazarla. Al día siguiente la había llevado a la caja fuerte del despacho.

—Siéntate —le había dicho, y ella obedeció.

Se sentó a su lado, giró todo el cuerpo hacia ella y le tendió un sobre de papel manila.

—¿Esto qué es? —preguntó Lyla con curiosidad.

Extrajo el contenido del sobre y se encontró mirando un fajo de documentos de parafernalia legal. No comprendió ni la mitad. Se giró hacia él con una pregunta en la mirada.

Dainn señaló al primer documento.

—Son las escrituras de la casa. Está a tu nombre, Lyla Blackthorne. Es toda tuya.

Aturdida, Lyla volvió a contemplar el documento. Las palabras «escritura», «propiedad» y su nombre, su nuevo nombre, estaban presentes. Mientras digería la enormidad de lo que estaba viendo, Dainn prosiguió:

—Construí esta casa para ti, para que siempre tengas un lugar tuyo al que ir.

Lyla se llevó el documento al pecho, con lágrimas en los ojos. Aquel gesto, la mera idea, era más importante de lo que Dainn comprendería jamás.

Él agarró el segundo documento. Aquellos hipnóticos ojos duales, claro y oscuro, le clavaron una mirada firme. Se lo tendió.

—Esto es un certificado de matrimonio que te declara oficialmente la señora Blackthorne. Ahora, todo lo que yo tengo es tuyo. Puedes ir a cualquier lugar del mundo con un apellido.

«Joder».

—Pero si no nos hemos casado —señaló ella, sin comprender cómo lo había conseguido.

—A ojos de la ley, sí.

Aquella afirmación era más que suficiente. No lo había conseguido por medios legales, pero lo había hecho. Le había dado un hogar y un apellido, una persona, un lugar al que pertenecer. Un espacio para descubrir quién era, para averiguar cuál era su individualidad, qué le gustaba y qué le desagradaba, cuáles eran sus esperanzas e inhibiciones. Le había dado la capacidad de soñar.

Sin pronunciar más palabra, Lyla aplastó los labios contra los de Dainn. Le dio las gracias del único modo en que era capaz, vertiendo todo lo que sentía en un único beso, para que él comprendiera lo que significaba para ella. Dainn le agarró la barbilla, como siempre hacía, y entrelazó la lengua a la de ella. Aceptó lo que le daba y pidió más, lo pidió todo. Ambos se fusionaron tan completamente que Lyla ya no supo dónde acababa ella y dónde empezaba él.

Tras besarse durante largos, largos minutos, fue ella quien se apartó, con los labios hinchados y los ojos resplandecientes.

—Creo que estoy enamorada de ti.

Él le acarició la nariz con la suya y le dedicó una mirada tierna.

—Sé que lo estás.

Aunque no le dijo que la quería, aunque Lyla no sabía si era capaz de sentir algo así, aquello le bastaba. Le bastaba todo lo que Dainn había sido para ella durante años, durante las últimas semanas, todo lo que había hecho para empoderarla.

Le había hecho muchos regalos, pero el más grande y hermoso había sido la libertad. Lo que al principio había visto como una prisión en realidad era un espacio seguro en el que podía estar, explorarse, vivir sin miedo.

Era libre. No tenía miedo. Estaba volando. Y todo gracias a él.

Eso era más que suficiente.

El roce de la mano de Dainn en la espalda la trajo al presente de nuevo. La levantó en brazos y la subió al helicóptero. Ella se quedó inmóvil mientras él le ponía el cinturón. Lo contempló, con el corazón feliz y desbocado. Contempló su cabello oscuro permanentemente despeinado, y aquellos hipnóticos ojos disparejos y diabólicos. Dainn le sujetó la barbilla y le dio un beso intenso y rápido.

—Me amas —afirmó él, tal y como había empezado a afirmar cada día desde que Lyla se lo dijo.

—Te amo —confirmó ella, y le acarició la nariz con la suya.

Él volvió a besarla, se echó hacia atrás y cerró de golpe la puerta lateral del helicóptero. Rodeó el aparato con pasos gráciles y subió al asiento del piloto con una agilidad que evidenciaba la cantidad de veces que había hecho lo mismo. Cerró la puerta y se puso el cinturón. Absorta, Lyla contempló cómo usaba algunos botones que para ella no tenían el menor sentido. Dainn se puso los auriculares y le hizo un gesto para que hiciese lo mismo. Lyla obedeció; se moría de ganas de ver qué pasaba a continuación.

Tras un par de comprobaciones, Dainn pulsó un botón y las aspas del helicóptero empezaron a moverse. Las vibraciones recorrieron todo el cuerpo de Lyla. Se agarró al borde del asiento, con el corazón al galope. Se le encogió el corazón en el momento en que empezaron a alejarse lentamente del suelo. Se inclinaron un poco hacia delante y luego se estabilizaron. Lyla contempló el paisaje de las montañas, los acantilados, el mar, la playa, la casa, todo ello dispuesto ante sí para que lo mirase a placer.

—Vaya —soltó un jadeo, aún asombrada por poder ver algo así, algo que hacía pocos meses había considerado totalmente fuera de su alcance.

Desde entonces había cambiado, evolucionado, crecido. Como un árbol al que hubieran cortado, destrozado y arrancado del suelo hasta no dejar nada a la vista. Dainn no había visto sus raíces destrozadas, el tronco sangrante, la completa destrucción. No, lo que Dainn había visto era la vida. Había tomado una única raíz, la había colocado en un entorno seguro y controlado; le había dado luz, agua y afecto a su modo hasta que brotó un nuevo esqueje. Hasta que arraigaron nuevas raíces y crecieron nuevas flores.

Con los ojos pegados al paisaje que quedaba a sus pies mientras ascendían sin cesar, Lyla sintió que se le encogía el estómago con cada vibración y movimiento del helicóptero. Se giró hacia él y atisbó una pequeña sonrisa en sus labios. Dainn los llevó más allá de las montañas, tierra adentro, hacia la ciudad: Gladestone.

Le había hablado de la ciudad cierto día en que Lyla le había preguntado dónde había estado, dónde se encontraba el complejo. Dainn le habló de Gladestone, una ciudad fundada en el siglo XIX, conocida por su minería y sus crecientes industrias textiles. Todo en la ciudad iba a mil por hora; era un lugar en el que la gente no dormía y el crimen jamás se detenía. También era una de las ubicaciones clave de las operaciones del Sindicato, tal y como Dainn le contó más tarde a Lyla. Por eso se había mudado a Gladestone hacía tantos años. Era un lugar oscuro y contaminado, lleno de gente que, de un modo u otro, tenía que ver con los bajos fondos. Algunos estaban metidos en el tráfico de personas, de órganos, de animales. Otros eran asesinos y cosas peores.

Después de media hora de vuelo, Lyla atisbó las primeras chimeneas altas en la lejanía.

—Son las afueras de Gladestone —le dijo Dainn en voz alta por los auriculares.

Sobrevolaron fábricas y más fábricas, un paisaje drásticamente distinto al que se veía desde su casa.

Su casa. Pensarlo aún le provocaba una ráfaga de incredulidad.

Tras unos minutos apareció ante ellos el paisaje urbano. Las fábricas y almacenes dieron paso a edificios más limpios y altos. Al contemplar la ciudad que la había destruido, el agujero negro en el interior de su mente se insinuó por primera vez en meses.

—¿Dónde está el distrito de los clubes? —le gritó Lyla al micrófono.

Dainn señaló a la derecha.

—Por allí. Tú vivías en aquella dirección, algo más lejos.

Lyla se tocó el *choker* e inspiró hondo. Luego volvió a tironear de la goma del pelo para afianzarse en el presente. Todo estaba bien. Ella estaba bien. No era la misma chica que se había rendido al agujero negro. Había renacido, iba a estar bien.

Dainn rodeó un alto edificio, de los más altos de la ciudad. Había un helipuerto en el tejado.

—Vamos a aterrizar.

Ella le mostró el pulgar y se agarró al cinturón. Se le encogió el estómago al descender. Intentó regular la respiración, consciente de que tardaría un poco en acostumbrarse a aquello. Se posaron en el tejado. En pocos instantes, una vez que el helicóptero se hubo detenido, Dainn pulsó más botones y apagó el motor. Las aspas se ralentizaron hasta detenerse.

Dainn se quitó el cinturón, bajó y rodeó el helicóptero hasta llegar a la puerta de Lyla. La bajó en tiempo récord. A ella le temblaron las rodillas, pero se estabilizó apoyándose en él. Sintió el viento en la cara, el sol en la piel. Aunque la vista era hermosa, sus recuerdos la mancillaban. Odiaba aquella ciudad y a su gente.

—Bienvenido, señor Blackthorne.

Lyla se dio la vuelta al oír aquella voz femenina. Una mujer hermosa vestida con algún tipo de uniforme los llevó hasta un ascensor.

—Gracias, Fiona. —Dainn se pintó una sonrisa encantadora en el rostro y le dio la mano—. Confío en que hayáis preparado nuestra suite. Mi esposa está cansada del viaje.

Por primera vez, Lyla entendió por qué se tragaba la gente aquella fachada sin ver quién era Dainn bajo la superficie. La mujer se lo creyó todo y, para ser sincera, Lyla también. Sobre todo la parte de «mi esposa».

—Por supuesto, señor Blackthorne. —La mujer colocó una tarjeta en un ascensor muy pero que muy elegante—. ¿Dejo avisado en el Moonflame que irá usted esta noche?

—Sí, por favor. Gracias, Fiona.

Las puertas del ascensor se cerraron. Fascinada, Lyla vio que la sonrisa desaparecía de las facciones de Dainn para dar paso a su acostumbrada expresión neutral, con los ojos escondidos tras las gafas de sol que llevaba. Dainn sacó el teléfono del bolsillo del traje y tecleó con una mano mientras agarraba la de Lyla con la otra.

Aquello le gustaba. Le gustaba que con ella no se pusiese ninguna máscara, que fuese quien era, sin fingir.

—Dainn. —Le dio un tirón de la mano.

—¿Hum?

—¿El Moonflame? —Él se detuvo y la miró. Sabía que le preguntaba por el *sex club* en el que se habían conocido hacía años. Uno que había sido toda una pesadilla para ella—. ¿Por qué vas a ir allí esta noche?

Él se guardó el teléfono y se volvió hacia ella.

—Vamos a ir los dos. Tras aquella noche en el laberinto, lo compré y lo remodelé bastante. Vamos a ir porque quiero que veas lo que es un *sex club* de verdad.

Ella le contempló el pecho desnudo, que asomaba por la camisa sin abotonar del todo hasta arriba.

—¿Estás…, obligas a la gente a trabajar allí?

—Solo a quienes quieren que los obliguen.

«¿Había gente que quería que la obligasen? Pero ¿qué cojones…?».

Lyla sintió el aliento de Dainn en la mejilla.

—Cierra los ojos. —Ella obedeció de inmediato—. Y ahora, piensa en mí —su voz le marcó la piel de seducción—. Imagina que te inmovilizo en el suelo y que forcejeas para liberarte. En realidad sabes que no voy a hacerte daño, pero todo esto es un juego, así que fingimos. Yo finjo que te persigo y tú finges que huyes. Te atrapo… —Dainn le acarició los costados con las manos y a ella se le cortó la respiración— y te inmovilizo contra la cama. Finges que forcejeas, quieres librarte de mí, pero yo te ato y no puedes moverte. Así que gritas.

De pronto, Dainn le cubrió la boca con la mano. Se situó detrás de ella y Lyla oyó su voz pegada a la oreja:

—Amortiguo tus gritos bajo la mano y te estrangulo hasta que paras.

Los recuerdos chocaron con la fantasía en su interior. Le tembló todo el cuerpo. Él seguía bombardeándola con sus palabras:

—Así que dejas de gritar, dejas de forcejear. Y entonces meto la polla en ese coño prieto que tienes… —Se lo cubrió con la mano por encima de los vaqueros—. Y si haces cualquier ruido, te estrangulo.

Lyla oía su propia respiración, casi un jadeo, ante la escena que Dainn estaba creando en su mente.

—¿Te gustaría hacer realidad esta fantasía?

Antes de que ella pudiera decir ni una palabra, las puertas del ascensor se abrieron. Ella también se abrió los párpados, y vio a tres personas contemplándola con ojos desorbitados. Se imaginaba la estampa que presentaban: una mujer menuda junto a un tipo grandote detrás de ella, con una mano tapándole la boca y la otra entre las piernas. Esa última mano le dio un breve apretón y se retiró. Dainn entrelazó sus dedos a los de ella y juntos salieron del ascensor.

Estaba reescribiendo sus experiencias sexuales, y Lyla le concedía toda su confianza.

—Contigo, sí —le dijo ella, como siempre.

—Jamás habrá nadie más —le prometió él, como siempre.

# 22

## Lyla

Al anochecer, Dainn la agarró del brazo y juntos cruzaron el aparcamiento del hotel en el que se quedaban. Tenía alquilada la suite de forma permanente, dado que el hotel era de postín y quedaba cerca del distrito de los clubes, el lugar en el que siempre tenía que estar cuando pasaba por la ciudad. Dado que era un inquilino semipermanente, el hotel le había concedido una plaza de aparcamiento fija. Hacia allí la llevaba ahora. Los esperaba un elegante coche negro.

Lyla no tenía ni idea de qué coche ni de qué marca era, pero parecía rápido. No le sorprendió. Dainn debía de conducir igual que volaba; Lyla comprendió que le gustaba el subidón de adrenalina. Subió a aquel vehículo bajo, pero que muy bajo. Para sorpresa de nadie, el interior era negro. Se puso el cinturón de seguridad y arrancaron.

—¿Por qué has elegido el apellido Blackthorne? —musitó—. De todos los apellidos que podrías haber escogido, ¿por qué ese?

Dainn curvó la comisura de la boca.

—Era el nombre del primer hombre al que maté. Era un gilipollas rico y pomposo, y dado que era justo el disfraz que yo iba a adoptar, ¿por qué no?

Lyla dio una rápida inspiración.

—¿Cuántos años tenías cuando le mataste?

—Nueve.

La sonrisilla en su cara resultaba perturbadora. Y lo más perturbador de todo era que Lyla no se sentía perturbada. ¿No debería haberse sentido horrorizada? ¿No debería haberle parecido repugnante dormir voluntariamente con un asesino? Quizá. Quizá habría sido así en una realidad alternativa en la que ella fuese una persona normal.

—¿Y por qué le mataste? —insistió, ignorando sus propios pensamientos.

Él le lanzó una mirada de soslayo.

—Me arrebató algo.

Su tono le recordó a una puerta que se cierra. Reconoció aquel tono; se lo había escuchado unas cuantas veces en los últimos dos meses. Dainn solía responder a todas las preguntas que le hacía, y le permitía poner a prueba todos los límites que quisiese. Sin embargo, a veces se cerraba. Y, por más comprensiva que Lyla quisiese ser, en ocasiones se sentía frustrada, porque Dainn lo sabía todo sobre ella. Había presenciado sus momentos más humillantes. Pero ella no tenía el mismo privilegio en cuanto a él. Conocía su personalidad, sabía quién era, pero su pasado era una cámara acorazada a la que aún no le había dado acceso.

Dainn se desplazaba por la ciudad maniobrando el coche con movimientos expertos. Ella le lanzó una mirada. Iba muy bien vestido, con un traje oscuro sin corbata. Llevaba el pelo peinado hacia atrás. Aquellos ojos disparejos eran peligrosos. Ella también iba elegante: un vestido de tirantes color champán con una raja lateral en la falda. Llevaba el pelo suelto, algo más largo; y los labios pintados de un suave tono rosa que sabía que obsesionaba a Dainn.

Se sentía inquieta tanto por estar en la ciudad como por ir al Moonflame. A pesar de lo que Dainn había dicho, el recuerdo de estar atada y de verse obligada a entrar en el laberinto, de sentirse indefensa y cazada, estaba muy presente en su cabeza. No sabía cómo superarlo. Recordó entonces las palabras del doctor Manson:

«Ábrete a nuevas experiencias. Confiar en tu pareja es crucial en cualquier relación. ¿Acaso te ha dado motivos para no confiar en él?».

No, la verdad era que no.

Se recordó aquellas palabras y se tocó el *choker* dorado del cuello. Vio la ciudad pasar hasta que estacionaron en un aparcamiento que le resultaba conocido. El Moonflame era uno de los edificios del distrito de los clubes, una sencilla estructura de dos plantas a la que nadie habría dedicado más de una mirada, sobre todo por los neones que destellaban por todo el barrio. Sobre la puerta de madera había un sencillo letrero negro en el que solo estaba el logo de una esfera en llamas. Lyla supuso que se trataba de una luna ardiendo.

Tras aparcar el coche, Dainn se giró hacia ella.

—Estaré contigo todo el tiempo.

Lyla asintió. Él le dio un suave beso y bajó del coche. Lo rodeó, se detuvo frente a su puerta y le tendió la mano para salir. Le puso una mano enguantada en la espalda y la llevó hasta la entrada principal. Dio tres enérgicos golpes en la puerta con los nudillos enguantados. Un tipo abrió y los dejó pasar a un estrecho corredor.

El pasillo desembocaba en un salón abierto. Lyla se apretujó instintivamente contra él ante una poderosa sensación de *déjà-vu*. Dainn la apretó contra sí y se dirigió a una zona lounge de tonos rojos y paneles de madera. De no haber visto a varias personas copulando en aquel lugar, Lyla no habría pensado en absoluto que se trataba de un *sex club*. Había cambiado mucho desde la última vez que había estado allí.

Dainn la llevó por el lounge hacia la parte trasera, donde había otra puerta que llevaba a la habitación del laberinto. Se le aceleró el corazón y empezó a andar a trompicones. Él la sujetó de la cintura con más fuerza, pero siguió avanzando.

La puerta se abrió, pero, en lugar del laberinto, lo que se encontró fue unas escaleras. Sorprendida, con curiosidad, Lyla ascendió junto a él y giró a la derecha. Llegaron a una pequeña habitación pintada de rojo oscuro. En el interior no había más que un sofá frente a una gran pared acristalada que daba a una sala tipo auditorio. No había rastro del laberinto.

Lyla se quedó boquiabierta.

Del otro lado del cristal, una mujer colgaba de una cuerda en el techo. Apenas tocaba el suelo con los dedos de los pies. Llevaba una venda en los ojos y estaba completamente desnuda. Lyla vio que en el extremo opuesto había como mínimo otras diez paredes acristaladas con otras tantas habitaciones que daban a la sala. Tras una de ellas vio las siluetas de dos mujeres que jugueteaban la una con la otra. Tras otra había una mujer de rodillas que le chupaba la polla a un tipo. En otra más se movían dos mujeres y dos hombres.

Aquello era puro libertinaje, nada parecido a los demás *sex clubs* que Lyla había visto.

Dio un paso al frente, hacia la pared acristalada. En ese momento, dos hombres vestidos de los pies a la cabeza se acercaron a la mujer colgada en medio del auditorio. El contraste entre ellos y la mujer desnuda le provocó un remolino de excitación que la recorrió.

El auditorio era diferente, como también lo eran las vibraciones que pululaban por el aire. Aquello no parecía invasivo, como la última vez. Lyla sintió la presencia de Dainn a su espalda. Unos dedos enguantados le acariciaron las clavículas. Se le empezó a acelerar la respiración.

—¿Te gusta lo que he hecho con este sitio?

Lyla se mordió el labio y asintió.

—Sí.

—¿Y te gusta la escena?

Lyla contempló lo que pasaba en el auditorio. Los dos hombres empezaron a chuparle con fuerza los pezones a la mujer que colgaba. Aparte de eso, ninguno le rozaba el cuerpo. La mujer seguía colgada y gimiendo; movía las piernas en un intento de apoyar los pies. La idea de que la mujer tuviera una venda en los ojos pero la estuvieran observando le provocó un agudo efecto.

—Esa mujer quiere estar ahí, ¿verdad? —La pregunta era importante para ella.

—Todos los presentes quieren estar aquí.

Bien. Eso estaba bien.

—¿Permitirías que alguien me viera así? —preguntó ella, con curiosidad por saber hasta dónde podría llegar la posesividad de Dainn.

Él soltó una risa siniestra entre dientes.

—Sería capaz de follarte viva mientras el mundo entero nos contempla, Lyla. Nos observarían desde lejos, sabrían que no podrían tenerte, que no podrían tocarte, que eres mía y que puedo jugar contigo como me plazca. Pero no permitiría que te corrieras. Eso es para *mí* y para nadie más.

La posesividad de aquellas palabras le recorrió el cuerpo entero. Se le aceleró más el corazón.

—No sé... no sé qué pensar de lo que estoy viendo —murmuró, con la vista en la escena ante sí. Ella odiaba estar expuesta. Lo que tenía con Dainn era de los dos, nada más. La idea de enseñarlo no le resultaba atractiva.

Los labios de Dainn aterrizaron en su cuello.

—Pero ¿te gusta mirar?

La pregunta tenía sentido para ella.

—Sí.

Sintió su cálido aliento sobre el lateral del cuello.

—En ese caso, *flamma*, sigue mirando.

Y así lo hizo. Siguió mirando mientras la gente en las demás habitaciones tras los cristales o, mejor dicho, sus siluetas, se entregaban a todo tipo de actividades sexuales. Al verlos se preguntó lo que veían ellos desde sus estancias al mirarlos: quizá solo la silueta de Dainn, cuyo cuerpo era más voluminoso que el de ella. O bien a una mujer menuda con un hombre mucho más grande detrás. Aunque no lo sabía, la idea resultaba excitante. Dejó vagar la mirada y vio que los dos hombres trajeados rodeaban a la mujer que colgaba en el auditorio. Uno la agarró por delante mientras el que estaba por detrás se bajó la bragueta.

Sabía lo que iba a suceder, pero aun así aguantó la respiración cuando el tipo se introdujo dentro de la mujer por detrás. Ella soltó un gemido tan alto que le provocó escalofríos por el cuerpo. Notó entonces que su propio hombre, detrás de ella, le subía la falda del vestido. Le apartó las bragas y la encontró ya empapada, respirando con rapidez. Sintió que algo metálico se pegaba a su culo y, automáticamente, se le crispó todo el cuerpo.

—Shhh —la calmo él—. Sigue mirando.

Se centró en la escena tras el cristal. El Tipo A se la metió hasta el fondo por el culo a la mujer. En ese mismo momento Lyla sintió que Dainn le introducía por el suyo una bala de metal. La mujer en el auditorio gimió de nuevo, al tiempo que el Tipo B se bajaba la bragueta y se la metía hasta el fondo por delante.

Con la bala totalmente introducida por dentro, Lyla sintió el glande de Dainn en su abertura. Se apoyó en el cristal y separó las caderas para darle mejor acceso. Vio que los dos hombres empezaban a follarse despacio a la mujer colgada. Y entonces Dainn la empaló. Se le cortó la respiración de lo gorda que la tenía; incluso después de tanto tiempo, tenía que entrar en ella despacio para no hacerle daño. Se le desbocaron las pulsaciones. A los pocos segundos estaba penetrada por delante y por detrás, lo más cerca de una doble penetración que podría estar con aquel hombre, sabiendo que jamás permitiría que otro tipo se acercase a ella. Se desprendió de todas sus inhibiciones.

Se le escapó un sonoro gemido y cerró los ojos al sentir que él se la metía entera. El metal de su polla se restregaba contra su interior contraído de un modo que ya no le era desconocido, pero seguía siendo igual de exquisito.

—No soportabas estar expuesta, ¿verdad?

Aquellas palabras susurradas sobre su cuello le pusieron la piel de los brazos de gallina y la estremecieron. Era cierto, y en realidad no estaba expuesta del todo, pero de algún modo sí, porque el cristal no la ocultaba, como tampoco amortiguaba los ruidos que estaba haciendo. Comprendió que, una vez más, Dainn había destrozado una de las prácticas que ella solía despreciar y la había reemplazado por un recuerdo increíble e inolvidable.

Él le rodeó la garganta con una mano y se introdujo aún más dentro de ella. Lyla giró el cuello, los rostros de ambos estaban a pocos centímetros de distancia.

—Lo que me hacían antes no era sexo. Era crueldad, era frío. Me usaban, me exponían, me tocaban. Todo era humillante. No sabía que podía ser diferente, que podía sentirme de otro modo…, hasta que llegaste tú. Tú me has enseñado que el sexo es más profundo, que es un modo de conectar con alguien a quien amas. Me has devuelto la vida, y a estas alturas… —giró las caderas, los labios de ambos separados por pocos centímetros, y vio el efecto que sus palabras tenían en él—, confío en ti. Puedes hacer conmigo lo que quieras. Sé que siempre estaré segura.

Él le cubrió los labios con los suyos. Le dio un beso duro, rudo; le metió la lengua en la boca sin dejar de entrar y salir de ella, y ahogó los sonidos que emitía.

—Entonces —preguntó tras separarse— ¿confiarías en mí si te metiese en una habitación llena de gente y te desnudase?

Se le cortó la respiración ante aquella idea. Sintió pavor, pero asintió.

—Sí.

—Y si invitase a gente a mirar, ¿confiarías en mí?

—Sí.

—¿Y si te echase algo en la bebida?

Ella lo miró a los ojos, consciente de que él sabía que lo de que la drogasen estaba entre sus peores recuerdos. Tragó saliva, pero asintió.

—Joder, Lyla —gimió él, embistiéndola con tanta fuerza que ella casi perdió el sentido—. Nada me pone tanto como tu confianza. Nada.

—Confío en ti —jadeó.

Como respuesta, todo el cuerpo de Dainn se estremeció. Siguió embistiéndola hasta destrozarla por completo. Lyla se volvió hacia el cristal y contempló el libertinaje que tenía lugar frente a ella. Por primera vez en mucho tiempo, se sintió feliz de pertenecer a alguien.

# 23

## Él

Lyla durmió como un tronco, exhausta tras la paliza sexual que él le había dado en el Moonflame. Le había sorprendido. De entre todas sus inhibiciones, estar expuesta era la que odiaba más, por motivos comprensibles. Y sin embargo, de algún modo había confiado en que él la cuidase. Esa certeza lo hacía sentirse muy poderoso. Tenía su amor, tenía su confianza. Por eso supo que había llegado la hora.

Bajó la vista hacia la tablet y contempló la galería de fotos que había tomado a lo largo de los años. Suspiró. Cerró la tablet, la dejó en la mesita de noche y se tumbó. Rodeó con el brazo su complexión menuda.

Lyla se apretó contra él inconscientemente. Movió los labios en un murmullo que no alcanzó a oír. Sintió una punzada en el pecho. Abrazarla, dormir junto a ella, estar con ella... Todo eso lo había cambiado, lo había abierto a numerosas posibilidades e ideas, a un rango de emociones que seguía sin sentir del todo, pero que ahora conocía.

La apretó contra sí y le plantó un suave beso en la cabeza. Acto seguido se bajó de la cama. Sabiendo que Lyla iba a dormir la noche entera, como siempre hacía después de una intensa sesión de sexo, se puso su ropa deportiva oscura, metió el teléfono en el bolsillo por si acaso ella se desper-taba y le necesitaba, y se acercó en silencio a la ventana.

Uno de los motivos por los que alquilaba aquella habi-tación era por la escalera de emergencia a la que se accedía por la ventana. Podía usarla para salir sin que lo captaran las cámaras de dentro del hotel. Y también le proporcionaba la emoción de esquivar cualquier par de ojos fisgones.

Para el mundo, Blackthorne estaba dormido en la cama junto a su hermosa esposa. Había llegado la hora de que saliese a pasear el Hombre Sombra.

Salió por la ventana y bajó las escaleras. Aterrizó de un salto en el callejón lateral. Caminó despacio calle abajo has-ta el almacén donde la habían encerrado. Quizá era justicia poética o quizá simple venganza, no lo sabía, pero era allí donde él había encerrado a Hector y al otro tipo. Había tenido a Lyla justo frente a las narices y la había estado bus-cando por todas partes.

Seis meses. La habían encadenado y roto por completo hasta el último fragmento. Había llegado a arrojarse a los brazos de la muerte después de salir. La primera semana que estuvo en casa apenas había dejado el dormitorio, apenas había comido, apenas había hablado. Había tardado días en abrirse poco a poco, en dejarle acercarse. En esos días, su conexión con ella a lo largo de los años no había significado nada, porque había estado demasiado deprimida.

Avanzó, disfrutando de la oscuridad de la noche. Se dio cuenta de que lo que estaba a punto de pasar seguramente sería lo que más disfrutase de todo.

El almacén en el que la habían tenido encerrada apareció ante su vista. Entró. Aquel gran espacio industrial estaba vacío, justo como él quería que pareciese para cualquiera que pasase por delante. Recorrió el lateral y fue hasta la parte trasera, a la diminuta habitación infernal en la que la habían encerrado. Aquel era el techo que había tenido que contemplar día tras día. Dainn había visto todos y cada uno de los vídeos que habían subido, había visto cómo morían poco a poco los ojos de Lyla, cómo se rendía su cuerpo, cómo la abandonaba la mente. Lo había visto todo, y si había algo en aquel planeta que consiguiera que perdiese los nervios, era justo aquello. En los últimos seis meses había matado a más gente que en toda la década anterior mientras interrogaba, preguntaba y despachaba.

El Sindicato se estaba cagando encima a esas alturas. De los cinco miembros que había en la cúpula principal, Dainn ya había matado a tres. Quedaban dos, que ya estaban al tanto de lo que pasaba y se habían escondido como las ratas que eran hasta que él hubiera terminado. Pero Dainn no pensaba terminar.

Abrió la puerta que daba a la pequeña habitación y entró, con la capucha echada por encima de la cara. El penetrante aroma de la sangre, la orina y la descomposición le llenó las fosas nasales. Se alegró de que su sentido olfativo no fuese muy agudo.

Hector colgaba del techo, de un modo muy parecido a la mujer del Moonflame. La diferencia era que aquel tipo sangraba por numerosos cortes pequeños y que no le aguardaba ningún placer. De los tres hombres, Hector había sido quien más había roto a Lyla, quien acudía más a ella y le arrancaba más y más trocitos de su ser cada vez. También era él quien había puesto la cámara en la habitación como para asegurarse de que Dainn viviese cada momento con ella. Gracias a eso, él la había visto romper las rosas que le regaló y cortarse aquel hermoso pelo largo hasta dejarlo todo por el suelo.

Sintió una punzada en el pecho ante el recuerdo. Se acordó de que cuando vio la escena, respiró por la nariz y apretó tanto el vaso de agua que tenía en la mano que el cristal empezó a agrietarse. Se alegraba de que estuviera viva y coleando. Mientras Lyla siguiera con vida, él la encontraría. Mientras Lyla siguiera con vida, él tendría el control.

Un hombre sin nada que perder era la criatura más peligrosa del mundo. Mientras Lyla viviera, él tendría algo que perder, algo que ansiar, algo por lo que vivir.

Dejó a Héctor tal y como estaba, inconsciente y colgando. Se volvió hacia el otro tío, el que estaba atado a la silla, sin sangrar. Aún.

—Buenos días, queridos —dijo y, de un empujón, tiró el armarito lateral al suelo.

Los dos monstruos se despertaron sobresaltados por el estruendo. Los ojos de Hector se desorbitaron de puro terror. El otro tío tragó saliva.

—P... por favor —tartamudeó este último—. Deja que me marche. No he hecho nada, te lo juro. Te conseguiré lo que quieras. Deja que me marche.

Dainn se limitó a sentarse encima del armarito caído; apoyó los codos en las rodillas y dejó colgando las manos enguantadas, sosteniendo el encendedor. El motivo por el que llevaba aquellos guantes no era que no le gustase que la gente viese sus quemaduras, esas que le había provocado aquel incendio accidental de joven. No, eso a él le importaba una mierda. Lleva guantes porque las manos lo tocaban todo, y a él no le gustaba que el aroma de otras personas se le pegase. Por otro lado, servían para no dejar huellas dactilares, cosa que era bastante útil, sobre todo porque el Grupo Blackthorne era una máquina bien engrasada. Pero lo principal era el aroma. El único aroma que le gustaba tener en las manos desnudas era el de Lyla. Solo el de Lyla.

—¿Qué creíais que iba a pasar? —preguntó en tono despreocupado, disfrutando del miedo en sus ojos—. La violasteis en múltiples ocasiones, lo grabasteis todo y sabíais que yo iba a verlo. ¿Qué pensabais que pasaría, eh?

Se puso en pie y fue hasta el fondo de la sala. Los dos hombres giraron el cuello para mantenerlo a la vista, pero fue inútil. Dainn sabía cómo usar las sombras, y justo eso es lo que hizo: se fusionó con ellas hasta que ninguno de los dos pudo verle. Solo pudieron oír su voz, con lo cual aumentó el terror de ambos.

—Habéis invitado al diablo a jugar; ahora que el diablo ha parecido, no le pidáis misericordia.

El otro tío gimoteó, un sonido que le chirrió en los oídos. Aquellos gimoteos eran como tiza sobre una pizarra. Le dieron ganas de romperle la tráquea en dos. Cuando Lyla gimoteaba, a veces de placer y a veces de dolor, lo que él quería era rodearla con los brazos y apretarla contra sí.

Hector rompió el silencio al decir:

—Yo puedo..., yo puedo darte información. Del Sindicato. Te contaré lo que quieras saber.

No era ninguna sorpresa, porque aquel cabrón no era leal a nadie. Aun así, Dainn optó por seguirle la corriente.

—¿Qué puedes contarme?

—Puedo... —Hector se lo pensó durante un segundo—. Puedo contarte que ha habido un cambio de liderazgo. Antes había cinco.

—Eso ya lo sé —le dijo el Hombre Sombra—. Yo maté a tres de ellos.

Hector tragó saliva visiblemente.

—Y uno de los que quedaba ha matado al otro. Ahora solo hay uno al frente.

«Interesante». Eso debía de habérsele pasado en los dos meses que había estado con ella, dándole todo su tiempo para que pudiera curarse despacio.

—¿Y qué pasa con el resto de la organización? —preguntó,

y se desplazó entre las sombras. Los dos tipos no dejaban de girarse a un lado y a otro para ver de dónde provenía su voz.

—Todo está igual. Nadie sabe nada sobre el cambio de liderazgo.

Eso implicaba que Vin, el hombre de Dante, tampoco estaba al tanto. En otras palabras, todo su equipo seguía sin haberse enterado. Durante los últimos meses, Dainn había ido dejando un rastro de migas de pan para que pudieran encontrarla. Los había mantenido ocupados para ganar tiempo. Sobre todo había puesto a Vin a la búsqueda de la amiga de Lyla, la chica que tan bien se había portado con su pequeña llama. Solo por eso ella se merecía aquel favor. Aunque Vin había encontrado una lista de todas las pelirrojas en el negocio, Dainn había conseguido que se centrase sobre todo en Malini, sabiendo que ella acabaría por hablarle de su amiga y le daría así una pista.

—¿Y tú eso cómo lo sabes? —le preguntó a Hector.

Victor, el hermano de aquel tipo, estaba arrasando los bajos fondos en un intento de encontrarle. No tenía ni idea de que estaba en Gladestone. Había demasiada gente que quería ponerle la mano encima a Hector, pero nadie lo merecía más que Lyla.

—Por un tipo... que me contactó cuando trabajaba para Alpha. Intentaba encontrar a su cuñada —explicó Hector—. Zenith era una de las chicas que desaparecieron hace veinte años. Era la última remesa que consiguieron, pero la operación se jodió porque se trataba de la hija de algún jefe de la mafia.

Pues sí que lo era. Zenith era la auténtica Morana. Dainn pensó en ella.

—¿Por qué fueron a por Morana? —preguntó con genuina curiosidad. Era de lo poco que no había conseguido averiguar.

Hector vaciló.

—Su padre tenía información sobre el Sindicato. Cuando se dieron cuenta de que era su hija, pensaron que ella también lo sabía todo, sobre todo porque había empezado a investigar sobre la organización. Por eso intentaron eliminarla.

Había sido toda una estupidez, sobre todo teniendo en cuenta que Morana contaba con la protección de Dante y de Tristan. Y, sin que estos dos lo supieran, también contaba con la protección de Dainn, sobre todo por Xander. Morana era buena para el chico, que la necesitaba. Hasta que Lyla decidiese por sí misma lo que quería hacer con su pasado, Dainn tendría que seguir echándole un ojo al chico, tal y como ella misma le había pedido. Estaba dispuesto a hacer todo lo que le pidiera. Se preguntó si sería consciente siquiera del poder que tenía sobre él.

Volvió a rodear la pequeña habitación.

—Háblame del hombre que queda al frente del Sindicato.

Hector soltó un gemido; sus brazos se estremecieron. Estaba colgando de las mismas cadenas que le había puesto a Lyla.

—Es un tipo mayor —empezó a decir—. No lo conozco personalmente, pero su cuenta de usuario es «lider03». Estaba interesado en Zenith. Muy interesado. La quería a toda costa.

—¿Por qué?

—Porque se escapó. Y porque dejo atrás a… Lyla.

Dainn no estaba al tanto de eso, pero tenía sentido. Habían capturado juntas a las dos chicas, por eso se habían hecho amigas. Zenith había escapado de niña, y había dejado atrás a su pequeña luna.

—¿Y ese hombre castigó a Lyla por ello? —preguntó.

Quién sabía si necesitaba añadir a la lista otro motivo para matarlo.

—No lo sé, aunque la mantuvo consigo durante un tiempo antes de soltarla.

Al final resultaba que Hector sí que iba a ser útil. Quizá le permitiría vivir un día más. Se colocó detrás del segundo hombre, el que había guardado silencio, el que no le había hecho tanto daño a Lyla. En apenas un parpadeo, le rompió el cuello. Hector soltó un grito, conmocionado.

—No, por favor. Te lo contaré todo. Deja que me marche.

El Hombre Sombra salió de la habitación y echó la llave. Al otro lado empezaron los gritos. Él regresó al hotel mientras rumiaba toda aquella información nueva. Subió por la escalera y entró de un salto en la habitación, en silencio. Sus ojos se posaron sobre ella. Estaba abrazada a la almohada y roncaba con suavidad, envuelta en la manta como si fuera un burrito. Al verla así, algo dentro de su pecho se relajó.

Fue al baño y se dio una rápida ducha para quitarse de encima todo lo que había pasado aquella noche. Luego salió y se acercó a su lado de la cama. Se metió despacio y le ajustó el cuerpo para no despertarla. Ella se acomodó, aferrada a su pecho, con la cabeza en su brazo y los labios entreabiertos. Se le movieron los ojos bajo los párpados cerrados; estaba soñando con algo.

Él le plantó un suave beso en aquella deliciosa boca. Esperaba que estuviese soñando con algo agradable. La contempló, maravillado ante la mujer en la que se había convertido. A lo largo de su vida había visto a mucha gente transformarse en monstruos, sobre todo personas con infancias traumáticas a quienes les resultaba difícil romper sus cadenas. Y aunque él la había ayudado, había sido Lyla quien plantó cara a esas cadenas, incluso cuando estas la inmovilizaban. Había sido ella quien huyó en la oscuridad para salvar a su hijo. Había sido ella quien soportó los castigos con la cabeza bien alta. Había sido ella quien vivió día tras día para poder saber más de su hijo.

Dainn le apartó aquel cabello flamígero de la cara. Se preguntó de dónde sacaba el valor para seguir adelante sin que el mundo mancillase quien era, sin que extinguiese su luz, sin que le arrebatase la capacidad de amar sin fin. Lyla se había enfrentado a sus traumas con él y le había permitido sustituirlos por nuevos recuerdos. Veía quién era y aun así lo miraba con todo el corazón en los ojos. Dudaba de sí misma cada día, y aun así seguía delante.

No sabía si aquella presión que sentía en el pecho era lo que Lyla llamaba amor, pero estaba seguro de que, si había una realidad alternativa en la que pudiera sentir lo que sentía la gente normal, la amaría. Su principal objetivo ahora era que Lyla jamás tuviese que anhelar esa versión alternativa de sí mismo.

# 24

## Lyla

Algo había cambiado.

Lyla no sabía qué era ni por qué sentía que algo había cambiado. Pero en cuanto despertó y empezó a bajar de la cama, sintió unas bandas de hierro que se apretaban con fuerza alrededor de su torso y la aprisionaban.

—¿Dainn? —preguntó con voz suave y áspera a causa del sueño.

Él le cubría el vientre con los brazos y se aferraba a ella. Lyla le pasó las uñas por los músculos de sus antebrazos para calmar lo que fuera que lo molestaba.

—Cuando vinieron a por mí tenía nueve años.

A ella se le cortó la respiración. Su pasado. Dainn estaba pensando en su pasado, lo estaba compartiendo con ella. «Por fin». Empezó a girarse hacia él, pero Dainn la mantuvo inmovilizada en el sitio, con la espalda pegada a su pecho. Sus palabras le resonaron por encima de la cabeza.

—Por aquel entonces —siguió en tono quedo—, ya sabía que no era como los demás chicos de la casa de acogida. Había muchos en el Hogar para chicos necesitados «Lucero del Alba», pero yo no me parecía a ninguno.

Las palabras penetraron en la mente dormida de Lyla y aclararon su niebla mental. Miró hacia la ventana abierta. La luz del alba asomaba por entre las cortinas, pero la mayor parte de la habitación seguía en sombras, donde él encontraba consuelo.

—¿Cómo eras entonces? —preguntó, con voz igual de baja para no romper el momento.

—Raro. —Una palabra y una larga pausa—. Era raro; no sentía lo mismo que sentían los demás, no veía el mundo del mismo modo que los demás, no lo percibía igual que los demás. Incluso siendo tan joven, mi manera de comprender el mundo era retorcida. Era egoísta, me enfadaba enseguida; y si alguien me provocaba, no tenía ningún remordimiento a la hora de hacérselo pagar.

Dios, el modo en que hablaba de sí mismo de niño le provocó a Lyla un temblor por todo el cuerpo. Intentó recordar cómo había sido ella a esa edad: estaba asustada, perdida y confusa. Solía llorar todo el tiempo, tanto que los cuidadores dejaron de castigarla por ello, porque solo conseguían que lo hiciera aún más. Tenían demasiados sentimientos, un contraste enorme con la forma de ser de Dainn por aquel entonces.

Y su forma de ser ahora.

Lo único que pasaba es que ahora se les daba mejor disimular cómo eran.

Lyla aguardó en silencio y le permitió proseguir a su propio ritmo, sin querer presionarle para compartir con ella más de lo que deseara.

—Vinieron a por mí a los nueve años —retomó lo que había dicho antes—. Pero no sabían qué tipo de niño era yo. Siempre he tenido los ojos así, y me llamaron «niño demonio» pensando que así me harían daño. Yo me limité a sonreír.

«Joder». Esa frase consiguió que le flaquearan las manos un segundo, tras el que siguió acariciándole los antebrazos.

—No dejaba de sonreír mientras los destrozaba —prosiguió él. Alzó las manos levemente para que Lyla pudiera ver las quemaduras del dorso—. Por aquel entonces no sabía cómo jugar con fuego, y me hice esas cicatrices.

Lyla las recorrió con las manos. No eran muy graves, pero sí lo bastante visibles. Dainn giró la muñeca y le agarró los dedos. Los entrelazó con los suyos.

—¿Y qué pasó entonces?

Él le dio un apretón posesivo en las manos y se las soltó para que pudiese volver a acariciarle y calmarle.

—Me convertí en un niño demonio en el sentido estricto de la expresión —prosiguió—. Maté a todos los que se me acercaron, sin ningún remordimiento. Los adultos no sabían cómo tratar conmigo, así que trajeron a alguien que no era como ellos. —Lyla esperó, con la respiración cada vez más pesada—. Una chica de un año menos que yo.

«Joder. Todos putos monstruos. Hasta el último de ellos». Le apretó los antebrazos con los dedos, pero guardó silencio y dejó que la rabia le corriese por el cuerpo. Había vivido suficiente tiempo en aquel mundo como para saber lo que venía a continuación.

—Era muy pequeña, indefensa —recordó Dainn—. Yo no podía matarla. Así que empezaron a usarla para obligarme a... hacer cosas.

Ella le apretó los brazos. Le temblaba todo el cuerpo. Pensó en el niño poderoso que había sido de pequeño, controlado por aquellos monstruos. Haciendo todo tipo de cosas que no quería hacer, a cambio de no matar a aquella niña indefensa.

—¿Y qué sucedió entonces? —Se le quebró la voz, y el temblor de su cuerpo quedó patente en su tono.

—Me utilizaron durante dos años —le contó en tono seco.

Ella cerró los ojos. «No. A él, no». Y sin embargo, al saber que había pasado por lo mismo que le había sucedido a ella, se sintió más vista, más conectada con él. Y al saberlo, al ver lo poderoso que había llegado a ser, tuvo esperanza en sí misma. La esperanza de que podría romper los grilletes de su pasado y encontrar poder para sí.

—Era la única chica que vivía en aquella casa de acogida masculina. Se lo permitían porque la usaban para controlarme. Y ella lo comprendía. Sabía que yo era un asesino. No dejaba de suplicarme que la matase cuando el dolor era insoportable. Pero yo no mato a niños, ni entonces ni ahora.

Lyla esperó. Le pesaba el corazón más y más a cada palabra que oía.

—Así pues, una noche en la que nadie la vigilaba, la chica se suicidó.

A ella se le cortó la respiración. Apretó los ojos con fuerza. El dolor por aquella alma perdida pesó en el aire.

—¿Cómo se llamaba?

Él se encogió de hombros.

—No lo sé. La llamaban 5057. Supongo que, en el lugar del que venía, no les daban nombres a las chicas, como sí hacían con nosotros.

Qué triste. Joder, qué triste.

Absorta por el relato, Lyla se movió e intentó darse la vuelta. Esta vez, él se lo permitió. Se acomodó para quedar frente a él y contempló aquellos ojos disparejos que lo habían convertido en un niño demonio para los monstruos. Pero era más que eso. Era el diablo, y era suyo.

Le colocó una mano en la barbilla y le acarició la barba de pocos días con el pulgar, los ojos de ambos entrelazados.

—Y entonces ¿qué pasó?

—Entonces... —dijo él, con los brazos en su cintura y

una voz que era un trueno grave, un trueno que la recorrió por entero—, me dejaron marchar.

Ella parpadeó, sorprendida.

—¿Qué?

—Me dejaron marchar —repitió él—. Sabían que, sin la chica, no podían volver a controlarme. Ya tenía doce años, estaba creciendo, me volvía más peligroso. Así que decidieron que era mejor soltarme que mantenerme prisionero y arriesgarlo todo.

Ella dio una rápida inspiración.

—¿Y adónde fuiste?

—A ninguna parte, a todas partes. —Le acarició con los dedos la espalda desnuda bajo la camiseta—. Me dejaron en la calle, y ahí me quedé un tiempo. Robaba lo que necesitaba. Dormí a escondidas en una escuela durante una temporada. Fingí ser uno de los estudiantes y me aproveché de sus recursos. Era algún tipo de escuela especializada, ofrecían a los niños una clase de artes marciales como actividad extra. Eso me interesó, así que empecé a recibir clases. Luego ocupé una de las casas vacías del barrio rico; los propietarios estaban de viaje en alguna parte.

Todo aquello se le antojó fortísimo a Lyla y absolutamente aterrador. Ser tan joven y estar tan solo en el mundo.

—¿Y nadie sospechó nada? —preguntó, asustada y pasmada al mismo tiempo ante la idea de que Dainn hubiese sobrevivido a todo aquello.

Él torció el gesto y le llevó una mano a la barbilla para pasarle el pulgar por los labios.

—Aunque sea sincero contigo, no lo soy con todo el mundo, pequeña *flamma* —le dijo en tono casi afectuoso—. Engaño a la gente. Es parte de mi naturaleza. Incluso en aquella época, yo sabía exactamente cómo engatusar a todo el mundo para que me creyese. Los tenía comiendo de mi mano.

Los chicos querían ser mis amigos, y me aprovechaba de ellos. Las chicas querían follarme, y me aprovechaba de ellas. «Ay, qué tipo tan peligroso».

Lyla se preguntó cómo habría sido si, en otra realidad, ella hubiera estado en ese mismo colegio con él. ¿Le habría dedicado más de una mirada? ¿La habría manipulado para que creyese que le gustaba y así conseguir cualquier otra cosa? ¿La estaba manipulando ahora mismo?

Cuanto más lo miraba, más curvaba él los labios en una sonrisa y más le apretaba la mandíbula.

—¿Estás teniendo dudas?

—Si yo hubiera sido una de las chicas del colegio... —empezó a formular la pregunta, pero la dejó en el aire porque no quería saberlo.

Él se le subió encima, con la boca a pocos centímetros de la de ella.

—Si hubieras sido una de las chicas del colegio, te habría follado. Luego te habría acosado y te habría hecho mía. No hay realidad alguna en la que existamos tú y yo y no acabemos justo donde estamos ahora. Ninguna.

Ella inspiró hondo y relajó los músculos tensos. Dainn la besó, su lengua se adueñó de la boca de Lyla, sus dedos se adueñaron de aquel cuerpo, su respiración calmó aquellos latidos desbocados.

—¿Y si yo no hubiera querido ser tuya? —lo provocó porque, Dios, le encantaba el modo en que destellaban aquellos ojos, como ahora.

—Ni lo intentes, Lyla.

Aquella suave advertencia en sus palabras tuvo efecto en ella. Dainn le acarició la nariz con la suya y le apretó con firmeza la barbilla. Lyla sabía a qué se refería. La habría hecho suya de un modo u otro, con o sin su consentimiento inicial. Por algún motivo retorcido, aquella idea no le provocó pánico, como debería haber sucedido. No. Jamás se había sentido más deseada, más ansiada, más poderosa que cuando Dainn le hablaba así. No sabía si lo decía para manipularla o porque de verdad lo sentía así. Sin embargo, teniendo en cuenta que había pasado los últimos seis años haciendo justo eso, no tenía motivos para dudar de él.

Dainn siguió besándola unos minutos, como si quisiera cimentar con besos aquellas palabras. Luego se echó a un lado y contempló el techo, con un brazo detrás de la cabeza y el otro encima de ella. Lyla se acurrucó contra él, a la espera de que reanudase la historia. Disfrutaba del modo en que la mano de Dainn le cubría todo el culo. Luego, sus dedos empezaron a acariciarle la columna.

—Jamás olvidé lo que había hecho el Sindicato —empezó de nuevo—. Cometieron un error enorme al dejarme marchar. Ponerme en contacto con el mundo exterior consiguió que comprendiese cuánto poder tenía, y cuánto podía llegar a tener. En la casa de acogida había límites a todo lo que yo podía hacer, pero fuera... las posibilidades eran infinitas.

Para él debía de ser así. El chico peligroso que había sido acabó creciendo para convertirse en un hombre mucho más peligroso.

La voz de Dainn no flaqueó:

—Al principio no tenía ningún plan. Quería que pagaran por lo que me habían hecho y por lo que seguían haciéndoles a algunos de los chicos de la casa de acogida.

Lyla estaba al cien por cien de acuerdo con él.

—¿Y qué hiciste?

—Regresé unos años más tarde, en cuanto supe que ya no me esperaban. Cada año, llevaban a los niños a un lugar distinto para hacerles una revisión mientras los adultos se quedaban allí.

—Fuiste ese día —comprendió Lyla; sabía que él querría que los niños estuvieran lejos—. ¿Qué hiciste?

—Lo quemé todo hasta los cimientos —afirmó—. Cada centímetro de terreno, cada ladrillo de la casa. Lo quemé todo. Me quedé delante de aquel sitio disfrutando de las llamas que abrasaban a todos los que estaban dentro. Que los abrasaban vivos.

Lyla se estremeció levemente ante la vívida imagen en su mente, aunque quienes murieron calcinados no le inspiraban ninguna compasión. Se merecían arder en el infierno que habían creado.

—Fue entonces cuando el Sindicato acudió a ti, ¿no? —Ató cabos entre todo lo que Dainn le estaba contando—. Y trabajaste durante un tiempo para ellos. Pero ¿por qué fuiste a por la organización después si ya habías destruido a quienes te hicieron daño? No lo comprendo.

Él guardó silencio durante un largo minuto y se limitó a contemplar el techo mientras le acariciaba perezosamente la columna vertebral con los dedos. Lyla casi llegó a pensar que no respondería, pero entonces Dainn dijo:

—Empecé a recopilar información desde dentro de la organización. Averigüé cuántas operaciones tienen y en cuántas ubicaciones. Descubrí los diferentes negocios en los que están metidos, la gente poderosa del exterior que está involucrada de un modo u otro. Almacené toda aquella información que, a fin de cuentas, es poder.

Bueno, pero eso seguía sin responder a la pregunta.

—En el último año en que trabajé para ellos descubrí la estructura de la organización. Es como una pirámide: los cuidadores están en el fondo; sus jefes, por encima y los jefes de estos, en un nivel superior. Luego están los jefes supremos del Sindicato. Nadie de los niveles inferiores conoce a nadie de los superiores excepto a su propio contacto. Así se las ha arreglado la organización para seguir operativa durante años y mantenerlo todo en secreto.

Lyla se quedó inmóvil, con las piernas entrelazadas a las suyas para que supiera que estaba allí, pero sin querer romperle el ritmo.

—Hay, o mejor dicho había, cinco jefes supremos. Los líderes.

—¿Así se llaman a sí mismos?

A Dainn se le escapó una risa siniestra entre dientes.

—No le han dado ni media vuelta, ¿verdad?

Pues no. Pero ese tipo de gente en puestos tan altos de la organización debía de ser muy arrogante, así que tampoco le supuso una sorpresa.

—¿Por qué dices que *había* cinco jefes?

—Porque cuatro de ellos han muerto. —Se giró para mirarla—. Ahora solo queda uno.

Al oír aquellas palabras, el corazón de Lyla se desbocó. «Increíble». Se enderezó y se apoyó en un codo. Lo miró con expresión sorprendida.

—Entonces…, si acabamos con ese líder…, ¿acabaremos con la organización?

—Es más complicado de lo que piensas —explicó él, clavándole la mirada—. Si acabamos con el líder, alguien ocupará su puesto. No se puede destruir de un solo golpe una organización así, que lleva en marcha más de cinco décadas.

—Pero tú llevas trabajando en ello durante casi dos de esas cinco décadas, ¿verdad?

—Así es.

Pero ¿por qué? Eso era lo que Lyla no entendía. No se trataba de algún tipo de brújula moral que tuviera Dainn; Lyla sabía que carecía por completo de moral excepto en lo tocante a ella. Ni siquiera con los niños; no sentía ningún apego hacia ellos, solo actuaba así por su indefensión. Pero un hombre como él, obsesionado con acabar con toda la organización, debía de tener algún otro motivo.

Lyla no puso ninguno de aquellos pensamientos en voz alta. Esperó con paciencia a que él se lo explicase. Dainn apretó la mandíbula.

—El último año en que estuve allí, entre toda la información que recopilé encontré mi propio archivo.

Oh.

*Oh.*

—Un tipo de treinta y tantos años dejó embarazada a una adolescente —dijo en tono seco—. La chica se suicidó después de darme luz, y me llevaron a la casa de acogida. Mi cuidador de aquel entonces... —Lyla aguantó la respiración— era uno de los líderes.

Sin palabras. Lyla se quedó *sin palabras.* Tras aquel silencio conmocionado, otra risa siniestra entre dientes se le escapó a Dainn.

—Soy el príncipe de los infiernos en todos los aspectos. Resulta adecuado, ¿no?

Lyla no era capaz de pronunciar una sílaba. No sabía qué decir. Así pues, apoyó la cabeza en su pecho. El corazón se le ajustó a los latidos de aquel hombre, firmes, a medida que comprendía poco a poco más de él.

# 25

## Lyla

El sol se estaba poniendo en el cielo cuando recorrieron las calles de la ciudad. Lyla llevaba una sudadera verde, vaqueros azul oscuro y zapatillas blancas. Aquellos cabellos de intenso color rojo le caían hasta la mitad de la espalda. Iba del brazo del hombre más letal que conocía. Él llevaba vaqueros y sudadera negros y guantes en las manos, como siempre que estaban en el exterior, y el rostro descubierto ante el frío viento.

Solo con eso, Lyla ya comprendía exactamente lo que iban a hacer.

Se decía que las víctimas del Hombre Sombra veían su rostro justo antes de morir. Excepto en su propio caso, Lyla sabía que era cierto. Y dado que iban a ver al calvo, comprendió que le había llegado la hora.

Seguía procesando todo lo que había descubierto de él aquella mañana. Mientras avanzaban, examinó con la vista el paisaje de la ciudad. Para su sorpresa, Gladestone estaba llena de gente que recorría las aceras, coches que tocaban el claxon en medio del tráfico, vendedores callejeros que anunciaban su mercancía en los laterales. Era un lugar ruidoso y muy poblado; Lyla no comprendía que una ciudad así no tuviese ni idea de lo que sucedía en sus entrañas. Aunque quizá sí lo supiera. Quizá todos lo supieran y a nadie le importara.

Dainn la llevó a la izquierda, hasta una calle más estrecha que desembocaba en una zona industrial más tranquila. Aún había gente deambulando por ahí, trabajadores que entraban y salían de las fábricas. Algunos de ellos se detuvieron para lanzarle una mirada y luego vieron al hombre a su lado, momento en el que se apresuraron a apartar la vista. Aquello no la sorprendió ni un poco. Incluso sin las sombras y la oscuridad, había algo inherentemente peligroso en Dainn, algo que advertía a los demás que no lo mirasen muy de cerca, no fuesen a perder los ojos.

Lyla le apretó la cintura con el brazo y alzó la vista hacia él sin dejar de caminar.

—¿Por qué no hemos ido en coche?

Aunque tenía aspecto despreocupado, los ojos de Dainn estaban alerta, lo marcaban todo y a todos.

—Habríamos llamado demasiado la atención.

—¿Y así no llamamos la atención? —Se echó a reír y negó con la cabeza ante aquella idea. Quizá él no, pero ella desde luego estaba llamando la atención, y los dos lo sabían.

—No somos más que dos amantes dando un paseo —le informó él con un asomo de sonrisa en los labios.

A Lyla le encantaba verlo así. No sabía si era el hecho de que le hubiese contado tanto de sí mismo, o si de verdad estaba disfrutando de su plan de venganza. Quizá ambas cosas. En cualquier caso, Dainn parecía más ligero a su lado, y definitivamente más tocón que antes. Había instalado las manos en alguna parte u otra del cuerpo de Lyla, y ahí residían en todo el día. Ahora tocaba sin ánimo sexual, apenas un contacto que le parecía nuevo, casi… doméstico, si es que esa palabra se ajustaba a ellos dos.

Giraron a la izquierda, hacia una parte mucho más aislada de la zona industrial. Lyla miró en derredor y comprendió que no estaba habitada.

—¿Cómo es que por aquí ya no pasa gente?

Sin dejar de escanear la zona con los ojos, Dainn respondió:

—Porque toda esta manzana pertenece a un empresario industrial ya fallecido. Todas sus posesiones están acumulando polvo, por así decirlo. Esa zona solía ser el punto álgido de sus negocios, pero ahora solo la utiliza la escoria.

Dainn no tenía nada de escoria, así que Lyla no comprendió por qué la usaba él. Pero no comentó nada al respecto. Se dirigieron a una de las fábricas justo al final de la calle. El sol casi se había puesto, y el cielo tenía un tono púrpura oscuro. En medio de aquella manzana abandonada y fantasmal, Lyla se estremeció. De inmediato, Dainn la abrazó con más fuerza, hasta que el peso en su pecho se relajó lo suficiente como para dejarla respirar. Nadie podía hacerle daño, y menos estando él ahí mismo. Le gustaría protegerse a sí misma algún día; quería aprender autodefensa. Sin embargo, tanto Dainn como el doctor Manson afirmaban que necesitaba más tiempo.

«Tienes todo el tiempo del mundo, Lyla. Cúrate del todo primero».

Tenía que curar su mente lo suficiente como para no quedarse petrificada antes de pelear; y aún le quedaba mucho para eso. Sin embargo, Dainn le había prometido que le buscaría el entrenador perfecto, alguien de su talla, en cuanto estuviera lista. Lyla confiaba en él. Dainn le había conseguido la ayuda psicológica que necesitaba sin siquiera saberlo. También le conseguiría ayuda física una vez que ella estuviera lista. Le preguntó en su día por qué no le entrenaba él mismo, dado que dominaba tan bien las artes marciales. Él se limitó a dedicarle una mirada acalorada y, durante la hora siguiente, le explicó exactamente por qué.

Lyla apartó de sí esos pensamientos y se fijó en que no soplaba el viento justo antes de entrar en la vieja fábrica. No sabía dónde iban, y ni siquiera podía ver bien con la poca luz que entraba allí. Aun así, siguió a Dainn, que fue avanzando y girando recodos hasta detenerse finalmente en un corredor bastante oscuro.

Apartó el brazo de ella y se giró hacia un lado. Le sujetó la barbilla con la mano y la contempló en la oscuridad con aquellos ojos disparejos.

—A partir de aquí tienes que estar preparada.

Ella inspiró hondo y preparó la mente para ver al monstruo que la había roto. Asintió. Sin pronunciar una palabra más, Dainn abrió una puerta que Lyla ni siquiera había visto, y entró. Ella giró el cuello y cruzó el umbral. Entonces se quedó petrificada, con todo el cuerpo inmóvil. Y no era por el hombre que colgaba del techo, no. Era por la habitación.

La habitación. La misma pequeña cama en un rincón. Las mismas paredes sucias. El mismo techo agrietado. Era la habitación de su muerte. Y Dainn la había traído hasta allí.

«¿Por qué?».

Aunque no pudo ver a Dainn con la poca luz que había allí dentro, sintió sus labios junto a la oreja:

—Quiero que lo sientas, *flamma* —susurró con voz seductora ante el remolino que ella tenía por dentro—. Quiero que sientas todo lo que estás sintiendo. No lo reprimas, no lo dejes a un lado. ¿Qué es lo que sientes?

Rabia. Dolor. Humillación. Miedo. Muchísimo miedo.

—Está aquí —dijo la voz de la muerte en tono engatusador—. Y no puede tocarte. Siente lo que tengas que sentir, haz lo que tengas que hacer para recuperar aquello que te arrebató.

Lyla sentía muchísimo. Apretó los puños a los costados.

Todo el cuerpo le temblaba con la fuerza de lo que la estaba golpeando. Recorrió la estancia con los ojos y los recuerdos le inundaron la mente. Se recordó en la cama, muriendo poco a poco, fragmento a fragmento. Se recordó en el sórdido baño, cortándose el pelo, rizo a rizo. Se recordó sentada en un rincón, abrazada a sus rodillas, intentando respirar. La habían reducido a eso, la habían empujado hasta el agujero negro al que se había resistido toda su vida. Joder, estaba *rabiosa* por ello.

Le salió del pecho un sonido que no reconoció. El hombre que colgaba en la habitación se sacudió. Lyla tembló, paralizada en el sitio. El calvo movió la cabeza y recorrió el lugar con los ojos. Se detuvo en el amigo muerto, que seguía en una silla, y luego se tropezó con ella. Esbozó una sonrisa llena de sangre.

—Dichosos los ojos. Se me pone dura solo de acordarme de tu coño.

La recorrió una profunda repugnancia. Cómo le gustaría haber perdido la memoria, cómo le gustaría no acordarse de lo que estaba hablando aquel tipo. Había degradado su cuerpo, y sus entrañas le habían gritado que se alejase de ella. Sin embargo, lo recordaba todo, cada embestida, cada vez.

—Vas a morir —le dijo con la voz temblorosa de rabia.

El calvo recorrió la estancia con los ojos, incapaz de encontrar al hombre que tanto miedo le daba.

—Así que ahora eres su zorra, ¿no? No puedo culparle. Ha sido toda una delicia violar ese coño asombroso que tienes, y he violado muchos.

La estaba provocando, y probablemente también intentaba provocar al Hombre Sombra, pues sabía que estaba por allí. Lyla lo entendía. Y sin embargo, aquellas palabras impactaron como balas en ella.

«Recupera lo que te arrebató».

«El poder».

Aquel tipo le había arrebatado el poder. Lo había erosionado de su alma hasta dejarla convertida en una cáscara. Pero Lyla pensaba recuperarlo de sus manos. Así pues, avanzó un paso. El hedor le dio náuseas. Inspiró hondo y se centró en mantener la columna recta, en olvidarse del olor.

—¿Crees que has sido un hombre para mí? —Se echó a reír y ladeó la cabeza, imitando el modo en que Dainn hablaba con otra gente cuando sabía que llevaba ventaja—. Desde luego, sí que se han follado este coño, pero tú ni siquiera has arañado la superficie. —Lo examinó de la cabeza a los pies y negó con la cabeza—. Ni la mitad de la superficie.

El calvo arrugó la cara en un gesto desagradable y Lyla comprendió que aquel comentario le había dolido. Sintió una oleada de poder embriagador que le recorrió todo el cuerpo. Insistió:

—Eres un pedazo de mierda inútil. Ni siquiera conseguiste romper a una mujer a la que has tenido cautiva durante meses. Tú no eres un hombre. Eres un cerdo pusilánime disfrazado de hombre.

Eso le dolió de veras. Por algún motivo, su punto débil era su superioridad masculina. Lyla soltó una risa entre dientes.

—¿Qué pasa, que mamá no te quería cuando eras pequeño? ¿Ella también te decía que no vales nada?

—Cállate —la interrumpió él con voz rabiosa.

Lyla sintió la llamada de la crueldad, el poder tentador que proporcionaba. Sintió que podría retorcerse y convertirse en algo igual de feo que él, algo que lo destruía. Pero ese algo no sería ella. Lyla no era cruel. No sabía si entrar por aquel agujero negro destruiría los meses que había dedicado a curarse y encontrarse. La crueldad siempre acababa cortando la mano que la empuñaba. No quería correr el riesgo.

Pero sí que quería vengarse. Quería verle sufrir. Hasta aquel momento, el Hombre Sombra había estado ausente. Le había permitido hacer todo lo que quisiera. Le había dado la libertad de tomar el poder. Y Lyla lo adoraba por ello, joder. Lo adoraba por haberle dado un hogar, por haberle dado un lugar al que pertenecer, por haberle dado un espacio en el que estar. Y también lo adoraba por haberla traído al lugar de sus pesadillas, por buscar venganza en su nombre y colgar allí a sus monstruos, para que ella comprendiese que ya no tenían ningún poder. Lyla había crecido, había evolucionado. La chica aterrada y cansada que había sido ya no existía en aquel agujero infernal. Y la mujer que ahora era, la mujer que quería ser, no deseaba ser cruel.

Un olor a gasolina se propagó lentamente por la habitación. Lyla miró en derredor, intentando ver de dónde venía, pero no se veía nada. Dio un paso atrás, hacia el umbral.

—Siento pena por ti —le dijo al calvo—. Me da pena que nunca hayas conocido el amor. Y me da pena porque vas a morir entre horribles dolores aquí, solo, sabiendo que jamás te han amado.

La expresión del calvo se volvió agria.

—¿Crees que te ama? —escupió—. Te está usando porque eres quien eres, porque vienes de donde vienes. ¿O acaso no te lo ha contado?

Ella se quedó inmóvil, con la respiración atrapada en el pecho. El calvo se echó a reír.

—¿No te ha hablado de tu hermano? ¿Del hombre que lleva buscándote más de veinte años?

Lyla estaba helada. ¿De qué cojones estaba hablando? Estaba mintiendo. Tenía que estar mintiendo. Lyla no tenía ningún hermano. No tenía familia. Ni de coña.

Antes de que el calvo pudiese decir nada más, ella sintió una presencia a la espalda.

—¿Sigues confiando en mí?

Cerró los ojos al oír aquellas palabras, aquellas palabras familiares, y se recordó a sí misma que había confiado en aquel hombre hacía seis años, que le había entregado su bebé, y que ahora seguía confiando en él. Llevaba con él suficiente tiempo como para saber que le importaba su bienestar.

—Sí —susurró.

—Buena chica. —Sintió un suave beso en el lateral del cuello.

—¿Tengo…, tengo un hermano? —preguntó. No pudo evitarlo.

Percibió un momento de pausa.

—Sí.

Le temblaron las rodillas y notó que se derrumbaba. Él la agarró de la cintura con un fuerte abrazo para estabilizarla.

—Estaba esperando a que estuvieses lista. En el estado en el que te encontrabas no podías conocer a nadie.

Lyla se centró, aferrada a su brazo, mientras lo procesaba todo. Tenía un hermano que llevaba veinte años o más buscándola. O sea, que era mayor que ella.

Tenía un hermano mayor.

No sabía qué sentía, no sabía qué estaba ocurriendo en su cuerpo a medida que se asentaba. Era consciente de que el calvo decía algo, y también de la silenciosa pero sólida presencia tras ella, pero de nada más.

Tenía un hermano mayor.

Le corrieron lágrimas por las mejillas. Le clavó las uñas en el antebrazo al hombre que la sujetaba. Tenía la respiración pesada. Confiaba en él, pero estaba enfadada, enfadada porque Dainn lo había sabido todo y no se lo había contado, enfadada porque había pasado mucho tiempo pensando que no tenía a nadie. Parte de ella, la más racional, estaba de acuerdo con él: no había estado preparada ni mental ni emocionalmente para algo así. Y sin embargo, estaba *enfadada*.

Se centró en su rabia, la encauzó hacia el exterior y se enderezó para no apoyarse en él. Sintió que se movía a su espalda sin pronunciar palabra alguna. Cogió una garrafa y se acercó al único rayo de luz que entraba por la ventana alta y que le iluminó el rostro. Los ojos del calvo se desorbitaron.

—Blackthorne. —Así que había reconocido a Dainn—. Me cago en la puta —se echó a reír con un sonido histérico—. El puto Blackthorne.

Dainn no pronunció ni una palabra. Se limitó a abrir la garrafa y volcarla. El penetrante olor a gasolina se propagó por la habitación. El líquido corrió por el suelo, y Dainn retrocedió para no pisarlo. El calvo empezó a forcejear.

—Déjame marchar. Puedo serte útil, Blackthorne. Puedo ayudarte a conseguir información. Por favor, déjame marchar.

Aquella súplica le recordó a Lyla a sus propios intentos de obtener misericordia. Le subió un sabor amargo por la boca. Se quedó quieta en el sitio mientras la gasolina se extendía por el suelo justo debajo del calvo y de su amigo muerto. Dainn retrocedió hasta situarse justo a su lado. En silencio, sin apartar los ojos de la escena, la sacó de la habitación. Le puso algo frío y metálico en la palma de la mano. Ella bajó la vista y vio un encendedor. El encendedor de Dainn.

Le había dado su fuego.

Con un remolino de emociones en el pecho, se centró en el monstruo que suplicaba dentro de la habitación. Canalizó su miedo, su dolor y su rabia hacia un único punto. Y accionó el encendedor.

Al ver la llama, el calvo empezó a llorar penosamente.

Lyla volvió a sentir aquella ráfaga de poder. Jamás había pensado que podría matar a alguien, pero si había una persona que merecía arder en el infierno, era aquel tipo. Sin el menor atisbo de duda, recordando no solo lo que le había hecho a ella sino también lo que les había hecho a muchas otras como ella, Lyla arrojó el encendedor a la habitación.

Las llamas empezaron a extenderse y los gritos atravesaron el aire. Lyla, junto a su diablo, contempló la destrucción de uno de sus demonios y uno de sus infiernos.

# 26

## Lyla

El olor a carne quemada era putrefacto. Casi le daba náuseas. El fuego ardía en la habitación. Lyla sentía cada vez más el calor sobre la piel. Se alejó pasillo abajo y se dirigió hacia la salida de la fábrica. Todo lo que estaba sintiendo, todo lo que había experimentado y descubierto, cayó de pronto sobre ella.

Tenía un hermano.

Avanzó un par de pasos en la lúgubre fábrica.

Tenía familia.

Su respiración se volvió entrecortada.

Él no se lo había dicho.

Sintió un nudo en el estómago.

Antes de saber siquiera lo que estaba haciendo, echó a correr. Se alejó a toda velocidad del fuego, de aquel infierno, de aquel hombre. La rabia le palpitaba en la cabeza. No podía creer que no se lo hubiera contado, no podía creer que no le hubiera dado ni una sola pista de que sabía algo sobre su pasado. Al llegar al suelo de cemento de la entrada principal, oyó que él la llamaba.

—Lyla.

Apenas una palabra bastó para que tropezara, pero consiguió estabilizarse.

—¿Sabes cuál es mi nombre real? —preguntó ella.

Él se detuvo, con ojos cautelosos.

—Sí.

«A la mierda con él». Lyla echó a correr a toda velocidad. Tenía que alejarse de él, necesitaba poner espacio entre los dos antes de hacer algo de lo que se arrepintiese, como por ejemplo sacarle aquellos ojos disparejos a arañazos. Las emociones se arremolinaban como un tornado en su interior. Salió a la calle; había suficiente luz de luna como para mostrar la espectral quietud de la manzana. Vaciló, y se preguntó si debería volver por el camino por el que había venido o quizá girar a la izquierda hacia una zona desconocida. Miró por encima del hombro para comprobar dónde se encontraba Dainn, y lo vio caminando despreocupadamente hacia ella, clavándole la mirada y con las manos en los bolsillos.

No soportó la idea de que se le acercase tan despacio, de que no la persiguiese con la misma urgencia con la que latía su corazón.

«A la mierda con él». La idea se repetía en bucle en su mente. Giró a la derecha y empezó a correr a toda velocidad. Al ser más menuda, era también más rápida, más ágil. Recorrió la zona con la mirada. Fábricas y más fábricas. Cada vez tenía menos espacio para correr. La última manzana que cruzó daba a algún tipo de muelle, pero sin barcas, solo una corriente de agua.

Se dio la vuelta y empezó a correr paralela al río, sin saber adónde iba. Lo único que sabía era que tenía que alejarse. El cemento del suelo dio paso a tierra suelta y más suave. Tras correr unos cuantos minutos, le ardían los pulmones y le aguijoneaban los gemelos. Se detuvo y apoyó las manos en las rodillas. Mientras recuperaba la respiración, miró en torno a sí por si lo veía.

Se encontraba sola. ¿Habría dejado de perseguirla? ¿O quizá le estaba dando espacio? Desde luego, algo no funcionaba en su interior, porque le molestó la idea de que hubiera tirado la toalla. Había esperado verlo en la esquina, corriendo a toda velocidad hacia ella para llevársela consigo. Había esperado que estuviese allí, pero no estaba, al menos a la vista. Lyla se encontraba en un lugar desconocido, sola por completo. Y estaba oscuro.

Cansada, se acercó al muelle de madera, justo sobre el río, y se dejó caer sobre los tablones. Se quedó ahí sentada en silencio, contemplando el río y la otra orilla, más poblada de árboles que esta. Empezó a estremecerse. No sabía si se debía a la adrenalina de la carrera o al subidón de poder, o si quizá era consecuencia de su primer asesinato. También podía deberse a haber descubierto que tenía familia. No sabía qué le provocaba esos temblores, pero se intensificaron. Notó una sensación ardiente los ojos; contempló el agua sin verla realmente. Su mente empezaba a derrumbarse, a sumirse en aquel entumecimiento que tanto la aterrorizaba.

Unos brazos la rodearon. Un cuerpo cálido a su espalda. Aparecieron unas piernas a cada lado de su cuerpo, y su nariz captó un aroma masculino.

—Xander está con tu hermano.

Cinco palabras. Cinco palabras que volvieron a poner el mundo entero patas arriba. Se agarró con fuerza a sus brazos para anclarse. Le subía y bajaba el pecho y emitió un sonido. Le ardían tanto los ojos que casi no podía tenerlos abiertos. Sin dejar de estremecerse sin control, emitió un chillido seguido de varios sollozos a medida que todos aquellos hechos impactaban uno tras otro en ella.

Tenía un hermano.

Su bebé estaba con su hermano.

Tenía familia.

Su bebé tenía familia.

Los sollozos se convirtieron en hipidos. Contempló el agua con un nudo en la garganta.

—Es un chico muy listo —le dijo. Ella absorbió sus palabras, dejó que llovieran sobre las partes resecas de su ser—. Contraté a una señora para que se lo quedase durante los primeros años mientras averiguaba tu historia y de dónde habías venido.

—¿Te…, te conoce? —tartamudeó, incapaz de creerlo.

Él la apretó entre sus brazos.

—Sí. Hablé con él y le expliqué que tenía una familia con la que podía irse. Lo comprendió. Es muy listo. Luego lo dejé en un orfanato y guie a tu hermano hasta él.

Ella tragó saliva.

—¿Y cómo…, cómo es… mi hermano?

Una larga pausa.

—Está al frente de las operaciones de la mafia en Puerto Sombrío. Tiene mucha determinación, es letal, y no ha dejado de buscarte desde que se te llevaron hace veintidós años.

Ante la sinceridad de sus palabras, Lyla cerró los ojos y las absorbió. Su hermano. Él también formaba parte de los bajos fondos. Y la había estado buscando.

—¿Cómo se llama? —dijo con un graznido.

—Tristan Caine —dijo él con voz neutra.

—¿Y… cómo me llamo yo?

Una mano le giró el rostro a un lado. Sus ojos se cruzaron con los de él bajo la luz de la luna.

—Luna.

Luna. Le pareció extraño. No le parecía que fuera su nombre. Lo miró, incapaz de procesarlo todo, incapaz de comprender todo lo que estaba sintiendo.

—¿Por qué no me lo dijiste?

Él guardó silencio durante un largo minuto, tan largo que Lyla casi pensó que no iba a responder.

—Al principio no lo sabía. Para cuando lo descubrí, estabas empezando a pensar en hacerte daño a ti misma, así que tuve que esperar para darte las respuestas.

—¿Y no se te ocurrió que contarme que tenía un hermano y que Xander estaba con su familia me habría ayudado?

Resultaba extraño oír la amargura de su voz. Él le dedicó una mirada firme.

—¿De verdad te habría ayudado? Si te hubiera dicho que tenías familia y que el chico estaba a salvo, ¿habrías aguantado mejor?

Lyla no lo sabía. Entonces era una chica diferente, con una forma de pensar que ya no se ajustaba a la suya. No sabía cómo habría reaccionado. Pero no por eso iba a dejar que se fuera de rositas.

—¿Y qué pasa con lo que sucedió después? Cuando me llevaste a casa, tampoco me contaste nada.

Él suspiró, la única reacción exterior a lo que fuera que le estaba pasando por dentro.

—Me habrías abandonado.

Ella parpadeó.

—¿Qué?

—Si te lo hubiese contado entonces, me habrías abandonado, y no sabía si habrías vuelto. No podía arriesgarme. Además, el doctor Manson me aconsejó que no te diese mucha carga mental.

Ella apartó el rostro, incapaz de mirarle. La rabia volvía a adueñarse de sus pensamientos.

—Así que me mentiste por omisión.

Él no dijo nada. Lyla soltó una risa lúgubre.

—Y entonces ¿qué? ¿Ahora que te amo ya puedo saberlo? ¿Ese era el plan, conseguir que mi estúpido corazón se enamorase de ti cada puto día hasta que no me quedase más elección que estar contigo? ¿Que quisiera quedarme contigo aunque tuviera ganas de abandonarte? ¿Eso era?

El silencio de Dainn era elocuente.

Lyla no quería seguir hablando con él. Había acabado con todo. Se puso en pie. Él empezó a hacer lo mismo, pero ella le puso la mano por delante para detenerlo.

—Ahora mismo no puedo verte. Haz el puto favor de darme algo de espacio. No te atrevas a seguirme.

Dainn apretó la mandíbula, pero se quedó donde estaba. Ella volvió por donde había venido, con las manos en los bolsillos, sin mirarle. Regresó a la zona industrial, pasó junto a la fábrica que ahora ardía. Sobrevoló las llamas y el humo de su pasado con los ojos. La persona que había sido ahí dentro hacía meses, una chica vacía, cenizas de su propio ser, había desaparecido. Y ella se había alzado, había renacido. Al contemplar las llamas sintió el peso de su calor en la piel. El fuego, que en su día fue aterrador, ahora era su amante. Aquel fuego la había purificado, la había reiniciado, la había reavivado.

Reconoció lo que había sucedido y recordó el poder que había recuperado antes de asesinar a su torturador. Dejó atrás la fábrica y se dirigió a la calle principal, donde se mezcló con el ruido y el barullo de la ciudad. No sabía si él la estaba siguiendo y, francamente, no le importaba. Se limitó a caminar y caminar, como parte de la multitud, con la mente entumecida y estremecida a la vez.

Un aroma a té se abrió paso entre su neblina mental. Miró a un lado y vio una pequeña cafetería. Aquel maravilloso aroma brotaba del interior, así que entró. Era muy pintoresca. Fue hasta el fondo, se pidió un té de hierbas y un dulce, y sacó el teléfono. Dainn le había dado aquel dispositivo cuando salieron de casa y le había explicado cómo usarlo para todo, desde llamadas hasta pagar lo que fuera o enviar un mensaje.

Sin embargo, Lyla contempló la pantalla y abrió la barra de búsqueda. Sus dedos vacilaron. Y luego tecleó:

«Tristan Caine».

Encontró unos cuantos resultados, algunos artículos de periódicos, algunas imágenes. Con manos temblorosas, pinchó en una de las fotos y vio a un tipo atractivo con vívidos ojos azules. Lyla contempló la foto durante un largo segundo, incapaz de decidir si sus facciones le resultaban conocidas o si lo había visto en alguna parte. Pasó a la siguiente foto y ahogó una exclamación. En la foto aparecía él junto con una mujer morena con gafas. Ambos se miraban. El pie de foto decía: «Se rumorea que Tristan Caine y Morana Vitalio están prometidos».

Morana.

Lyla recordaba aquel nombre. Recordaba a la chica de aquella noche en el club. La noche en que casi había acabado con su propia vida. Tristan había estado allí. Su hermano había estado justo allí, sin que ella lo supiera. Lo que había hecho había sido irse a su habitación y meterse una sobredosis.

Aquella situación tan jodida le jodió la cabeza. Dejó el teléfono y empezó a hacer inspiraciones cortas y rápidas para calmarse.

Tristan y Morana estaban juntos, y cuidaban de Xander. Eso era positivo. Ahí, al menos, residía el mayor alivio que había sentido en mucho tiempo. No sabía qué iba a hacer, no sabía cómo iba a procesar nada de aquello, pero se alegraba de haberlos visto un momento, porque parecían ser buena gente. Lo suficientemente buenos como para criar a su bebé.

El camarero le trajo el té y el dulce. Ella lo contempló todo ciegamente, perdida en el mundo exterior.

Su hermano, Tristan, la estaba buscando. Buscaba a la hermana a la que había perdido. Pero ella no era una niña. No era Luna, y no sabía si podría reunirse con él, no sabía cómo mostrarle sus pedazos rotos. ¿Y si no estaba a la altura de la persona que Tristan se había imaginado? ¿Y si no era suficiente? ¿Y si no bastaba? ¿Se decepcionaría Tristan por haber pasado tanto tiempo buscándola? ¿Se sentiría frustrado e intentaría convertirla en otra persona? Y después de todo este tiempo, ¿podría ella confiar en nadie del exterior? ¿Qué sabía ella sobre la vida en familia? ¿Y qué pasaría con Xander? ¿Qué podría decirle siquiera? Si era feliz y estaba bien cuidado, ¿cómo iba ella a destruir aquel equilibrio?

A medida que todos aquellos pensamientos de autosabotaje le inundaban la mente, Lyla cerró los ojos y empezó a tironear de la goma de pelo que tenía en la muñeca.

No funcionó.

Todo tipo de ideas y preguntas se arremolinaron en su cabeza, la ahogaron. Respiró por la boca en un intento de calmarse.

No funcionó.

Le vibró el teléfono en la mano. La llamaba un número desconocido. Lyla se centró en su respiración, respondió y guardó silencio. Al otro lado de la línea también había silencio. Miró la pantalla para ver si la llamada se había cortado, pero no era el caso. Se llevó el teléfono de nuevo a la oreja. Se oyó una risa siniestra al otro lado de la línea. Lyla se mordió el labio, desasosegada.

—Luna Caine —dijo la voz profunda de un hombre, una voz malvada—. La ruina de mi existencia desde hace veinte años.

Ella apretó el teléfono en la mano.

—Se ha equivocado de número.

—No, pequeña —dijo la voz, que le resultaba conocida—. No me he equivocado de número. ¿Me recuerdas?

El corazón empezó a retumbarle el pecho. Unos recuerdos antiguos, muy antiguos, se abalanzaron sobre su mente.

«Qué niña tan bonita».

Empezó a temblar.

—Voy a matar a tu amante, cariño —le dijo esa voz malvada—. El Hombre Sombra morirá. Tu hermano morirá. Te
he dejado vivir durante demasiado tiempo. Y cuando acabe
con él, te haré mía, tal y como ya hice cuando eras pequeña.
¿Te acuerdas?

La bilis le subió a la garganta. Tragó saliva y se recordó
a sí misma que ya no era una niñita asustada, que era una
mujer adulta que acababa de asesinar a uno de sus demonios.

—Se ha equivocado de número —dijo, y colgó.

Paseó la vista alrededor, por aquella pequeña tienda. Se
dio cuenta de que algunas personas miraban en su dirección,
pero no supo decir si se encontraba en peligro. Había demasiada gente. Tenía que salir de allí. Pagó el té que ni siquiera
había tocado, salió a toda prisa y detuvo un taxi. Le dio el
nombre del hotel.

Mientras la ciudad pasaba a toda prisa, ella cerró los ojos
y se dio un momento de respiro antes de que todo lo sucedido volviese a caerle encima.

# 27

## Lyla

Cuando entró la habitación, él la estaba esperando con los codos apoyados en las rodillas y los ojos clavados en la puerta. Al mirarlo, después de haberse tomado aquel tiempo, todo lo que había estado reprimiendo se derrumbó.

Antes de que pudiera siquiera parpadear, él se puso en pie y la abrazó con fuerza. Lyla le apretó la cara contra el pecho, aspiró su aroma, se estremeció, tembló y sollozó.

—Estoy muy enfadada contigo —le dijo entre hipidos.

—Ya lo sé, *flamma* —dijo él en tono quedo, pegado a sus cabellos—. Ya lo sé.

—Y estoy enfadada porque tu plan ha funcionado —gruñó ella junto a su pecho.

Él le plantó un suave beso en la cabeza, se echó hacia atrás y le plantó un beso aún más suave en los labios.

—No me arrepiento de haberlo hecho; gracias a ello estamos los dos aquí.

—¿Te arrepientes de algo, de lo que sea? —le preguntó mirándolo a los ojos.

—Me arrepiento de haberte hecho daño.

Y eso fue todo. Lyla no sabía de qué se sorprendía. Sabía quién era él, cómo operaba, cómo le funcionaba el sistema. De algún modo, en medio de sus extremos y los extremos de ella, habían conseguido un equilibrio. Un equilibrio en el que él aceptaba lo que ella le daba, al tiempo que ella aceptaba lo que él le daba. Eso debía recordarlo. Pero seguía enfadada, y necesitaba que él se enfadase. Necesitaba sacarse la rabia de dentro de alguna manera.

Lo apartó de un empujón y fue a la ducha, consciente de que la seguía, con ojos curiosos, fijos en sus expresiones cambiantes.

—Ahora mismo estoy sintiendo demasiadas cosas —le dijo al tiempo que se quitaba la ropa—. Tantas que creo que voy a explotar sin poder gestionarlo todo.

Él ladeó la cabeza.

—¿Qué es lo que sientes?

Ella lo miró a los ojos a través del reflejo del espejo, para provocarle.

—Imagínate que te abandono. —Vio que su cuerpo se ponía rígido—. Imagina que esta es la última vez que vas a tocarme. —Los ojos de Dainn llamearon—. Imagina que no puedes hacer nada para impedirlo. Piénsatelo. Piensa lo cabreado que estarías. ¿Serías capaz de estar así de cabreado?

—No sé si sería cabreo —afirmó él en tono quedo—. Si algo así sucediese, se desataría una absoluta aniquilación.

Ella se estremeció, y apoyó las manos en el lavabo. Necesitaba algo, algo que calmase el tornado que sentía por dentro. No sabía qué era lo que necesitaba. Le miró, suplicándole que entendiese, que se lo diese.

Él se acercó y se detuvo a su espalda, con los ojos fijos en ella.

—¿Sigues confiando en mí?

Con todo lo que estaba sintiendo, con todo lo que se había descubierto en las últimas horas, Lyla lo miró. Puto corazón estúpido, aún confiaba en él.

Dainn aceptó aquel silencio como la respuesta que era. Se acercó un paso hasta cernirse sobre ella.

—¿Sigues confiando en mí?

La pregunta, formulada una vez más, le dejó claro que Dainn quería una respuesta en voz alta.

—Sí —le dijo. Aún confiaba en él. A pesar de todo, confiaba en él.

Le dio un suave beso en la cabeza.

—Buena chica.

Antes de que pudiera decir ni una sola palabra más, se vio empujada sobre la repisa, con los pechos aplastados contra el lavabo y el culo al aire. Dainn la sujetó con una mano por la nuca. Con la otra mano le acarició suavemente las nalgas. Los callos en su mano le rasparon la suave piel. Le dio un cachete y ella soltó un gañido. Con el corazón al galope, lo miró a los ojos a través del espejo.

—Vas a soltar todo lo que tengas dentro, *flamma* —le ordenó él, con voz grave—. Cada vez que te pegue, soltarás todo lo que te esté lastrando, me lo darás a mí. ¿Entendido?

A ella empezó a temblarle la barbilla.

—Sí.

Con los ojos fijos en los de ella, Dainn le dio otro cachete en la otra nalga, más fuerte que el primero. Ella soltó todo el aire de los pulmones y cerró los ojos, para imaginarse que lo soltaba todo. Podría soltarlo todo. Podría ser libre. Lo sabía porque lo había conseguido, y podía volver a conseguirlo. El pasado no tenía ningún control sobre ella. Ya no.

Dainn volvió a darle un cachete, y a Lyla se le escapó un grito desenfrenado.

—Te odio por haberme ocultado la verdad.

Él le acarició la zona enrojecida y volvió a darle otro cachete justo por encima del muslo. Le dolió y, al mismo tiempo, le gustó muchísimo.

—Creo que mi hermano no me querrá cuando me conozca. No... me entra en la cabeza.

Después de pronunciar esas palabras empezó a llorar.

Él no dijo nada; se limitó a dejar que lo sacara todo de dentro. Cuando su llanto disminuyó un poco, volvió a darle otro cachete que le volvió a abrir el grifo.

—No quiero regresar a la vida de Xander y destruirle.

Y así siguieron. Una y otra vez, hasta que cada uno de los secretos y pensamientos que tenía le salió de dentro. El peso de la carga abandonó su mente. Se rompió del todo entre sollozos. Después de incontables cachetes, con el culo ardiendo y la mente descansada, Dainn la levantó en brazos y la llevó con ternura al dormitorio. La apretó contra sí mientras ella lloraba, pegada a su cuello, sacándolo todo, liberando todo, dejando atrás todo lo que la lastraba. Al menos de momento.

Y así, llorando en sus brazos, se desmayó.


Al despertar, lo vio sentado frente al escritorio, con el portátil. Contemplaba la pantalla en la oscuridad de la habitación, el rostro iluminado por el resplandor del monitor. Se giró, se envolvió en la sábana y se acercó a él.

—Ven aquí —dijo Dainn.

Abrió los brazos y la dejó sentarse en su regazo. La acogió y la giró hacia la pantalla. Siguió tecleando algunas cifras. Ella parpadeó, sin comprender qué era lo que estaba viendo. Aun así, dejó que siguiera trabajando, todavía medio dormida, apoyada en él.

—¿Recuerdas que te hablé de aquella amiga que escapó? —le preguntó.

Al oír aquella pregunta, él se quedó inmóvil.

—Sí —esperó a que continuase.

Ella contempló la pantalla y recordó a medias.

—El hombre del que escapó me aprisionó a mí durante unos años. Fue…, fue el primero en mi vida. —Él siguió inmóvil, completamente inmóvil, en silencio—. Me ha llamado por teléfono esta noche.

Antes de que Lyla pudiera siquiera parpadear, Dainn la giró en su regazo para mirarla intensamente con aquellos diabólicos ojos disparejos.

—¿Quién es?

Ella negó con la cabeza.

—No sé cómo se llama. Pero ha dicho… Ha amenazado con matarte a ti y con matar a mi hermano. Dijo…, dijo que quería volver a aprisionarme.

Le tembló la voz con esas últimas palabras. Dainn la agarró de la barbilla con fuerza.

—Eso no va a pasar. —Cinco palabras, pronunciadas con tanta ferocidad que Lyla sintió que se le metían hasta los huesos—. ¿Es parte del Sindicato?

Ella asintió.

—Creo que sí. Se dirigió a mí por mi nombre real.

Él la miró durante un largo segundo.

—Entonces acabarás por tenerlo a tu merced.

Lyla no quería volver a verlo jamás, nunca jamás. Dainn le besó el cuello y la giró de cara al monitor.

—Para que lo sepas: he encontrado a esa amiga tuya que escapó.

Abrió una carpeta y pulsó sobre una foto. Apareció la imagen de una chica hermosa, con ojos resplandecientes de felicidad, que sonreía hacia la cámara. Lyla parpadeó y tocó aquella cara en la pantalla. Recordó a la chica que la había dejado atrás. Parecía feliz.

—¿Dónde está? —se le quebró la voz, pero tenía el corazón contento por aquella niña que había encontrado una buena vida.

Dainn tardó tanto en responder que Lyla giró el cuello hacia él.

—Murió. La asesinó el calvo.

Ella apartó la mano de la pantalla y hundió los hombros. Por primera vez desde el incendio, se alegró de verdad de que el calvo hubiese muerto, porque la espiral de furia que sintió por dentro le dio ganas de volver a asesinarle. «Joder».

—La adoptó una familia, pero en realidad era la hija de un jefe de la mafia de Puerto Sombrío. —Lyla digería aquel dato al tiempo que Dainn abría una imagen de Morana, la chica de las gafas—. La reemplazó Morana Vitalio.

Apareció otra foto, en la que se veía a Morana en brazos de otro hombre.

—Ese es tu hermano, Tristan —le dijo, mientras ella absorbía todas aquellas imágenes.

—Los vi aquella noche, ¿sabes? —susurró, inspeccionando las fotos con los ojos—. La noche en la que intenté…

—Ya lo sé. Aquella noche habían ido al club siguiendo una pista. Así los descubrí.

La foto cambió y esta vez apareció un chaval joven junto a la pareja.

Lyla se quedó boquiabierta, y se le llenaron los ojos de lágrimas al recorrer cada detalle de aquel rostro tan crecido. Era hermoso. Muy hermoso. Se abrazó a sí misma mientras las fotos iban sucediéndose, una hilera de diferentes instantáneas del chico. Lyla las contempló todas y atesoró aquellas imágenes preciadas en su cabeza. Casi le explotó el corazón de amor, pérdida y felicidad por él.

Se apretó contra el sólido cuerpo de Dainn. Respiró por la boca para controlar el caudal de emociones que la atravesaba. Dainn no tenía ni idea de lo que le había dado, no sabía lo que había hecho por ella durante seis años, día tras día, noche tras noche. Para ser un hombre que afirmaba ser incapaz de sentir, había criado a un chico y lo había enviado con su familia, había cuidado de él desde lejos y la había mantenido a ella a salvo. Se había quedado junto a ella cuando estaba rota y le había proporcionado todas las herramientas que necesitaba para recomponer sus pedazos. Había pegado todos sus fragmentos y había besado sus cicatrices. Le había dado el hogar que tanto ansiaba su corazón.

Para ser un hombre que afirmaba ser incapaz de sentir, estaba claro que Dainn la amaba con locura, joder. Lyla se giró hacia él, con el corazón asomando por los ojos.

—Gracias.

Él no dijo nada. Se limitó a abrazarla y a mirarla a los ojos.

Y así, sentada en los brazos del diablo a quien amaba, sin saber qué le depararía el futuro, Lyla sintió esperanza. Sintió seguridad. Sintió amor.

Fuera lo que fuese lo que les aguardaba, con él a su lado, iba a estar bien.

Los dos iban a estar bien.

# ÉL

El Hombre Sombra contempló a la mujer que dormía en la cama. La chica que había irrumpido en su vida, una luz que brillaba en la oscuridad, que insuflaba vida en su frío corazón muerto.

Ahora era una mujer que sobrevivía contra todo pronóstico, cada día. Había dejado atrás sus traumas con tanta vida dentro de sí que él se preguntó cómo podía caber todo aquello en una única persona. Era justo a esa vida a lo que se había enganchado, a la vitalidad que alimentaba su vacío, la totalidad de su abismo.

En una ocasión, ella le había dado una lista de todo lo que entendía por amor. Aquella mujer cumplía todas y cada una de las entradas de esa lista para él. Excepto una.

Él nunca, jamás, había puesto el bienestar de nadie por encima de sus propias necesidades egoístas, y jamás había pensado que llegaría a hacerlo. Y sin embargo, extrañamente, al verla dormir, consciente de los demonios contra los que luchaba y de las grietas que tenía por dentro, sintió el impulso de cubrir aquellas grietas, de sellarlas, hasta que volviese a estar lista para sanarse, igual que antes. Había visto lo bien que le iba cuando se centraba en sí misma, cuando las fuerzas del exterior no la atacaban. Quería encontrar el modo de que volviese a sanar.

Sabía que lo que ella necesitaba para curarse del todo no se alineaba con lo que él quería, que era tenerla solo para sí y no compartir ni siquiera una parte de ella con el mundo.

Le acarició la boca con el pulgar. Aún dormida, ella entreabrió los labios.

Él se preguntó si llegaría a acabar aquella obsesión, aquella profunda ansia oscura que respiraba en su interior al ritmo de los latidos de aquella mujer. Durante seis años, su obsesión no había hecho sino crecer hasta consumir hasta la última parte de él. Se preguntó si quedaba algo por consumir. Era asombroso que aquella chica diminuta en la que nadie se había fijado hubiese acabado en brazos de la muerte.

Inspiró hondo y sintió una extraña presión en el pecho. Abrió la tablet y contempló la hilera de mensajes que le había enviado a Morana a través de diferentes direcciones IP, en los que le proporcionaba cada vez más información para que investigase. Teniendo en cuenta las habilidades de Morana, probablemente lo descubriría todo en un par de días, rastrearía el archivo que él le había facilitado, y se pondría en contacto con él.

Durante dos días más tendría a su *flamma* para él solo. Luego, el pasado llamaría a la puerta, su hermano por fin la encontraría. Solo por eso ya odiaba a Tristan Caine. Pero estaba dispuesto a tolerarle, a cederle espacio en la vida de Lyla, aunque solo fuera por ella. Porque aquello, conocer aquel amor, también la ayudaría a sanarse.

—¿Dainn? —Al oír aquella voz suave y rasposa, él contempló al único ser que le importaba. Paladeó en la lengua el retrogusto que le dejaba su voz—. Vente a la cama —gruñó ella, medio dormida.

Joder, cómo aumentaba la presión en el pecho al oírla. En su día, Dainn había estado solo en las frías calles, en busca de calor, hasta que la escarcha le heló el corazón.

Aquel frío nunca lo abandonó, ni siquiera después de construirse la casa más cálida que pudo. No lo abandonó hasta que llegó ella, hasta que llegó la única persona a la que le importaba, a la que le importaba que no fuese capaz de dormir, que no tuviese calor por dentro.

Obedeció aquella suave petición y se metió en su lado de la cama. Sintió cómo ella se enredaba a su alrededor, cómo se aferraba a su cuerpo sin vacilar. Lyla se apretó contra su costado y apoyó la cara en el hueco de su cuello. Lo tocaba como si no fuese una aberración para la humanidad, como si importase. Siempre le había tocado así. En un primer momento le había sorprendido aquel modo en que lo tocaba con libertad. No había sabido cómo reaccionar, al menos hasta que empezó a prestar oídos a algún instinto profundamente arraigado que sabía con exactitud cómo responder a aquella mujer.

Ahora escuchó a ese mismo instinto y la rodeó con un brazo para apretarla contra sí.

—¿Dainn? —Joder, aquella voz aún conseguía que le vibrase el cuerpo con todo tipo de sensaciones—. Te quiero.

Él cerró los ojos durante una fracción de segundo al oír aquellas palabras. La presión en el pecho se movió, se arremolinó y creció hasta que casi no pudo respirar. Fue apenas un instante. Luego se giró y contempló a la mujer por la que estaba dispuesto a destruirlo todo. Vio su suave rostro, su hermosa sonrisa y sus ojos dormidos.

Él no era creyente, pero aquella chica era un milagro.

No sabía si lo que le estaba sucediendo por dentro era amor. No le parecía adecuado llamarlo así. El amor era la luz. El amor era hermoso. El amor era puro. Lo que él sentía era oscuro, obsesivo, retorcido y absolutamente posesivo. Estaba dispuesto a matar por ella, como siempre, y también a morir por ella si hacía falta. Acabaría con sus demonios, o bien le daría la espada para que ella los matase si así lo deseaba. La abrazaría y la protegería de todo lo que quisiese mancillar su ser.

Aquella chica completaba partes de él que estaban desnudas, que eran irregulares. Partes que encajaban entre ambos con suavidad y fluidez. Era capaz de calmar a la bestia latente que tenía por dentro. Ella lo amaba con toda su luz, mientras que él la poseía con todas sus sombras. Por eso sabía que era suya.

Se preparó para los dos días que les quedaban antes de que su mundo cambiara. Sabía que, pasara lo que pasase, jamás de los jamases iba a dejarla marchar.

Y si alguien intentaba separarlos…, acabaría con todo.

La serie Dark Verse acaba en el libro 6.

Será un libro con múltiples puntos de vista en el que aparecerán todas las parejas y que unirá todos los cabos sueltos de la trama, con un final adecuado para la serie, así como un epílogo para cada pareja.

Gracias por leer este libro.

# AGRADECIMIENTOS

Escribir este libro ha sido una experiencia fortísima, tanto por los temas que trata como por mi propia salud mental cuando lo escribí, así como por los problemas que tuve al publicarlo. Nos estamos acercando al final de la serie, y me resulta bastante agridulce, porque este mundo ha sido mi hogar durante más de seis años.

Ha sido duro, y tengo que darles las gracias a ciertas personas por acompañarme en este viaje y en la escritura de este libro.

A mis lectoras, las que habéis estado conmigo desde el principio: sois las mejores. Es increíble que hayáis estado conmigo durante toda esta serie después de tanto tiempo. A las nuevas lectoras que acaban de sumarse: ¡vuestra emoción es contagiosa! Gracias por proporcionarme tanta alegría y fuerza para continuar, sobre todo con esta serie que siempre tendrá un lugar muy especial en mi corazón.

En segundo lugar, a mis padres: creo que no estaría aquí de no ser por vosotros. Gracias por amarme tan incondicionalmente, y por recordarme vuestro amor cuando lo necesito a pesar de la distancia que nos separa. Tengo mucha suerte de que seáis mis padres. Os quiero.

A la comunidad lectora que me ha inundado de amor y

amabilidad; a los blogueros, bookstagrammers y book-tokers; a los artistas, editores, fotógrafos, diseñadores y amigos que he hecho en el camino: gracias. Vuestro amor y vuestra generosidad son importantísimos para mí. ¡Muchas gracias por todo!

A mis Firebirds, Ravens y Minions: gracias por estar en mi pequeña burbuja en mi rinconcito de internet. Sois un grupo de gente maravillosa.

A Nelly: eres mi heroína. Jamás habrá suficientes palabras en mi corazón para darte las gracias por todo. Les das a mis palabras la imagen perfecta. De alguna manera consigues tomar lo que tengo en mente y dibujarlo tropecientos millones de veces mejor. ¡Gracias!

A Emily, por ser una asistente personal tremenda y por organizármelo todo, porque ambas sabemos que se me da fatal acordarme de cosas.

A Valentine PR, por hacer un trabajo tan increíble con esta publicación tan difícil: ¡gracias!

A mis amigos, por quererme cuando desaparezco de la faz de la tierra durante días para luego volver como si nunca me hubiera marchado: gracias por aguantarme. Todos y todas mejoráis mi mundo.

Y lo más importante: quiero darte las gracias a ti, que estás leyendo esto, por elegir mi libro, por elegir leerme a mí. Si has llegado hasta aquí, te doy las gracias eternamente. Espero que hayas disfrutado el camino, pero aunque no haya sido así, gracias por elegirme. Te agradezco mucho el tiempo que te has tomado. Por favor, piensa si quieres dejarme una reseña antes de pasar a tu siguiente mundo literario.

¡Muchísimas gracias!

«Para viajar lejos no hay mejor nave que un libro».

EMILY DICKINSON

# Gracias por leer este libro.

En **penguinlibros.club** encontrarás las mejores
recomendaciones de lectura.

Únete a nuestra comunidad y viaja con nosotros.

penguinlibros.club